去 夢 想 的 方

你

別為人生尋找藉口，
在自然中發掘真理揮別哀愁

過你
想過的生活

梭羅 著
李安安 譯

你必須活在當下，乘著每一個波浪前行，
在每一刻找到你的永恆。

每個人都在「生存」，
而只有你真正享受「生活」；
「活著」不僅是義務，更要積極追尋生命的真諦！

目錄

簡單生活

　　當我寫下這篇文章，以及後面的文字時，我一直獨居在森林中的一間小木屋。這間小木屋是我親手搭建的，它坐落在麻州康科德鎮的瓦爾登湖邊。木屋周圍一英里內，沒有人煙，我一個人在這裡辛勤勞動，自食其力，養活自己。我在這湖邊住了 2 年又 2 個月。如今，我又作為一名過客，回到了文明社會。

　　如果不是鎮上的人對我心懷好奇，總想詳細打聽我過去的事，我是不會隨便寫下自己的私事來吸引讀者的。一些人認為我很古怪，但我卻絲毫不覺得。想到我曾經的境遇，我認為很自然，很合理。一些人問我在那吃什麼，是否會感到寂寞、恐懼等等。另有一些人，對我的收入感興趣 ── 他們想知道我的收入中，有哪些捐贈給了慈善事業。還有一些生活在大家族的人，想知道我領養了幾個窮苦的孩子。所以，當你在本書中看到我對這些問題的答覆時，我懇請對我毫無興趣的讀者，對我加以諒解。很多書，都不用第一人稱的「我」字，而我這本書，用了很多「我」字。事實上，我們經常忘記了這點：其實有很多書，都是以第一人稱「我」在講述。我並不願意談自己。如果我對其他人的了解，能像我對自己的了解一樣深刻的話，那麼我就不會在這裡口若懸河地說我自己了。遺憾的是我閱歷不深，所以只能局限在這一個主題裡，說一下自己了。但是，我希望

每一個作家，不僅僅能描述他道聽途說來的別人的生活故事，還能簡單而真誠地寫下自己的生活，就好像他從遙遠的地方寄給親人的信一樣。我認為，如果一個人生活得真誠的話，就像他生活在一個很遙遠的地方，時常關注著家鄉親朋的生活。以下章節的文字，也許更加適合生活境況不好的寒門學子。至於其他的讀者，我想大家都會各取所需。畢竟，沒人會強迫他穿上一件不適合他、明顯會被他撐破的大衣。只有選擇適合自己的文字，才能對自己有用。

我要講述的事情，與中國人和夏威夷島人都沒有關係，但卻與你們，我這些文字的讀者有關係。還有，與住在新英格蘭的人們有密切的關係。這些事情，與讀書、與你們的生活境遇相關，尤其與生活在這個時代的同一個鎮上的居民相關，與他們的外部生活條件，或者說生活環境相關。生活在世間的人們，究竟該以一種什麼樣的姿態生活呢？大家都活得如此悲慘，這是否有必要呢？這種生活是否還有改善的可能？我在康科德鎮曾涉足過許多地方：商店、辦公室、郊外田野。我感覺這裡的居民好像在贖罪一樣，辛苦地履行著上千種令人驚奇的苦役。我曾經聽說過婆羅門教的教徒，坐在熊熊的火焰中，兩眼盯著太陽；或者在烈火之上，頭朝下倒掛著身體；或者扭頭望著青天，「一直到他們身體變得僵硬，再沒有辦法恢復原狀，而且由於一直扭頭看天，所以除非是液體，否則，什麼食物都無法進入他們的胃裡」；或者用一條鐵鏈，把自己牢牢地束縛在

一棵樹下，終生不得解脫；或者如毛毛蟲一樣，用他們的身體來測量帝國遼闊的土地；或者單腿獨立在柱頂上……然而，就算這種有意為之的贖罪苦行存在於這個世上，也未必比我每天看到的景象更加令人難以置信和膽顫心驚。大力神海克力斯所完成的 12 種苦役，與我的鄰居所從事的苦役相比，根本就不算什麼。因為大力神一生也就 12 種苦役，做完就完事了，但我從來沒有看到我的那些鄰居們殺死或捕獵到一隻怪獸，也從來沒有看到他們做完任何苦役。他們也沒有像伊奧勞斯這樣的、對海克力斯忠誠的夥伴和朋友，他用一塊滾燙的烙鐵，去烙焦九頭怪獸希德拉的頭顱根部，以免那被海克力斯撕掉的頭再長出來。雖然，他們知道，怪獸希德拉的頭被割去後，還會在原來的地方再長出一個頭來。

我覺得年輕人，即我的同鄉們，他們的悲慘，在於一出生就自然而然地繼承了土地、房屋、糧倉、牛群和農具，要放棄它們，遠比得到它們更加困難。假如他們出生在廣闊的牧場上，自小吃野狼的乳汁長大成人，或許會好些。這樣他們就能夠看清：自己是在什麼樣的環境中辛勤勞動，究竟是誰把他們變成了土地的奴隸。為什麼有些人能依靠 60 英畝土地的供養，安然地享受生活，而更多的人，只能命中注定似的，與土地為伴、成天以塵埃為食呢？為什麼他們剛剛降生到這個世界，就開始了自掘墳墓的生活呢？他們必須在生活中痛苦掙扎，被迫來忍受這一切，使了力氣，不停地做工，盡最大的努力讓生

活過得好一些。我曾遇到過許多令人悲憫的靈魂，他們被生活的重壓壓得苟延殘喘，氣喘吁吁，拚命地呼吸。他們在人生的路上拚命地爬著，去推動他們眼前的那個 75 英尺長，40 英尺寬的巨大糧倉，還有那個從未清理過的奧格阿斯的牛圈，同時還要推動上百英畝的土地，耕地、草原、牧場，還有森林。還有一些人，並沒有繼承祖上的產業，雖然沒有這種世代相傳的、毫無理由的磨難，但也必須得為了養活自己幾立方英尺的身體而委曲求全，精疲力竭地工作著。

人，就是在這樣的一個錯誤下勞動的。身強力壯的身體，隨著周而復始、日復一日的勞作，很快累趴下，被犁頭耕進泥土，化作土中的肥料……如一本經書中所說，一種若有若無的、無法確定的、通常被稱為「必然」的命運，操縱著人們，他們辛苦勞作之後所累積起來的財富，卻被飛蛾、鐵鏽和霉斑一點點地腐蝕掉，甚至會招來撬開箱櫃的盜賊。這不能不說是一個令人惱火而愚蠢的人生歷程。如果說生前人們是迷糊的，那麼到死後，到離開這個世界前，往往才會明白這個道理。傳說中，杜卡利翁和皮拉把石頭扔向身後，創造了人類。詩曰：

　　此後人類便成為堅強之物，

　　縱使千辛萬苦，

　　人們在此處得到求證。

　　又如雷利豪邁而鏗鏘吟詠出的兩句詩：

從此人心堅如磐石，可忍受磨難和艱辛，

證明我們的軀體原本是岩石。

這真是盲目啊，我們一直遵從了一個錯誤的神諭。把石頭從頭頂扔向身後，卻不在乎它們，這些石頭，到底會墜落到何處？

大多數人，即使是生活在這個相對自由的國家裡的人們，也都因了愚蠢和錯誤，煩惱著無盡的煩惱，做著永遠做不完的粗工，而從沒想過，是否該停下來，採摘收拾一下他生命的甜蜜果實。他們的手指，因為操勞過度變得粗糙笨拙，甚至兩手已經顫抖得很厲害，已經不適合採摘果實了。的確，辛苦勞動的人們，日復一日地勞作，根本抽不出空閒，來真正地完善自己的生活，體會人生的意義；他沒有辦法和能力，來維持人與人之間那種勇敢堅毅的關係；在市場上，他們的勞動果實又總會被貶值。他除了埋頭做一臺機器之外，沒有時間去做別的事情。這樣，他怎麼可能感受或者說發現自己的愚笨呢？或者可以這麼說，他是靠著自己的愚笨才活下來的。他有思考嗎？他不可能有思考的時間，也沒有那個習慣。在以這種標準評價他之前，我們必須要讓他吃飽穿暖，使他恢復精力，心情愉悅。我們天性中最高尚的品格，就像果實上的那層白霜一樣，只能細心溫柔地呵護，才能維持它的鮮美。然而現實是，人與人之間，很難如此溫柔地和諧相處。可想而知，讀者中有些人生

活困窘，覺得活得很艱辛。甚至有時，感覺被生活壓得喘不過氣來，幾近窒息了。我相信本書的讀者中，一些人肯定已經沒錢支付每天的餐費了，身上的衣服和鞋子很快磨損，甚至有些已經穿破了，但是沒有錢去買新的，好不容易能讀到這幾頁文字，還是從債主那裡偷偷擠出來的時間。顯然，我的觀察力已經在歲月和閱歷中磨礪得十分敏銳了。你們，過得如此卑微、如此暗無天日，朝不保夕！你們時常猶豫不決，期望做成一筆生意來還清債務。你們陷入了一個古老的泥潭中而無法自拔。就像拉丁文所說的 aes alienum，在別人的銅錢中，有些錢幣的確是用銅鑄成的，而就在別人的銅錢中，你們生，你們死，最後被埋葬；你們許諾明天還清債務，接著是下一個明天，直到死亡，債務還未還清；你們祈求他們開恩，乞求他們憐憫，請求他們多關照，千方百計，總算沒有被投入監獄；你們面不改色地撒謊欺騙，阿諛奉承，投票參選，把自己裝進一個安分守己的硬殼裡，或者吹捧自己，裝出一副虛偽華而不實的慷慨大方的樣子，從而取得你們鄰居的信任，准許你們為他們製鞋、做帽，或縫製上衣，或製作馬車，或為他們代買食品雜貨；你們為了預防將來某一天患病而存錢，防患於未然，未雨綢繆，結果反而為了存錢把自己累病了。你們把錢塞在一個破舊箱子，或者塞進泥牆後的一隻襪子，或者投進更安全的磚砌的「銀行」裡。那麼小心翼翼，不論藏在哪裡，必須安心才好，也不管自己所存的數目是那麼少。

有時我覺得奇怪，不免要問：為什麼我們如此輕率，竟然建立起野蠻的奴隸制度？奴役了南北方奴隸的莊園地主們，是如此殘酷冷漠。有一個南方的監守人本來已經很糟糕，而北方的監守人的出現，會讓情況更加惡劣，難以忍受。但是最悲哀的是，你才是你自己最苛刻的監守人。不要講什麼人的神聖。看那大馬路上趕馬的車伕，日夜兼程地向市場趕路，他們的心裡，有神聖的思想在流淌嗎？他們的職責，無非就是趕馬車，給騾馬餵草飲水而已。與運輸中那些巨大的牟利者比起來，他們的命運算什麼呢？他們不就是在為一位忙碌的紳士趕驢馬嗎？在他們身上有高尚嗎？有不朽嗎？他們成天低眉順眼，安分守己，忐忑不安，一點也不高尚、一點也不神聖。他們只看到自己所從事的職業，知道自己只屬於奴隸或囚徒這個圈子。與自我認知相比，大眾輿論這個暴戾的國王也顯得軟弱無能，無能為力，不堪一擊。一個人對自己的期許和評價，決定了他的命運，預示了他的歸宿。如果想在西印度的州省中暢談心靈與思想的自我解放，即便是威伯福斯到了那裡，又能改變什麼呢？我們再想想，這片大陸上的女人們，她們成天編織著梳妝用的墊子，以備死亡那天使用，卻對自己的命運從來沒有過認真的思考，彷彿這麼得過且過、日復一日地蹉跎光陰，絲毫無損於心中的那個永恆。

　　大多數的人，過著沉悶而絕望的生活。所謂聽天由命，正是一種習以為常的無奈和絕望。從絕望的城市走到絕望的村

莊，人們在水貂和麝鼠的勇敢精神中尋求安慰。甚至，在人類所謂的遊戲與娛樂背後，都暗藏著一種慣性的、下意識的絕望。所以在娛樂和遊戲中，也不再有樂趣。因為，真正的樂趣，在工作後才能感受到。然而，工作也是有選擇的，不去做讓人絕望的工作，就是智慧生活的一種展現。

當我們用教理上的問答方式，來思索什麼是人生的真諦，什麼是生活的真正需要，以及怎樣的生命有意義時，看上去人們好像曾經歷過謹慎的思考，才選擇了這種共同的活法。因為比較起來，人們似乎更喜歡這種活法。事實上，他們自己也很清楚，他們別無選擇，只能這麼活。但是，清醒健康的人明白，太陽亙古常新，朝升暮落，放棄偏見，永遠不會太遲。無論傳統的思想與生活方式多麼古老，但如果不經證明，其實都是不可輕信的。今天人們齊聲附和或默認的真理，或許明天，就會變成一陣虛無縹緲的輕煙。然而正是這讓人誤會的輕煙，卻被一些人認為是能滋養大地能給大地帶來雨露的雲朵。老人們說的你不可能辦到的事情，你嘗試了一下，然後你有可能發現你能做到。老人有他們舊的處事原則，新人有新的一套方法。古人不知繼續添加燃料，便能使火焰不滅；今人知道，把一點乾柴放在水壺下面，就可以像迅疾的飛鳥一樣圍繞著地球旋轉。正如諺語說：「氣死老傢伙。」老人雖然年紀大，但未必有足夠的資格做年輕人的導師。因為他們從生活中收穫得多，也損失不少。我們盡可以這樣質疑：即使是智者，活了一世，

他能領悟到多少生活的真理呢？事實上，老年人並不能給年輕人什麼特別的忠告。他們的人生經驗常常是支離破碎、零零散散的，他們經歷了很多慘痛和失敗，而這些失敗都是他們自己造成的。也許，他們還保留一些信心，雖然這些信心與他們的經驗背道而馳，只可惜，他們已經不再年輕了。我在地球上生活了將近 30 年，老實說，我還從沒有從長輩那裡聆聽到一個對我有用的忠告，或者說真誠的建議。他們什麼也沒告訴我，或許他們也沒有什麼有價值的東西可以告訴我。這就是生活，很多都是我從未經歷過的，需要我自己去體驗和試驗。老年人經歷過，但對我來沒有幫助。如果我得到了自以為有價值的經驗，我心裡總在想：這條經驗，我的導師們可從來沒有提起過呀！

　　有個農民對我說：「你只吃素食，這樣是活不下去的，因為素食無法供給骨骼所需要的營養。」他每天都認真地抽出一些時間，來獲取那為他的骨骼提供營養的肉食。他一邊和我說著話，一邊趕在耕牛後勞作，讓這頭靠植物生長了骨骼的耕牛，衝破障礙，拉著他和笨重的木犁，不斷前進⋯⋯一些東西，在某些場合確實是生活的必需品，例如對無助的病人；而在另一些場合，他就可能被看成是奢侈品；如果再換一個場合，又可能成為不為人知的東西。

　　有人認為，人生的所有經歷，無論高峰還是低谷，都已經被前人走過，前人已經涉足了生活和人生的各方面。伊夫林曾

經說過一句話：「充滿智慧的所羅門曾頒布法令，規定樹木之間應有的間距；羅馬的地方官也曾規定了，你到鄰居家的地上去撿拾那些掉落下來的橡樹果實而不算違法。」古希臘醫學之父希波克拉底，甚至還傳給後世修剪指甲的方法：剪得既不要太短也不要太長，要剛好和手指頭平齊。顯而易見，人們總認為：正是那冗長乏味和單調無聊，把我們生命中的多姿多彩和歡喜快樂消磨殆盡的。這種觀點與亞當一樣久遠。可是，事實上，人的潛力還遠遠沒有被發現殆盡呢！所以我們無法從他已經完成的事情來斷定我們的能力。人們之前所做的事情，是如此有限，還有很多未知等待我們去發現。所以，無論你已失敗了多少次，「別苦惱悲傷，我的孩子，誰能指派你去做你尚未完成的事呢？」

我們可以用很多簡單的方式，來體驗我們的生活。舉個例子，太陽能讓我們種的豆子成熟，同時，它也照耀著除地球之外太陽系的其他天體。假如我能牢記這點，就能預防很多錯誤。但我在鋤草時並沒想到這個。星星像三角形的錐尖，絢麗神奇！在宇宙的各個地方，有多少人同一時刻凝望著這同一個太陽呢？大自然和人生都是如此變化莫測，與我們國家現有的幾種不同的體制一樣，是不同的。誰能推測出別人的生命，將來會怎麼樣？難道還有比剎那間的彼此相視更偉大神奇嗎？我們能夠在一小時之內就閱盡世上所有時代、所有國家、所有人的生活。除去歷史、詩歌、神話，我不知道透過什麼，才能把

別人的經歷了解得如此詳盡而令人驚嘆。

我的鄰居都說好的事情，有很大一部分我認為卻是壞的。對於我來說，如果說有什麼需要懺悔，那麼，我要懺悔的反而是我的高尚品德了。是有什麼心魔控制了我，讓我的品行如此高尚嗎？老人家啊，你儘管說你那些睿智的話語，因為你畢竟已經走過 70 個年頭，並且德高望重，但我卻聽到一個無法抗拒的聲音，它告訴我：不要聽他的話。可見，新生的一代摒棄老一代的經驗和偉績，就如同拋棄擱淺在岸邊的小船一樣，那麼自然，那麼容易。

我認為，我們可以從容地相信很多事情，甚至比我們現有相信的還要多。你能放棄多少給自己的愛，就能真誠地給別人多少愛。大自然既能容納我們有優點，也能包容我們有缺點。有些人，終其一生都在無休止地憂慮，這幾乎成了他一個無法治癒的疾病。同時，我們天生喜歡誇大自己所做的事情的重要性，儘管其實很多該做的工作你還沒有做。倘若我們一病不起，那怎麼辦呢？我們如此謹小慎微，為了避免生病，我們決心不依賴信仰生活，於是一天都處於緊張狀態，到晚上，我們又違心地祈禱，把自己交託給未知的命運。我們被生活壓迫得如此筋疲力盡，又如此墨守成規，總是懷著謹慎，從而拒絕了改變自己的可能，還辯解說：沒辦法，這是我唯一的生存方式。就像圓心，能畫出很多條半徑，生活也有很多生活方式。一切改變都可能成為奇蹟，每一瞬間發生的事情都可能成為奇蹟。

孔子說：「知之為知之，不知為不知，是知也。」當一個人把他的預想上升到理論的高度時，我可以預見，所有人都能夠在此基礎上重新構建起自己嶄新的生活。

我們不妨認真思考一下，我上面提到的那些煩惱和憂慮究竟都是什麼？其中哪些是不得不憂慮的？哪些至少是值得認真思考的？現在，我們雖然身處一個表面文明的社會，但如果能體驗一下原始的蠻荒的生活，還是大有益處的。即使僅僅為了求證生活的必需品是什麼，以及怎樣才能獲得這些必需品，甚至，我們還可以瀏覽一下商店裡陳舊的流水帳，看看人們經常購買的是些什麼，商店積存哪些商品？簡言之，就是了解一下雜亂無章的雜貨舖。時代雖然在不斷變遷，但人類生存的基本法則卻不曾發生多少改變。正如我們的骨架，與我們祖先的相比，基本沒什麼不同。

我認為，所謂的生活必需品，是指人類透過努力收穫的那些物品，這些物品一開始就是人類生活所不能缺少的。或者說，由於長期使用，它們已經占據了人們生活的重要地位，即便有人嘗試著脫離它，但這樣的人屈指可數。這些人或是出於野蠻，或是因為貧窮，或者僅僅因為哲學的思考，而拒絕生活必需品。對許多生靈來說，最具備這種意義的生活必需品，就是食物。美味可口的食物。幾英寸長的青草，加上飲用的冷水，就能成為草原上野牛的美味。除此之外，牠們還要尋找森林的遮蔽之處或者山洞。野獸的生存只需要食物和遮蔽之處就

可以。對人類而言，就目前來說，生活必需品可分為：食物、住房、服裝和燃料。倘若沒有這些，我們是無從懷著從容的心情，去應對那麼多人生問題的。人類不僅發明房屋，還發明了衣服和美食。可能祖先因為偶然間發現了火焰的熱度，於是開始使用火。最初，火還是奢侈品，可到了現在，人們的生活已離不開圍火取暖了。我們觀察到，貓和狗也同樣獲得了這個第二天性。住得適當，穿得適當，就能恰到好處地保持體內的熱量。倘若住的和穿的都過熱的話，或火焰燃燒太旺，烤得人太熱，外面的溫度高於身體的溫度，不就成了炙烤人肉了嗎？科學家達爾文說，火地島的居民，有一群人穿著衣服圍著火堆烤火，並不覺得熱，令人詫異的是，那些站得很遠的野蠻人，「竟然被火焰烘烤得汗流浹背」。同樣，我們聽說新荷蘭人赤身裸體但能夠從容自若地四處活動，而歐洲人裹著厚厚的衣服還凍得瑟瑟發抖。野蠻人的耐寒和現代文明人的聰明，有沒有可能合而為一呢？按照德國化學家李比希的說法，人的身體好比一個火爐，而食物就是它的燃料。天寒時，我們吃得多；天熱時，我們吃得少。動物體內的恆定體溫，也是體內食物緩慢內燃作用的結果，而如果內燃太旺盛，疾病和死亡就會發生。假如燃料用盡，或者通風裝置發生問題，火焰自會熄滅。當然，體溫與自然之火不一樣。由此可見，動物的生命幾乎和其體溫是同義詞。而食物是提供其能量的燃料。熟食當然也是燃料，熟食被我們吞進肚裡，同樣為我們的身體增加熱量。此外，房子和

衣物可保障體內熱量的存在。我們體內的熱量，就是這樣產生和吸收的。

因此，對人體來說，最重要的必需品是保暖物品，以維持我們體內的熱量。我們如此忙碌，為了食物、衣服、住所，還為了我們舒適的床鋪、夜晚的衣物，我們竭盡全力。我們用鳥兒的羽毛來裝扮我們的臥室，像住在地穴中的老鼠用草葉來裝扮牠們的鼠穴一樣。一些可憐人總抱怨，這個社會很冷漠。可見，無論是身體的疾病，還是社會供給不足，我們都把它歸為寒冷。在某些地方的夏天，人們過的是一種樂園般的生活。除了必需的煮飯燃料之外，其他一切燃料都不需要。火熱的太陽炙烤著大地，它的光線灼熟了果實。於是，這裡的果實豐富，而且容易採摘，而衣服和住所在這裡也顯得多餘，或者說有近一半是不需要的。當下，在我們國家，以我個人的經驗來說，我覺得只要有幾件工具，就足以生存了：一把刀，一柄斧頭，一把鐵鏟，一輛手推車。勤奮刻苦的人還需要燈光和文具，再加上一些書，這些都已是第二位的必需品了，只需花很少的費用就能買到。然而有些人很愚蠢，他們穿越了一個半球，跑到另一個半球上，在一個野蠻的荒蕪不淨的地方，做了幾十年的生意，就為了讓自己生存，讓自己活得安逸而溫暖一些。最後，他們又返回新英格蘭，還是無法避免死亡的命運。這些奢侈的有錢人，他們得到的不只是安逸和溫暖，還有不自然的高溫。正如我前面提到的，他們在被炙烤著。當然，他們可能自

以為這種炙烤很時尚。

　　很多奢侈品，以及很多人認為的所謂舒適生活，不但沒有必要，而且對人類的進步是一種阻礙。所以，在奢侈與舒適這個問題上，智慧的人往往選擇比窮人更加簡單而樸素的生活。古代哲學家，如中國的、印度的、波斯的和希臘的智者，他們都是這樣一種人 ── 安貧樂道，清貧的物質生活，豐富的內心生活。雖然我們對他們的了解不夠，但對他們的生平事蹟卻知道不少。同樣，我們對那些現代的改革者和民族拯救者的了解也是如此。倘若你想成為公正無私、充滿智慧的觀察者，最好站在人生邊上，安貧樂道，這個位置和姿態對你更有利。無論是在農業、商業、文學中，還是在藝術中，奢侈的結果必然都是奢侈的。今天的哲學教授遍地都是，但哲學家卻沒有一個。哲學教授是令人羨慕的，因為他們的物質生活條件好。但是，事實上，要做一個哲學家，不但要有精巧的思想，這思想可形成一個學派，而且還要十分熱愛智慧。唯有這樣，他才能按照神的指示，過一種簡單、樸素、獨立、灑脫、自信的生活。他解決一些關於生命的問題的方式，不僅從理論，而且從實踐來解決。卓爾不群的學者和思想者的成功，一般不是君主那樣權傾天下，也不是英雄那樣拯救蒼生，而是像臣子那樣謙卑，但內心堅忍不拔。而一些所謂的哲學家，他們的生活哲學，是遵循祖先那套，因循守舊，一成不變。這樣他們是不可能成為人類的高尚導師的。為什麼人類一直在退化？是什麼原因讓那

些顯赫的家族走向沒落消亡？導致國家衰敗滅亡的奢侈是什麼性質的？我們是否確定自己在生活中並沒有這樣奢侈？哲學家們，即便在生活方式上，他也是要走在時代的前列的，他並不追求同時代人都追求的那種衣食住行和生活方式。是的，他既然是哲學家，對於如何保持體內的熱能，他當然有比別人更高明的辦法。

有一個人，他已經在我描述的幾種方法中獲得溫暖了。接下來，他要做什麼呢？首先，他當然不會再要求有同樣的溫暖；其次，他也不會再要求更多食物、更寬敞的房屋，更美更舒適的衣服，更多更熱的火爐等此類必需品。他已經占有了這些以後，就不會再滿足於此，而開始追求另一些東西。這就是說，他不必再受困於卑微的工作，他現在開始涉足生命的探險了。對種子的生長發芽適合的泥土，能讓胚根向下無限延伸，之後胚芽破土而出，自信地生長。為什麼人類在泥土裡扎根後，卻不能像種子一樣向天空伸展呢？因為那些昂貴的植物，有充足的空氣和日光的滋養，從而結成碩果。這是那些廉價蔬菜的境遇不能比的。即使是兩年生的蔬菜，被澆灌長好了根之後，就會被摘去枝葉，以致它們在開花時，人們總認不出它們。

我認為，不必為那些性格強悍的人定什麼規則，因為他們無論在天堂還是地獄，都會專注於自己的事業，他們甚至比富翁們更能大興土木、建立豪華住所，更善於揮霍，但他們不會因此而窮困。我很想知道，他們是如何生活的。如果確實如人

們所期望的那樣，這種人也許存在於世。

　　另外，我認為對另一種人，也不必制定規則。因為他們善於體驗生活，從生活中接受激勵和靈感。像熱戀中的人一樣，對現實生活充滿熱愛。我自己是此類人。

　　還有一些人，在任何情況下，他們都能甘之如飴、安居樂業，不管他們是否自覺。對此類人我沒有意見，我現在只想對那些不斷抱怨生活的人說話。他們本來有能力改善自己的生活，卻偏偏選擇不去做，而是選擇無關痛癢地到處傾訴自己苦命和時運不濟。有些人是這樣，對任何事情，都喜歡不加選擇地抱怨，真是無可救藥了。他們不以為然，用他們自己的話說：我已經竭盡全力了。

　　除上面這些人，還有一種人。他們看起來富裕闊綽，實際上卻是最貧困的。他們雖然有一定積蓄，卻不懂得如何利用它來為自己服務，也不懂得如何擺脫它的束縛。因此說，他們這些積蓄，就是他們為自己打造的一副華麗的鐐銬。倘若談起我曾經的生活方式，了解我情況的讀者會感到奇怪，不熟悉我的陌生讀者會更驚訝。在這裡，我簡單介紹一下我心中一直珍藏的幾件事。

　　在任何境遇下，我都是立足當前，積極改善我的生活，並在自己的手帳上刻下印記。我正站在過去和未來的交匯點上。請原諒我說得如此晦澀難懂。我的職業相比更多人的職業，更神祕。不是我故弄玄虛，而是我的職業特點確實如此。我願意把自己知

道的和盤托出，我站立的門前，沒有「不准入內」的招牌。

很久之前，我丟了我的寵物：一匹紅色的馬和一隻斑鳩。直到現在，我還在尋找牠們。我對許多遊人描述牠們的外形、蹤跡，以及牠們會如何回應我的召喚。我曾遇到過一兩個人，說曾經聽到牠們的叫聲、馬奔馳的蹄聲，甚至還看到過靈巧的斑鳩消失在一片雲的後面。他們也曾急切地尋找，像他們自己的丟失了一樣。

我不僅想看日出，欣賞黎明，可能的話，我還想欣賞整個大自然的景色。許多個冬天和夏天的黎明，在我的鄰居們忙碌之前，我已經起床開始忙碌我自己的事情了。許多同鎮的居民，包括清晨去波士頓的農民，或上山做事的樵夫，肯定都曾經看到我做完事情回來。我每天早起，雖然我沒有為每一天的日出做過什麼貢獻，但我能夠在日出之前起床做事，對我是最重要的事了。

許多個秋日，以及冬日，我在城外度過。我耳邊呼呼響著風聲，為一些消息而奔走傳播。為這個，我投下自己所有的資本。我忍受著寒風侵襲，我幾乎要窒息了。如果風聲傳來兩黨的政治新聞，那一定是他們在機關報上提前發表的。有時，我站在高高的山崖，在布滿樹枝的瞭望臺上遠望，一有陌生的客人到來，我就發出電報，廣而告之。有時，我在黃昏的山巔默默守候，等待夜幕的降臨，借此抓住一些東西。我抓住的東西不多，但這不多的一點東西，會像古代以色列人漂泊在荒野時

上帝賜給他們的食物一樣，很快會在太陽底下消失殆盡。

　　很長一段時間，我做著一家銷路不暢的報社的記者。報社的編輯一直認為我寫的都是些無聊沒用的東西。有一種感覺，相信作家們都有這種感覺。那就是，忍受著萬般苦痛勞動，換來的只是更大的痛苦。在寫作這件事上，痛苦就是寫作給我的唯一報酬。

　　多年來，我自命為暴風雪與暴風雨的監測員，忠於職守。同時，我兼任測量員，不是測量公路，而是測量林間小徑和所有的穿越地界的路線，以確保它們暢通無阻，我還測量了一年四季都通行無阻的橋梁。

　　我也曾看護鎮上的野生動物，牠們越過籬笆想要逃脫，帶給牧人來許多麻煩。農場上人跡罕至的偏僻角落，對我卻有著莫名的吸引力。雖然我並不了解約拿或所羅門今天是否正在那塊田裡勞作。我澆灌過鮮紅的美洲橘子樹，沙地上的櫻桃樹、蕁麻樹、紅松和黑樺樹，還有白葡萄藤樹和黃色的紫羅蘭。否則，它們會在乾燥中枯萎。

　　總之，我堅持這樣做了很長時間，我沒有誇張，我盡心職守地照料著它們。後來我才明白，鎮上的居民是不願意把我列在公職人員的名單上的，更不用說給我微薄的薪水了。我所記的帳單，我發誓它是詳細無比、事無鉅細都會記上去的。這帳單沒人審核過，上面所花費的數額，當然不用說了，好在我也不在意這些。

前不久，一個推銷產品的印第安人到我的鄰居 —— 一個有名的律師家中推銷籃子。「你們想要籃子嗎？」我的鄰居回答：「不，我們不需要。」「什麼！」印第安人在走出大門時喊道，「你們要餓死我嗎？」當他看到勤奮工作的白人鄰居的家境如此闊綽之後，他忍不住發作了。律師只要把辯論詞串聯起來，就像會魔法似的，擁有富裕和地位就是自然而然了。這位印第安人自語：「我要做生意，進入商界。我編織籃子然後賣出去，這個我相信自己能做到。」他認為把籃子編織好了就算完事，接下來自然會有白種人買他的籃子了。但他沒想，他必須讓人感覺他的籃子的價值，起碼得讓人感覺到，買他的籃子是物有所值的。否則，他應該做一些別的什麼東西了。我也曾編織過一種精緻的籃子，不過沒達到讓人有購買的衝動。我也不關心這個。對我來說，我沒有必要一定編織它們，也不必去思索如何讓人來購買。相反，我倒喜歡思索如何阻止買賣交易的產生。人們讚美和通常認為的所謂成功的生活，不過是眾多生活方式中的一種。為什麼要誇大這種，而貶低那種呢？

我發現，我的同鄉們並不願意提供我在法院、教會，或其他地方的發展機會，我只好改變方向。很快，我對森林生活產生巨大興趣，並很快對那裡的一切熟悉起來。我決定立即行動，而不去等待經費到位時再行動，我動用了手上現有的一點微薄資金。我去瓦爾登湖的目的，不是去過簡樸的生活，不是去揮霍錢財，而是去經營自己的事業，希望在那裡少被打擾。

我想，自己常識不足、事業剛起步，加上對生意經知之甚少，在這裡「隱居」一下，可避免我做出愚蠢甚至悲慘的事情來。

跟別人一樣，我也希望自己有嚴謹的商業習慣。這對每個人來說，都是必要的。如果你是和天朝帝國做生意，你需要在海岸邊有個會計室，定位於塞勒姆的某個港口就行了。然後你就可以把本國生產的土特產，比如許多的冰、松木和花崗岩石，出口到別的國家。這一定是筆好生意。同時，你必須親自處理一切大小事務：兼任導航員與船長，既做業主又做保險商；買進賣出貨物時記帳；閱讀收到的每件信函，親自撰寫每件發出去的信件；日夜監察進口貨物的裝卸。在海岸上的每一個地方，幾乎都能看到你的身影。載貨量最大的船，通常都在澤西港停靠裝卸的。你還要親自兼任電報員，忙碌著把訊息傳送到遠方。與每一個駛向港口的船隻保持聯絡；有條不紊地出售裝載貨物，源源不斷地向遠方那個巨大的市場提供商品。在了解行情的同時，還要了解各地的狀況，是戰爭還是和平，從而預測貿易和社會生活的發展走向。你還要充分利用所有探險的經驗，在最新的航道行駛，自如運用一切航海技術。為此，還要研究海上地圖，以辨認珊瑚礁和新燈塔、浮標的方位。要知道，航海圖表是不斷更新的，假如計算上有一點疏忽，航船就會撞到岩石而沉入海中。如果航船行駛順利，它就應該停靠在一個安全的碼頭。此外，你可能還會遇到如法國航海家拉貝魯斯的無法占卜的命運。為此，你要緊跟宇宙科學的發展，仔細

研究歷史上那些偉大的開拓者、航海家、冒險家和商人的人生歷程，從迦太基探險家漢諾與腓尼基人，到現在他們的生活。最後，你還要時刻清點貨物，以了解自己生意的經營狀況。啊，這真是一個折磨人的差事啊，它考驗著一個人的綜合素養。關於利潤、虧損、利息的問題，關於淨重的計算方法問題等等，而處理這些問題，需要豐富的知識，否則根本無力應付。

在我眼裡，瓦爾登湖是個做生意的絕佳地方。這裡不但有鐵路線和貯冰的行業，而且有優越的條件，雖然向你吐露這些便利也許不是個好主意。瓦爾登湖是一個天然的港口，基礎良好。雖然你必須打樁奠基，但你不必填埋如涅瓦河區那樣的沼澤。人們說，如果涅瓦河漲潮，伴著呼嘯的西風，順風吹來的冰塊，甚至可以瞬間讓聖彼得堡在地球上消失。

因為我的行業，不需要政府經費支持也能做，所以你們對我的資金從哪裡來，就不容易揣測了。讓我們回到實際問題上來，先從衣服說起。我們購買衣服時，常被一種好奇心理所驅使，而且在意別人對它的評價，而不關心這些服裝的真正用處。職業人士們著裝的目的，第一是取暖，保持身體能量，第二是為了在文明社會中掩羞，免得一絲不掛。那麼，現在思考一下，如果不去增加衣櫥的衣服，他可以完成多少必須而重要的工作呢？對於國王和皇后，所有的衣服只穿一次，他們雖然有御用的裁縫，但他們無法體會試衣穿衣的愉悅感。他們不過是個懸掛衣服的衣架罷了。而我們的衣服，卻和我們合為一

體，上面有我們的性情，所以有些衣服我們一直不願意丟棄。丟棄它們，就好像拋棄我們的軀體一樣，難捨難分。而且為此心情鬱悶，甚至像生病，需要吃藥才能緩解。在我眼裡，穿補丁衣服的人的身價並不低微。而我知道，一般人都要在著裝上花費很多心思：要穿得時尚，至少也要乾淨整潔，補丁是不能有的。而對於衣服穿在自己身上，內心是否感到坦蕩無愧，就不重要了。事實上，即便衣服破了不去縫補，結果不過是小洞變成大洞而已。有時，我用這種方法來測試我的朋友們，看誰願意穿膝蓋上有補丁的褲子，或者有針線縫補過的衣服。他們大部分人都認為，如果他們這麼穿了，人生前途也就毀於一旦。所以，他們寧可跛著一條腿進城，也不願意穿一條有洞的褲子。一位紳士的腿受傷了，這是可以治癒的，他可以去找醫生。但如果他的褲子破損了，他就認為沒有辦法補救了。因為人們只關心受人尊敬的東西，而忽略了真正讓人敬重的東西。我們認識的人很少，但卻認識很多的衣服。如果你把自己的最後一件衣服給稻草人穿上，而自己一絲不掛地站在旁邊，那麼，路過的行人，哪一個不是立刻就向稻草人致敬呢？有一天，我經過一片玉米田時，在那根頭戴帽子、身披上衣的木椿旁，我看到了這裡的農場主。他比我上次看見他時更憔悴、蒼老了。我聽人說，一隻狗會向每一個衣冠楚楚的靠近牠主人的陌生人狂叫，卻對一個赤身裸體的盜賊一聲不吭。這真是有趣。倘若沒有衣服，人們能多大程度地保持自己的尊嚴呢？如

果沒有衣服，你能在一群文明人中，準確地指出哪一位值得尊貴嗎？菲佛夫人曾有一次周遊世界、環球冒險的旅行。當她到達俄羅斯的亞洲地區，準備去拜見當地的長官時，她察覺到穿著旅行裝就去拜見長官不妥。因為她認為自己「現在是在一個文明的國度裡，那裡的人們是根據衣冠來評價人的」。即使在我們這個以民主自居的新英格蘭城鎮中，如果有人偶然富裕起來，穿著時尚、住所富麗，他就會受到尊敬仰慕。而且，衣服是需要縫紉的，而縫紉是一種無休止的工作，至少我沒有見過哪個女人的縫製工作有完工的時候。

一個人找到了工作，其實沒必要一定穿上新衣去上班，那些存放在閣樓中的澆上灰塵的舊衣服，隨便哪件穿上就可以。如果英雄也有隨從的話，那麼他穿舊鞋子的時間一定比他的隨從穿得時間長。至於赤腳，比穿鞋子的歷史更悠久。英雄當然也可以赤腳。只有那些去奔赴晚宴的人，以及在立法院工作的人，才必須要穿新衣服。他們換衣服的次數，就好比那些地方換人的次數。可是如果我穿上短上衣和褲子，戴上帽子穿上鞋子，要去做禮拜，這些不就夠了嗎？誰還會注意到他的破爛衣服呢？那衣服是夠破的，即使送給一個乞討者也不算樂善好施，難說那乞討者還會把它轉送給一個比他更窮困的人。這個施捨的人，也可算得上富有的人了，因為他雖一無所有，卻還可維持生計。我警告你，要對那些衣冠楚楚的人保持警惕，而不必提防那些衣著簡樸者。倘若你有什麼業務要做，不妨穿

上舊衣服試驗一下。人活於世，並不只是做一些事，而是要事業有成。如果我們只是專注於事業，我們大概永遠不會添置什麼新衣服，也無暇顧及舊衣服如何破舊和骯髒。因為我們古老的身體裡已經被注入了新的生機，即使我們穿著舊衣服，也是舊瓶裝新酒。就像飛禽，換羽毛的季節，就是牠們生命的一個重大的轉折。潛鳥會到僻靜的池塘邊蛻換羽毛，蛇蛻皮也是如此，蛹蟲的出繭也如此，這都是內心強大的結果。衣服不過是我們外面的一層皮，或者說，是我們凡塵中的鐐銬而已。我們的一切行為，都似乎在衣服的偽裝下進行，這樣最終會被全世界甚至自己所厭棄。

　　我們穿上一件又一件衣服，像寄生的植物一樣，沒有衣服好像就無法生長。我們穿在最外面的，常常是絲薄精緻的衣服，它只是我們的保護層。換句話叫假皮膚，它並不是我們生命中的一部分，從身上脫下來也不會帶給我們致命的傷害。我們時常穿著的、稍微厚一點的衣服，是我們的細胞壁，換句話叫皮層；我們的襯衫就是我們的韌皮，換言之就是真正的樹皮，剝下來的話，肯定連皮帶肉，對我們的身體有所傷害。我相信所有的生物，在四季的某一時刻都穿著類似襯衫的東西。倘若一個人能穿得這麼簡單，甚至在黑暗中都能摸到自己，在生活的各個方面他都能面面俱到，有備無患，那麼即使敵人侵占了他的城市，他也能如古代哲人那樣，坦然而寧靜地走出城門。

　　一件厚衣服的價值，大概等同於三件薄衣服。便宜的衣服

可以用真正照顧顧客財力的價格銷售，5 美元就可以買到一件厚實的上衣，並可以穿上好幾年，厚點的長褲 2 美元，一雙牛皮靴 1.5 美元，夏天的帽子每頂 25 美分，冬天的帽子每頂 62.5 美分，或者也可以花上更少的錢，自己在家裡製作一頂極好的帽子。如果穿上一套靠自己辛勤的勞動賺來的衣服，哪裡會感到貧窮？誰能說沒有聰明人來向他致敬？

當我定做一件款式新穎的衣服時，女裁縫會認真地對我說：「現在人們都不穿這個款式的衣服了。」語氣中一點也沒有強調「人們」這兩個字，似乎她說的是跟上帝一樣的非凡的旨意，所以我感覺我很難得到我想要的那種款式了，因為她講的話是真誠的，她覺得我太魯莽了。而我一聽到這神諭般的話語，就陷入沉思，把每一個字都在心中過濾一下，以便我真正明白它的意思，好讓我明白「人們」和「我」到底有什麼樣的血緣關係，在這件和我有著很多關係的事情上，他們用什麼樣的權威左右著我。最後，我決定用同樣神祕的語氣答覆她，因此也不把「人們」兩個字強調出來：「確實，最近人們並不穿這個款式，可是現在人們又流行穿這個了。」她測量的只是我的身材，並沒有測量我的性格，只測量了我的肩寬，彷彿我是一個掛衣服的鉤子，可是這樣的量法又有什麼用處呢？我們並不敬仰嫻雅，也不敬仰命運，但我們追逐時尚。她紡織，她剪裁，她不容挑剔地全權操持著這一切。巴黎的猴王如若戴上了一頂旅行帽，那麼全美國的猴子都會學著那麼做。有時我幾近絕望，我在

想，這世上，還有什麼哪怕是簡單的事不是人們相互協助而做成的？首先必須把人們的舊觀念，用一個強大的壓榨機把它們榨擠出來，讓他們無法立即重新站起來。那時，你俯瞰整個人群，你會發現有些人的腦子裡裝滿了蛆蟲似的奇怪想法，不知從何時起擱置在那裡的卵就開始孵化，繼而占據了整個頭顱，烈火都燒不盡這些蛆蟲。如果不把這些舊觀念從他的腦中剔除，我們做什麼都是白費力氣。總之，我們不要忘了，埃及有一個木乃伊傳下了一種麥子，一直傳到了我們手中。

　　整體講，我們認為某國或別國的服裝已經在藝術上備受尊崇這種話是不成立的。現代人，還是有什麼穿什麼，就像失事船隻上的水手漂流到岸邊，能找得到什麼蔽體就穿什麼。有時人們還要故意站得更遠一點，透過空間的或時間的距離來觀察彼此，繼而打趣對方的衣著。每一代人，都在鄙夷過時的服裝款式而不懈地追求著新款式。然而，當看到亨利八世或伊麗莎白女王的奇裝異服時，你難道不覺得好笑嗎？他們就像是食人島上的國王和皇后一樣。任何衣服倘若沒有人來支撐，就會變得可憐和怪異。讓人忍俊不禁。而且，讓那些衣服莊嚴起來的，是穿衣服的人兩眼中所露出來的威嚴，以及他們的閱歷。如果一個穿著漂亮衣服的小丑突然肚子痛，那麼他的衣服也會表現出痛苦的情緒。同樣，當士兵被砲彈擊中，即便是再破爛的軍裝，它也和神聖的王袍一樣華美。這些男女們喜歡的那些新款式，其中隱藏著一種幼稚而野蠻的趣味。這種趣味吸引無

數的男女們，瞇起眼睛打量著如同看一個萬花筒，以便發現現在在流行著什麼。商家早就猜透了他們這種反覆無常的趣味。兩種顏色相似的款式擺在店裡售賣，兩款衣服的差別只是一款多了幾條絲線，然後其中一件衣服馬上就會被人買走，而另一件卻被束之高閣，無人問津。往往在下一個季節到來時，後者又成了最時尚的款式。與此相比，在皮膚上刺青，的確不像人們所說的那樣可怕。因為刺入皮膚，並沒有改變皮膚的內在品質。

　　我不認為人們有衣服穿要歸功於我們的工廠制度。現在，美國工人工作的情形越來越向英國工廠的制度靠攏了，這不足為奇。到目前為止，就我耳聞目睹的事實是，製衣廠的主要目的，並非為了給人們提供更耐穿而舒適的衣服，而是賺得更多利潤。長遠看，人們總能達成一致的目標，即便很多事情短時間內無法實現，所以不妨把目標定得高遠些。

　　對於住房，我承認現在它的確是一種生活必需品了。儘管有許多事例可以證明，長久以來人們在比這更寒冷的土地上，沒有住所也照樣能生存下去。塞繆爾・拉寧說：「北歐的拉普蘭人穿著皮衣，頭上和肩上都裹著皮囊，可以夜復一夜地在雪地上睡覺。那寒冷的程度簡直可以把穿著羊毛衣服的人也凍死。」他親眼見到他們這樣席地而睡。接著他說：「但是他們並沒有比其他人更強壯。」或許人類在地球上生活不久之後，就發現了房屋的好處，以及家庭生活的舒適安寧。他這話的意思，是

說住房給人的滿足感，要遠遠大於對家庭生活的嚮往。但是有的地方，一說到房屋，人們的腦海中就會浮現出冬季和雨天，他們一年當中有三分之二的時間不住在房子裡，一把遮陽傘就夠了。在這些地方，上述說法就不合適了。正如我們這裡的氣候，從前夏夜只需在身上有所遮蓋就可以了。在印第安人的日記中，一整天行程的標誌就是一座座尖房頂的屋子，樹皮上刻劃著的一排排尖房頂的屋子，房子的數目說明了他們野外露營的次數。肢體並不碩大強壯，身材也不魁梧的人類，一直想方設法縮小他們的世界。於是，人類用圍牆來打造一個適合他的空間。起初他在戶外是赤身裸體的，雖然在天氣溫和寧靜，以及在晴朗的白天裡，心情還是非常愉快的，可是一旦雨季和冬天來臨，情況就大打折扣。且不提炎炎烈日，倘若人類不立即用房子來躲避風雨保護自己，人類大概早在萌芽時期就已經滅絕。依照傳說，亞當和夏娃在穿衣之前，是用樹葉遮蓋身體的。人類需要家庭，這個溫暖舒適的地方，但首先需要身體的溫飽，其次才是情感的溫暖。

我們不妨回想人類的幼兒時期，一些充滿冒險精神的人，已經爬進洞穴尋找庇護了。每個嬰兒在某種程度上都重新上演了這部人類的發展史。他們本能地喜愛戶外運動，不管雨天還是冬天，他們盡情地玩蓋房子的遊戲，騎竹馬。有誰不懷念童年時曾經窺望一個洞穴，或靠近洞穴時的那種喜悅的心情呢？可見，我們的祖先最原始的天性還遺留在我們體內。從洞穴開

始，我們發展到用棕櫚樹葉、樹皮、樹枝覆蓋屋頂，編織可以拉伸的亞麻屋頂，又發展到搭建青草和稻草房頂，木板和木瓦屋頂，直到石頭和磚瓦屋頂。最終，我們忘記了什麼是露天生活，我們的室內生活的精緻已經超出了我們的想像，而野外圍火取暖的日子，已經變得遙遠而模糊。如果很多時候，我們在度過白晝和黑夜時，沒有東西把我們與天體隔開，如果詩人不是一直在屋簷下吟詩，如果聖人也不在室內逗留，那麼，也許我們的生活會變得更加美好些。鳥雀們不會在巢裡鳴叫，白鴿也不會在籠裡表現牠們的天真。

　　然而，如果有人試圖建造一所房屋，他應該像我們新英格蘭人這樣，稍微聰明一點才好，以免將來他發現他自己原來住在一個廠房內，或住在一座找不到出口的迷宮中，或住在一所古老的博物館中，或住在一所救濟院裡，甚至住在一個幽深的監獄中，以及一座富麗堂皇的墓穴中。如果再想一想，遮蔽並不是絕對必需的。我見過這鎮上在潘諾勃斯各特河邊生活的印第安人。他們住在用薄棉布製作的營帳裡，四周的積雪約一英尺厚，我想倘若積雪更厚，可以為他們遮風擋雨的話，他們肯定更高興。如何才能維持我正常的生計，又能確保我能自由地去追求我熱愛的事業呢？以前，這個問題比現在更讓我煩憂，令我慶幸的是，現在我已經對此冷漠麻木了。我時常看到，在鐵路旁邊有一隻 6 英尺長、3 英尺寬的大木箱，工人們把他們的工具鎖在這箱子裡面。隨後他們去睡覺。然後我就想，所有

覺得日子艱辛的人都可以花一美元買這樣一隻箱子,在上面打幾個洞孔,讓空氣可以流進去,在雨天或是夜晚他可以躺進去,把箱蓋關上,這樣他的靈魂就獲得了自由,他就可以隨心所欲地做他喜歡做的事了。看起來這並不是很壞,也絕不是一個不值得一提的方法。你可以自由自在,在夜晚長時間久坐而不睡覺。起身出去時,也不會遇到什麼大房東二房東堵住你向你索要房租。有多少人因為必須支付一個更寬敞、更奢華的箱子的租金而憂愁致死,但是如果住在這樣一個箱子裡,人是不會被凍死的。我沒有半點開玩笑的意思。經濟學作為一門學科,曾經受到無盡的鄙視和冷落,但它絕不能被輕視。那些強健壯實的人,大部分時間在戶外生活,他們曾在戶外蓋起一所舒適的房子,選用的材料幾乎全部來自大自然現有的。麻州墾區印第安人的總督戈金,曾在1674年寫道:「他們那最好的圓錐頂的房屋,其房頂是用樹皮覆蓋的,好處是看起來整潔清爽,嚴實而溫暖,樹皮是在乾枯的季節從樹上脫落下來的,趁樹皮還青翠的時候,人們用很重的大木材把樹皮壓成巨大的木片……較差一點的圓錐頂房屋,也是用燈芯草織成的蓆子蓋在房頂上,也很嚴實溫暖,只是沒有前者那麼美觀耐看……我所看到的房屋屋頂,有的是60英尺長,或100英尺長,30英尺寬……我住在他們的屋子裡時,常常感覺它跟最好的英式房屋一樣溫暖。」他接著又說道,印花的蓆子,通常是被鋪在室內的地上,或是掛在牆上;各式各樣的器皿,擺放得錯落有致。而且印第安人還會在屋頂上開個天窗,在上面放上一

張蓆子，用一根繩子來控制開關，這就是他們的通風設施。但需要注意的是，這樣圓錐形屋頂的房屋最多一整天就可以搭蓋好，同時，摧毀它也只要幾個小時。每戶人家都有一間這樣的房屋，或者有其中的一個單間。

在野蠻時代，每戶人家都有一座最好的房屋，以滿足他們最基本而簡單的需求。但我認為我下面的話，才準確地描述了這個社會。雖然天空翱翔的飛鳥都有巢穴，狐狸有洞穴，甚至野蠻人都有草屋，但是在現代文明社會中，有房子住的家庭卻只占半數。尤其是在文明高度發達的大城市裡，只有極少一部分人擁有房屋，絕大多數人如果想居有住所的話，必須每年交給房東一筆租金。因為在夏天和冬天，房屋作為遮蔽的場所是必不可少的。這些租金，本來足以購買到一個印第安人的草屋，而人們卻寧願為這個租金付出一生貧困的代價。在這裡，我無意對比租房子與擁有一套房子的優勢和劣勢。不過顯然的是，野蠻人擁有一套房屋是因為價廉，而文明人之所以選擇租房子住，是因為他所擁有的資金買不起房屋。這時有人就會辯解道，值得同情的文明人只要支付租金，就會有地方住。他們租的房屋與野蠻人的草屋相比較，難道不像皇宮一樣富麗嗎？在鄉村，人們每年要支付 25 美元至 100 美元的租金，才能得到經過幾個世紀的發展才能改良好的寬敞房間。房間裡刷著光潔的油漆，貼著牆紙，牆上掛著朗福德壁爐，還有百葉窗、銅質的抽水馬達、彈簧鎖、方便寬敞的地窖，還有許多其他的物

品。但是，你會發現，享受著這一切現代文明成果的可憐的文明人，卻不如缺乏這一切現代設施的野蠻人生活得富足，這究竟為什麼呢？如果說文明就是人們生活條件的一種完善，我不否認它的正確性，雖然只有智者才能從這種完善中受益。那麼，它肯定能證實，我們不用哄抬物價就可以把更好的房屋建造出來。我認為所謂的物價，就是用來交換物品的那部分生命，或者馬上支付，或者以後支付。在這一帶，一座普通的房屋大概要 800 美元。為了積攢起這一筆錢，一個勞動者大概要付出 10 年乃至 15 年的勞動，而且還必須沒有家庭負擔才行。這是按照每個人的日勞動價值為一美元來估算的，如果有人賺得多一些，其他人就要賺得少一些。所以，他就要用他的大半輩子光陰，才能可憐地賺到他的一間房屋。假設他仍然是租房子住，那他也只是在兩難之中做了一次值得商榷的選擇。如此情況下，野蠻人會不會用他的草屋來換取城市裡那一間皇宮般的房子？

也許有人認為，占有多處房產，是為了未雨綢繆，以備不時之需。而我認為，他這樣做的好處，僅僅是可以讓他支付他自己的葬禮費罷了，而人們其實根本不需要自我安葬的。或許，這就是文明人和野蠻人一個最大區別吧。有人給都市人的生活制定了一套制度。不可否認，這能促進我們更好地生活，這套制度的初衷是為了保存種族的繁衍能力，使種族的生活更趨於完善，但是它卻以個人的生活為代價。所以我特別說明，

為了獲得這種好處，人們現在做出的犧牲是多麼巨大！而事實上，我們完全可以不用做出這些犧牲就能收穫到很多。你說可憐的窮人經常圍著你打轉，或者那位父親吃了酸葡萄，孩子也感到口中酸水直冒。你這樣說，是什麼意思呢？

每當我想起我的鄰居，那些生活在康科德的農民們，他們的家境也算富足。我發現他們中間的絕大多數人，都在這世上辛勤地工作了二三十年，或者四十年，他們這樣拚命，目的是想擁有自己的農場。這些農場，有些是辦理了貸款抵押，把它們作為遺產傳給他們的後代的；有些則是向別人借錢而買下來的。我們可以把他們勞動成果的三分之一，看作是房屋的代價。通常情況下，他們一代又一代地勞作，卻總也沒能還清那一筆借款。毫無疑問，那貸款抵押的價格有時還高過農場的原價。結果，農場就變成了他們的一個巨大的負擔，但最後，總是有人來繼承它，正如繼承人自己所說，他自己和這個農場有著千絲萬縷的連繫。當我和財產評估員聊天時，我驚訝地發現，他們竟然也無法一口氣說出 12 個擁有自己農場且沒有債務的市民。倘若你想知道這些農場的情況，你可以去銀行諮詢一下抵押的情況。你會發現，完全依靠勞動來還清農場債務的人很少。即使有，也是屈指可數的。我懷疑在康科德這地方，這樣的人連 3 個也找不到。

說到經商，大多數商人，100 個當中大概有 96 個注定是失敗的。關於商人的失敗，有一位商人曾表示，商人的失敗多不

是因為血本無歸，而是由於沒有履行合約，因為他們已經無能為力了，也就是說，失敗於信譽的喪失。這樣一來，問題就要複雜可怕多了。破產呀，欠債呀，不過是一個個跳板，我們大多數人的文明做法，就是在這些跳板上跳來跳去，而野蠻人則是乖乖地站在飢餓這條沒有彈性的木板上。米德爾塞克斯耕牛比賽大會，每年都會在這裡定期舉行，場面熱鬧非凡，讓人感覺到農業的發展狀況還是蠻不錯的。

農民們，一直努力地想用比做難題更複雜的方法，來解決生活中的難題。譬如為了他需要的鞋帶，他開始在畜牧業中投機。他運用嫻熟的技巧，用細彈簧精心設置好一個陷阱，想捕獵到「舒適」和「獨立」，等他正要抬腳離開，而他的另一隻腳倒掉進了陷阱中。這正是他們貧窮的原因。雖然我們被各種物質包圍著，但我們卻比不上野蠻人安逸。英國詩人查普曼吟唱道：

這虛假的人類社會，

為了追求人生的宏偉，

最重要的快樂卻稀薄得如空氣。

等到農民有了他夢寐以求的房屋時，他並沒有因此而變得富裕，倒因此變得更加貧窮 —— 因為房屋把他束縛住了。以我的理解，嘲笑與非難之神摩墨斯曾說過一句很精闢的話，以反對智慧女神米娜瓦建一座房子，摩墨斯說她「沒有把它建造成一座可以隨意拖動的房屋，否則就可以隨心所欲地把房子從一個

卑劣的鄰居那拖走了」。我們的房屋建得如此不方便,它把我們禁錮其中,並不是我們生活在裡面。至於那些卑鄙的鄰居,常常表現出我們鄙夷的「自我」。我知道,這鎮上至少有一兩戶人家,幾乎一生都期盼著出售他們的房子,準備搬到鄉村居住,但始終實現不了。或許只有等到生命結束時,他們才能重新獲得自由。

即使最終大部分人都能擁有或租住上現代經過改善的房屋,但可惜的是,文明促進了房屋的改善,但沒有同時改善居住在其中的人。文明將皇宮打造出來,可要改造出真正的貴族和國王,卻絕非易事。如果都市人心裡想的並不比野蠻人高貴多少,如果他們花費時間很多,而得到的卻不過是簡單的生活必需品,以及自以為是的安逸生活,那麼,他有必要比野蠻人住更好的房子嗎?

那少數的貧困者的生活狀況怎樣呢?或許我們會發現,他們中一些人的境遇,表面上看起來比野蠻人好得多,但另一些人的境遇,則比不上野蠻人了。一個階層的奢華生活,全靠另一個階層的痛苦掙扎來維持。一邊是富麗堂皇的華屋,一邊則是落魄的救濟院和沉默的窮人。數以百萬的工人建造了法老國王用作陵墓的金字塔,可他們自己只能吃些大蒜來填飽肚子,並且他們死後連個像樣的葬禮也沒有。剛完成皇宮上飛簷的泥水匠,在夜色中回家,大概是回到一個比草屋還不如的小草棚裡。在一個文明隨處可見的國家裡,大部分居民的生活境遇並

沒有降低到如野蠻人那般悲慘。這樣的想法無疑是錯誤的。我說的還只是一些生活境遇糟糕的貧窮人，還沒有涉及那些生活得惡劣的有錢人呢。要搞清楚這一點，不用把目光放得太遠，只要看一下鐵路旁邊四處遍及的棚屋，就可知文明社會還沒有得到徹底的改善。我每天散步時，看到人們住在這汙濁不堪的草棚子裡，整個冬天，他們的門一直開著，因為只有這樣光線才會射進來，火堆從未在他們的屋內燃起，那是他們夢寐以求的珍品。男女老少的身體，由於長期抵禦寒冷和貧苦而蜷縮一團，久而久之就變了形。他們的肢體和器官的發育因此停滯不前。我們應該去看看這些人，這個世界所有偉大的工程都有他們的貢獻。在英國這個世界工廠中，各個企業的工人們，每天為行業發展添磚加瓦。或許，我可以跟你講一講愛爾蘭的情形，在地圖上，這個地方是作為白種人的開拓地而被標誌出來的。將愛爾蘭人的身體素養，和北美洲的印第安人或者南海島民，或者和沒有與文明接觸的野蠻人相比較，我一點都不懷疑，野蠻人的君主與文明人的君主，有一樣的聰明。野蠻人的狀況，證明了文明社會有多少汙垢和穢物！我不需要講我們南方各州的勞動者了，這個國家的主要物品都是他們辛勤生產出來的，而他們本身，也成了南方各州的一種主要商品。遠的不說，我就說說那些被稱為中產階級的人吧。

大部分人好像從沒認真想過，一座房屋有什麼大不了。他們不該窮困潦倒，但現實狀況是他們終身窮困。因為他們總奢

望有一座和鄰居一樣的房屋。就好像你只能穿裁縫做的衣服，而戴棕櫚葉帽子或鼠皮做的軟帽，就感覺到恥辱了。這樣，你只會不斷對艱辛的生活發出感慨，因為你始終無力購買一頂皇冠。要建造一座比我們現有的，更方便、更奢華的房子不是沒有可能，但大家都必須承認，我們都買不起。為什麼我們總是思索怎樣獲得更多的東西，而無法接受偶然少占有一些東西呢？難道要那些令人尊敬的公民們，嚴肅地用他們的言傳身教，來教導年輕人在年老死亡之前就準備好許多雙多餘的皮鞋或雨傘，還有空蕩的客房，來招待參加葬禮的客人嗎？為什麼我們的家具不能如阿拉伯人或印第安人的那樣簡單實用呢？我們把民族英雄尊為上天的使者，帶給人類奇妙禮物的使者。每當我想起他們時，我就會思索許久，他們的身後，哪有奴僕隨從？哪有裝載著時尚家具的車輛？倘若我們在品德和智慧上優於阿拉伯人，那麼我們的家具也該比他們的更為複雜！倘若我同意上面這種說法，會是怎樣的結果呢？現在，我們的房屋被堆滿的家具弄髒了，一位優秀的家庭主婦寧願把大多數家具扔進垃圾箱，也不願在清晨看到家具上布滿灰塵。在淡紅色的晨曦中，在唯美的音樂裡，世人該做什麼清晨的工作呢？我桌子上擺著三塊石灰石，我每天不擦拭它們一遍心裡不舒服。當我察覺到這點後，十分震驚。我思想中的灰塵還來不及擦拭呢，於是我不會把它們扔到窗外。你看，我有什麼資格值得擁有一棟帶家具的房子呢？我寧願在露天地裡閒坐，因為青草葉上面

沒有灰塵。當然，人類已經踐踏過的地方除外。

　　奢侈的人開創了時尚的潮流，他後面有成群結隊的人趨之若鶩。當一個旅行家在最豪華的房間裡留宿時，他會發現這點。因為客店的主人們立即把他當作薩達那帕拉一樣來招待，倘若他接受了他們的盛情款待，用不了多久，他就會完全喪失男性氣概。我想到在火車車廂裡，我們寧願花很多的錢在奢侈的裝飾上，也不願多關心行車是否安全和快捷，結果安全和便捷都顧及不到，車廂倒成了一個豪華的客廳，鋪著軟墊的睡椅，土耳其風格的厚榻，遮陽的窗簾，以及各式各樣東方的擺設裝飾，我們都把它們挪到西方來了。那些花樣，本來是為天朝帝國的天子嬪妃、後宮佳麗發明的，連喬納森聽到他們的名字都應該感到羞恥。我寧願坐在一個只容我一人占有的南瓜上，也不願意擠坐在天鵝絨的軟墊上。我寧願乘坐一輛牛車，隨心所欲地來去，也不願意乘坐豪華的遊覽火車，呼吸著汙濁的空氣去天堂。

　　我們祖先的生活簡單極了。他們赤身裸體，至少有一個好處，那就是他還是大自然中的一分子。當他吃飽睡足後，便神清氣爽地繼續趕路。他以蒼天為幕帳，在下面休息，他不是翻越山谷，就是走過平原，又攀登高山。但如今，看呀，人類已經成為自己手中工具的奴隸了。那個獨立在世上、飢餓時就採摘果實的人，已進化成一個農夫；那個靠在樹蔭下休息的人，已演變成一個管家。我們已經不在夜晚露營，我們已經定居在

大地上，但早已忘記了天空；我們信奉基督教，但只是將它當作改良農業的辦法。我們在世上建造好了自己的宅院，之後又開始建造一座墳墓。優秀的藝術作品，都在力圖表現人類如何從這種境遇中掙脫出來，以解放自己的狀態，但它們的效果不過是把我們的遭遇渲染得更舒適一些，而其中高尚的藝術境界反而被遺忘了。實際上，美術作品在這個村子裡根本沒有立足之地，即使有些作品被流傳了下來。但我們的生活、我們的住房和我們的街道，都無法為這些作品提供一個合適的展廳。連掛一張畫的釘子都沒有，更別提一個承載英雄或聖人雕像的架子了。每當我想起我們住房的建築過程，想起如何付清房子的貸款或者仍沒交的欠款，以及未來的生活如何維持時，我就不禁暗自疑惑，為什麼當客人讚賞壁爐架上那些精緻的陳舊飾物時，地板不會突然塌陷，墜落到地窖中去，一直跌到堅硬的、厚實的地基上？我無法對這樣的景象視若無睹，人們一直在朝著所謂富裕而優雅的生活躍進，我對那些裝飾生活的美術品沒有一點欣賞之情，我集中精神關注人們的跳躍，想到人類的肌肉所能達到的最好的跳高紀錄，還是由居無定所的阿拉伯人保持的。據說他們能從平地上跳起 25 英尺之高。但如果沒有東西支撐的話，即使跳到了這樣的高度，人也還是要跌下來的。所以，我想問問那些不怎麼體面的產業主，第一個問題是，誰餵飽了你？你是那 97 個失敗者之一呢，還是那 3 個成功人士之一？回答完這些問題，可能我會去觀賞一下你那些華麗而無

用的玩物，品味一下它們的裝飾風格。車子套在馬前面，既不耐看，也不實用。在你用精美的裝飾物粉飾房子之前，還必須刮去一層牆壁，就像刮去一層我們的生命，同時還要有服務到位的家政管理和美妙的生活，作為你生活的底色。可你應該明白，最美好的趣味都在戶外培養，那裡既沒有住房的束縛，也沒有管家的制約。

老約遜在他的《神奇的造化》中，談到了第一批與他同時到達這個城鎮的移民，他對我們說：「他們在山腳下，挖掘窯洞，作為第一個庇護所，他們把挖掘出來的泥土高高地堆在木材上，在最高的一邊，生起冒著滾滾濃煙的火，烘烤著泥土。」他們並沒有「為自己建造房屋」，他講到，直到「上帝賜福，大地生產了富足的麵包讓他們充飢」，但是第一年的收穫卻令人失望，「他們被迫在很長的一段時間裡小心節食」。1650 年，新尼特蘭州州祕書長用荷蘭語寫過一段話，更詳盡地告訴準備向那裡移民的人們當地的情況：「新尼特蘭人，特別是新英格蘭人，最初是無法依照他們心中所想來建造農舍的，他們在地上鑿開一個像地窖一樣四方的、六七英尺深的大坑，長短隨個人所需，之後在牆壁安裝上木板，然後用樹皮填充木板中間的縫隙，避免泥土脫落，地面是用木板做成的；他們還用木板製作天花板，架起了一個斜梁的屋頂，在上面鋪上樹皮或綠草皮，這樣他們整個家族就可以住在這個溫暖而乾燥的地窖裡 2 至 3 年，甚至是 4 年。你還可以想像，在這些地窖中，甚至還隔出

一些小單間,當然這要把家裡的人口數目考慮進去。新英格蘭的達官要人,在殖民開始的最初時期,也是住在這樣的地窖裡面,主要原因有兩個:第一,不用建造房屋可以節省時間,以免下一季糧食不足;第二,不希望挫傷他們成批從本國僱來的勞工的期望。3、4年之後,當田地已適合播種了,他們才耗費上千元為自己建造了漂亮的房子。」

可以看出,我們的祖輩這樣做,他們至少是很小心謹慎的,他們的生存準則似乎把最緊迫的需求放在第一位了。那麼現在,我們最緊迫的需求得到解決了嗎?一想到要置辦一座豪宅給自己,我就感到心煩,頭都大了。如此看來在這一片廣袤的土地上,還沒有誕生出相應的人類文明,所以導致我們迄今還被迫縮減我們的精神食糧,縮減的程度遠遠超過我們祖輩節省麵粉的程度。這並不是說所有關於建築的美化裝飾,都要在開始建造的時候被完全忽略掉,而是說我們可以把屋裡與我們有密切關係的那部分裝潢得精緻些,就如貝殼的內壁一樣,但不要搞得過於誇張。然而,現實讓人失望,我曾經參觀過一兩幢房子,它們內部的裝修風格實在讓我不以為然!

顯然,我們今天還沒有退化到住窰洞、住草屋,或者身披獸皮的程度,這便利自然是付出了高昂的代價才換來的,所以人類的聰明才智對工業以及社會發展所做的貢獻還是值得讚揚的。在我們這一區域,木板、木瓦、石灰、磚頭與可以居住的山洞、整條的圓木,大量的樹皮、黏土,以及平薄的石片相

比更容易得到，也更價廉。我說得很專業吧？因為我既熟悉理論，又了解實際情況。如果我們稍微聰明一點，就可以利用這些原料，使得我們比今天的首富還富有，從而讓文明成為我們的一種庇護。文明人也不過是野蠻人變得更老道、更睿智了而已。現在，我還是來講述我的實驗。

1845 年 3 月底，我借來一把斧頭，走進瓦爾登湖邊的森林，到達一個地方，我準備在這裡蓋起一座房子。我開始砍伐一些像箭一樣高聳入雲的白松，它們的一些幼松，很適合做我要用的木材。如果不想東挪西借，這是一件很難辦到的事，但這或許是唯一的辦法了，而且還可以讓朋友們對你所做的事產生興趣。斧頭的主人，當他把斧頭遞到我手上時，他叮囑我說這斧頭可是他的掌上明珠。而當我還給他斧頭時，斧頭變得比以前鋒利多了。我把工作的地點設在一個令人神清氣爽的山頭，極目望去，滿山的松樹，越過松林，湖水就展現在眼前。站在屋裡，我還能望見森林中一小塊空曠的地方，小松樹和山核桃樹茂盛生長。湖水結成的冰面，還沒有完全融化，融化的一些地方，看上去黑漆漆的，而且還向外滲著水。我在那工作的幾天，天空還飄過幾次小雪。當我走在回家的途中，從林中走到鐵道上時，能看見一大片黃沙地一直延展至遠方，在濛濛霧氣中不斷閃爍，鐵軌也在陽光的照耀下熠熠發光。而且，我聽到雲雀和其他的鳥聚集鳴叫的聲音，我和牠們共同開始迎接這新的一年。那是個快樂的春天，讓人們感到鬱悶的冬天正在

和冰塊一起融化掉，冬眠的生命也開始復甦了。一天，我的斧頭柄掉了，我砍下一節青翠的山核桃樹枝，削成了一個楔子，並用石頭把它敲得緊緊的。隨後，我把整個斧頭泡在湖水裡，為的是讓那木楔子脹大。就在此時，我看見一條赤鏈蛇躥入水中。我的存在並沒有驚擾到牠，牠徜徉在湖底，大約有 15 分鐘，竟和我在那待的時間一樣長。我想，可能牠還沒有完全從冬眠的狀態中甦醒過來。依我看，目前人類身上還殘留的低級而原始的狀態，或許也是出於冬眠的原因。然而人類如果感到春風的輕拂，便會從冬眠中甦醒，他也必定會躍升到更高級脫俗的生命中去。以前，在下霜的清晨，我見過路上躺著一些蛇，牠們的身體還有一部分僵硬、不靈活，還在靜靜地等待溫暖的太陽將牠們喚醒。4 月 1 日這天下雨了，冰雪開始融化，這天早上有很長時間，天氣是霧濛濛的。我看到一隻離群的孤雁在湖上飛翔探尋，像迷了路一樣哀號著，有如霧的精靈。

我用那短小的斧頭，砍伐樹木，削修木料、支柱和椽木，一連這樣好幾天，沒有什麼可以分享的思想，更沒有形成什麼學術思想了，我自己吟唱一首詩：

> 人們自誇懂了很多。
>
> 看哪，他們長出了翅膀，
>
> 百種多的藝術和科學，
>
> 還有千種的技巧。

其實，只有拂面而過的風，

才知曉他們全部。

　　我把主要的木料砍成 6 英寸方形，大部分的支柱只砍去兩頭，椽木和地板也只砍一頭，餘下的都還留著樹皮，所以它們與木鋸鋸出來的木料相比，一樣筆直，而且更結實。在每一根木料上，我都鑿出了榫眼，在木料的頂端削出了榫頭，我借到的一些工具幫了我大忙，使我完成這些。我在樹林中每天工作的時間不長，但我經常帶上我的牛油麵包作為午餐。中午休息時，我還閱讀裹著麵包的報紙上的新聞。由於我手上有一層很厚的樹脂，當我坐在被砍倒的青松枝上，手上樹脂的芳香就沾到麵包上。在我砍伐樹木時，松樹就是我親密的朋友。雖然我砍伐了幾棵松樹，但沒有和它們結下仇怨，反而和它們更加親密了。有時，一些在林中散步的人會被我砍伐樹木的聲音吸引過來。每當這時，我們就會面對著碎木片愉快地交談。

　　我的工作一點也不緊張，我只是努力地去做。到 4 月中旬，我的屋架全部完工，完全可以直立起來了。我買下了詹姆斯‧柯林斯的棚屋，我是想使用棚屋的木板。詹姆斯是一個愛爾蘭人，在菲茨堡鐵路工作，他的棚屋是公認的好建築。

　　我去找他時，他正好出門了。我隨意地在外面走動，看不到屋裡面的樣子，只看到窗戶又深又高，屋子看起來有點狹小，有一個三角形的屋頂，其他的就看不到了。棚屋四周堆積

著有 5 英尺高的垃圾，宛如肥料堆。雖然屋頂被太陽折射得彎彎曲曲，而且看上去已經有些焦脆，不過還算是最完整的部分。房子沒有門框，門板下打通了一條通道，為方便常年亂跑的雞們。柯夫人走到門口，邀請我到室內看看。我走近時，母雞也被我趕進室內了。屋裡光線不足，黯淡壓抑，地板很不乾淨，溼溼的，黏黏的，還有些晃動。到處都是木板，這一條，那一條的，無法搬動，一搬動就裂。她點亮了一盞燈，藉著燈光，指了木屋的屋頂和牆壁給我看，以及延伸到床底下的地板。柯夫人提醒我不要踏進地窖裡，但我看來，那只不過是個兩英尺深的垃圾坑。照她的話就是，「頭頂上還有四周，全都是質量不錯的木板，窗戶也蠻好的」。我定睛一看，原來是兩個簡單的木框，眼下已經成為貓出入的必經之路了。那裡還有一個火爐，一張床和一個能坐的地方，一個在那裡誕生的嬰兒，一把絲質的太陽傘，還有一面鍍金的鏡子，以及一隻釘在橡木板上的嶄新的咖啡豆研磨機。這就是我看見的全部。詹姆斯回來之後，我們的交易很快就談成了。當天晚上，我付了 4 美元 25 美分訂金，因為他在次日清晨 5 點搬家，我得確保他不會再把什麼東西賣給別人，6 點的時候，我就可以擁有那座棚屋了。他說，最好趁早來，在別人還沒來得及在地租和燃料上再來講價之前，我最好趕到。他對我說這是唯一的額外開支。等到 6 點時，我在路上遇見了他們一家人。一個巨大的包裹，全部的家當都在其中 —— 床、咖啡豆研磨機、鏡子、母雞，只是沒有那

隻貓。後來，那隻貓跑進了樹林，成了一隻野貓。再後來，我得知牠觸碰到一隻捕獲土撥鼠的夾子，沒命了。

當天早上，我就動手拆卸這個棚屋，拔出釘子，把木板用小車搬運到湖邊，整齊地碼在草地上，讓太陽把它們晒乾，以恢復原狀。在我驅車經過林中小徑時，一隻早起的畫眉鳥為我送來悅耳的歌聲。年輕人派翠克悄悄告訴我說，一個叫西萊的愛爾蘭鄰居，在我裝車的時候把還有利用價值沒彎曲的釘子、騎馬釘，還有大釘子等都拾進自己的口袋了。等我回到我的棚屋，看見他時，只見他一臉滿不在乎的樣子，得意地昂著頭，愉悅地看著那廢墟。他站在那，正如他自己所說，他沒有工作可做。他在那裡就是一個觀眾，在他看來，這些瑣碎而無關緊要的事情，就像特洛伊城的眾神撤離一樣。

在一個向南傾斜的小山坡上，我挖好了我的地窖，6 英方形，7 英尺深。有一隻土撥鼠，也在這裡挖好了牠的洞穴。我剔除了漆樹和黑莓的根，以及植物在土壤深處的痕跡，一直挖，直到觸碰到一片沙土層。這樣，即使再冷的冬天，也不會把馬鈴薯凍壞的。地窖的四周是逐漸傾斜的，我並沒有砌上石塊，因為太陽根本照不到它，也沒有沙粒滑落下來。這個工作從頭到尾只花費了我兩個小時的時間。我很喜歡挖土，幾乎在任何緯度上，人們只要往地下挖掘，就能得到一樣的溫度。甚至在都市裡、最豪華的住宅中，也能找到地窖的身影。人們在地窖裡面儲存他們的塊莖植物，像古人那樣，縱使未來地面上的建

築完全坍塌，後來的人還能看到建築殘留在地面上的凹痕。所謂房屋，不過是進入地洞的一個過渡和通道罷了。

最後，5 月初時，我找到一些熟人來幫忙，他們幫我把屋架立起來。其實我完全可以自己立起來，但是我想借這個機會和我的鄰居聯絡一下感情。我感到自己最幸運了，能夠有他們來幫助我豎起屋架。我相信，將來有一天，大家還會一起來豎立一個更高的建築。7 月 4 日，我住進了我的房屋。直到這時，屋頂才裝上，木板才釘齊，之前削好薄邊的這些木板才最終搭接在一起，日後防雨一定是沒有問題的。但是在釘木板之前，我在屋子的一端已經砌好了一個煙囪的地基，用了足有兩車的石塊，都是我親自從湖邊一塊一塊抱上山來的。可是一直到秋天，耕完地之後，我的砌煙囪的工作才完成，而且正好趕在生火取暖之前。而在此之前，我總是一大早就起床，到野外的草地上做飯。我甚至認為這種做飯的方式更方便、更詩意。倘若正在烘烤麵包時，起了風雨，我就會在火上撐起幾塊木板，使火躲藏在木板下面，繼續烤我的麵包。我度過了很多這樣的快樂時光。那些日子，我手上的工作不少，所以讀書的時光相對就少了很多。不過即便是地上的破紙片，或者單據，甚至是臺布上的零星紙片，都會讓我興奮無比，讀它們上面的文字，就像在讀《伊里亞德》（*Iliad*）一樣。如果大家在建築房屋時比我小心謹慎，也是對的。比如，首先要想好門窗、地窖或者閣樓，它們在人的天性中占據什麼地位。除了眼下的需要，在你找出

更好的理由之前，其實你永遠也不需要建立地上的建築。一個人建造他自己的房屋，就跟一隻飛鳥築巢是一樣的道理。有誰能知曉呢，如果大家都親手建造自己的房子，都簡樸、忠實地用食物餵飽自己和家人，這樣詩人才會淋漓盡致地發揮才情，就像那些飛禽，在牠們築巢時，牠們的歌聲遍及整個森林。可是，哦，我們討厭八哥和布穀鳥，牠們經常占據別的鳥的巢下蛋，牠們那聒噪刺耳的叫聲，真的不能使人快樂。難道我們打算永遠把建築的快樂交給木匠工人嗎？在人們大多數的經歷中，建築又算什麼呢？在我一生所及的地方，我從沒遇見過一個人自己為自己建造房屋。而事實上，這項工作是如此簡單、自然。我們生活在一個社會，不單裁縫是一種職業，還有布道者、商人、農民等各種職業，而這種職業分工到什麼程度才能結束？最後會得到什麼樣的結果？顯然，有人可以代替我來思考這個問題。可是如果他這麼做是為了阻止我獨立思考，就不必了，因為那不是我期待的。

的確，在我們國家有一種人被稱為建築師。至少，我聽說過有這樣一位建築師，他心中懷著這樣一種想法，想讓建築上的裝飾物具有一種真實性，有存在的必要性，因此建築就被賦予了一種美。這觀念猶如神靈給他的指示。站在他的立場，這原本沒錯。但實際上他不過比普通的美術愛好者稍微高明了那麼一點點。一個真正在建築學上有志於改革的人，不是從地基做起，而是從飛檐入手。只在裝飾中放一個真實的核心，就如

在糖拌梅子中放進一顆杏仁或者一粒香菜籽一樣。我總覺得吃杏仁時，不吃糖對健康更有利。他沒有想到住房子的人，會把房屋建造得內外絕佳，而不去操心裝飾。任何聰明人都會贊同裝飾只是表面的功夫，只屬於皮膚上的東西。和烏龜擁有花紋的甲殼，貝類擁有光澤的珠母，住在百老匯的市民擁有三一教堂一樣，有必要簽合約嗎？一個人與他房子的建築風格無關，就好像烏龜跟牠的甲殼無關一樣。當兵的人也不必那麼無聊地，把代表勇氣的顏色塗在旗幟上。如果那樣做，敵人會看見的。在生死關頭上，他肯定臉色發青。我感覺，這位建築師就好像趴在高高的飛檐上，滔滔不絕地向他粗鄙的住戶們絮叨著他那模稜兩可的理論。而事實上，他的住戶們比他有知識多了。

我如今意識到了關於建築學的美，我發現它是由內而外逐漸散發出來的，而它的這種魅力是從它的居住者的需求和性格中散發出來的。居住者是唯一的建築師。他的建築的美，來自他潛意識的真誠和高尚的心靈。至於建築的外在，他沒絲毫的考慮。如果說這種美是注定要發散出來的，那麼他已經在渾然不覺中擁有了這種生命之美。在我們的國家，以畫家們的品味來看，最有味道的住宅，往往是窮人所住的那些毫無修飾的簡陋的木屋和農舍；最精緻的房屋，不是展現在外表上的那些特性，而是取決於居住在其中的人的生活方式。同樣生動的房子，還要算上一些市民在郊外的那些箱形的木屋子，這些市民在郊外的生活簡單而質樸。如我們想像中的一樣，他們的房子

沒有一點矯飾造作的風格，他們的建築的大部分裝飾都顯得空洞無意義，一絲 9 月的微風就能把它們吹掉，彷彿吹落一根借來的羽毛一樣，但這對建築本身絲毫沒有影響。那些不需要把橄欖與美酒儲藏進地窖的人，沒有建築學的知識照樣可以生活得很美好。如果在文學作品中，我們也如此刻意地追求華麗與唯美，如果我們《聖經》的創作者，也和教堂的建築師一樣耗費許多時間花在飛檐上，那麼會出現什麼情況呢？那些從事文學和藝術創作的人，以及教授們，就是如此刻意修飾的。當然，人在思考幾根木棍是斜放在他上面還是放在他下面時，在思考他的箱子應粉刷上什麼顏色時，當然還是有一點象徵意味的。嚴格地說，他把木棍斜放了，把箱子粉刷上顏色了。可是在精神和身體已經分開的情況下，他這樣做，就好像在打造自己的棺材一樣。這裡說的建築學，是墳墓建築學；這裡說的「木匠」，是「製棺者」的代名詞。

有人曾對我說，當你失望中，或者對人生悲觀絕望時，抓起腳底的一把泥土，把你的房子粉刷成泥土的顏色吧。難道他想起他那狹長的房子了嗎？他要在那房子裡與世長辭了吧！不如拋一個銅錢來決定一下吧。他肯定閒得沒事，有很多閒暇時光。為何你抓起一把泥土？為什麼把房子刷成泥土的顏色？如果用你皮膚的顏色來粉刷房屋，豈不是更好嗎？讓房屋呈現一種蒼白的顏色，或者刷成粉色，像為你羞紅一樣。可以說，這是一個改變村子房屋建築風格的發明，倘若你能幫我找到適合

我房子的裝飾，我一定採用。

入冬之前，我造了一個煙囪，並且在房屋側面釘上一些薄木板。因為那些地方已經不能擋雨了。這些薄木板是我從原木上砍下來的，雖然不是很完好，但經我用刨子將它們的兩邊刨平以後，看上去好了很多。

這樣，我就擁有了一個密不透風、四周都釘上了薄木板、抹了泥土的房子。它 10 英尺寬，15 英尺長，支柱高 8 英尺。房子還有一個閣樓，一個單間。房子四面各有一扇大窗，兩個通氣門，房子末端有一個大門。在正對著大門的地方，我用磚砌了一個火爐。在建造這所房子時，我買的原材料都是按普通價格，因為房子是我親手搭建的，所以不計人工費用，全部花費我寫在了下面，我寫得很詳細。因為很少有人能夠準確地說出他們的房子終究用了多少錢。我不知道是否有人能把建築房子使用的各種材料及其價格都說出來，即使有，我想也是很少的。

木板 ……………………………………… 8.035 美元

（大多數是舊木板）

屋頂和牆板用的舊木板 ………………… 4.00 美元

板條 ……………………………………… 1.25 美元

兩扇舊窗帶玻璃 ………………………… 2.43 美元

一千塊舊磚 ……………………………… 4.00 美元

兩桶石灰 ………………………………… 2.40 美元（買貴了）

繩子	·········	0.31 美元（買多了）
壁爐用鐵條	·········	0.15 美元
釘子	·········	3.90 美元
鉸鏈和螺絲釘	·········	0.14 美元
門閂	·········	0.10 美元
粉筆	·········	0.01 美元
搬運費	·········	1.40 美元
（大多自己搬運）		
合計	·········	28.125 美元

除了原木、石頭、沙子，所有材料的費用，我都列在了上面。這些原料是免費的，因為我是在公共地帶占地蓋房，有這個免費享受的權利。另外，我用房屋的剩餘材料，還蓋了一間側屋。

我原打算造一棟房子給自己，它要比康科德大街上任何一棟房子都要宏偉和漂亮。但沒想到目前這樣的一所房子，已經帶給我那麼多快樂了，而且花費也不大。

於是我發現，那些希望有個棲身之所的學生，完全可以擁有一所終身屬於自己的房子，而且所費資金也不會高於他目前每年支付的住宿費。如果說我說得有些誇張，那麼我想說，我這麼說不是為我自己，而是為人類而誇大。我的缺點和前後不一，並不會對我的言論的真實性有絲毫影響。雖然我也有不少

矯情和虛偽的地方，但那就像麥子上難打掉的秕子一樣，我也跟別人一樣為此感到遺憾。但我還是要通暢地呼吸，在這個問題上挺直腰桿，這樣我的心靈和身體都會感到極大的愉悅。而且我暗下決心，絕不卑躬屈膝，絕不做魔鬼的代言人，我要試著站在真理這一邊。在劍橋學院，一個學生住的房間，只比我這房間稍大一點，但他的住宿費每年就是 30 美元。劍橋學院在一個屋簷下建造了相連的 32 個房間，他們賺足了鈔票。而房客們，卻不得不忍受因鄰居眾多而帶來的嘈雜和生活不便，甚至還有被逼住在四層樓上的呢。所以我想到，倘若我們在這些上面有所改善，不僅可減少教育資金的投入，還可以早些完成很多教育工作。並且，為了接受教育而不得不拿錢交學費，諸如此類，一定會逐步消失。

在劍橋，或其他學校的學生，為了獲取他們必需的便利，付出了自己或他人巨大的代價。如果雙方都適當地解決一下這些問題，那麼，學生們只需要花費原來的十分之一就足夠了。學校在收費的東西，往往並不是學生最需要的東西。比如，學費在學生的求學帳目中是一筆龐大的支出，而學生與同時代的最有修養的人接觸，並從中獲得更有價值的教育，這個卻不需要花錢。一個學院在成立時，往往是先弄到一批捐款，數量不限，然後盲目地按照分工的原則，一筆一筆地分下去，直到不能再分了為止。這個原則實在有必要審慎施行。項目招來一個承包商，承包商又聘用愛爾蘭人或其他地方的工人，然後學院

就開始奠基建設了。然後，學生們就必須得適應在這裡面居住。然而為了這一個錯誤的決策，一代代學子不得不付出不菲的學費。我認為，那些學生或那些想從學校中有所收穫的人，如果能自己動手來奠基動工，建設學校，情況就會好得多了。

學生們得到了他們嚮往的休閒和安逸。按規定，他們逃避了人類必需的勞動，得到的只是令人羞愧的沒有益處的悠閒。而如何把這種悠閒轉化為豐富的生活經驗？他們卻並沒有學到。「但是，」有人說，「你不會是建議學生不該用腦，而是透過勞動去學習吧？」我並不是這個意思，我是建議學生們應該更多地思考，我建議學生們不該把學校生活當作遊戲，而應該研究生活。社會要花費巨大的代價供養他們，他們應該始終熱愛生活。我想只有這樣才能像數學一樣磨礪他們的心智。舉例說明，假如我希望一個孩子了解一些科學知識，我就不想讓他走我的老路，把他交給附近的教授。教授什麼都會教，什麼都會讓孩子練習，但就是不傳授他生活的藝術，更別說練習生活的藝術了。在教授那裡，他告訴學生們只是透過望遠鏡或顯微鏡來觀察世界，卻從不告訴孩子用肉眼來觀察周圍的生活。學習化學，卻不學習麵包怎麼製成的；或者學習機械學，卻不會實際操作機械；發現了海王星的新衛星，卻沒有察覺到自己眼睛裡的微塵，更沒有察覺到自己已經是一顆流浪的衛星；在一滴醋中觀察著怪物，卻對周圍的怪物毫無察覺……而且，在這樣的學習中，他們自己都被淹沒了。

比方說，一個孩子自己開鑿出了鐵礦石，他自己熔煉它們，從書上查找他要了解的知識，自己動手製造了一把折刀；而另一個在冶金學院裡學習冶煉技術的孩子，他的父親贈給他一把羅杰斯牌折刀。試想，一個月下來，哪個孩子進步大呢？哪個孩子會躲避折刀的鋒利，以免割破手呢？在我離開大學時，有人跟我說他已經學過航海學了。這令我十分吃驚。實際上，只要我到港口親自實踐一下，我就會獲得不少這方面的知識。即便是貧困的學生，也要學習政治經濟學，但是生活的經濟學呢？這個哲學，我們的學院卻從沒有認真傳授給我們，結果造成這個局面：兒子在學習亞當·史密斯、李嘉圖和薩伊的經濟學說，父親卻在為難以擺脫的債務而痛苦掙扎。

我們的學院擁有上百種現代化設施，人們對它們經常抱有幻想，但這並不能總造成積極的作用。魔鬼很早就投資入股，之後又不斷加股，所以他將無休止地索取利息，直到最後。我們的發明創造往往只是精美的玩具，它吸引了我們的注意力，把我們的視線從嚴肅的事情上挪開。這些發明只是對無法改進的目標提供一些改進的方法而已。而事實上，這個目標是很容易實現的，如同直通波士頓或者直通紐約的鐵路一樣。從緬因州到德克薩斯州我們急切想要搭建一條磁力電報線，但是從緬因州到德克薩斯州，大概不需要發什麼重要的電報。就像一個男子熱情地要和一位著名的耳聾婦人交談，他被引薦給她，助聽器的一端都握在手中了，他卻想不起來要對她說什麼。好像

主要的問題只是需要快速表達，而不是要理智表達。我們迫切地準備在大西洋底下開通隧道，期望讓舊的新聞快跑幾個星期，迅速傳播全世界，但是美國人的大耳朵聽到的第一個訊息，也許只是阿德萊德公主患上了百日咳之類的八卦新聞。總之，一分鐘跑一英里的騎馬人絕不會隨身帶著什麼最重要的新聞。我懷疑英國的著名賽馬奇爾德斯，牠是否曾運送過一粒玉米到磨坊？

　　有個朋友對我說：「我很奇怪你為什麼不攢錢？你熱愛旅行，有了錢，你今天就可以乘坐轎車去菲茨堡，見見世面。」但我自認更睿智一些。我已經了解到徒步旅行是最快的旅行。我便對我的朋友說，我們不妨比試一下，看誰先到那裡。距離是30英里，車票是90美分。這幾乎是一天的薪水了，我記得，在這條路上工作的人一天只拿60美分。那麼，我現在開始徒步出發，不用到晚上，我就會到達目的地。一週以來，我的旅行速度都是這樣。再看看你，那時候你還在賺路費呢。假如你正好找到了一份應急的工作，明天的某一時刻你也許到達了，或許晚上就會到達。但是事實上你不是去菲茨堡，而是花費了將近一天的時間在這工作。顯然，如果鐵路環繞全世界一週，我想我還是能搶在你的前面。至於你說的開開眼界，增加閱歷，我對此不以為然。

　　這是一個普遍規律，沒有人反其道而行之。說到鐵路，可以說它是四通八達，無限延展。人們想得到一條繞地球一周

的鐵路，就好像要把地球的表面挖平一樣。人們稀里糊塗地相信，如果他們繼續合股經營，鏟子繼續不停地鏟下去，火車終究會到達某個地方，以後去那裡就不必花多少時間，也不必花多少錢。但是，當成群的人擁向火車站時，售票員喊著「乘客上車」，煙塵滾滾，空氣流散而去，噴發的蒸氣凝結成了水滴。此時，你也許會發現，只有少數人上了車，而剩下的人說不定都被車碾壓過去了……

　　無疑，賺到車費的人，最後肯定能坐上火車，只要他們還活在世上。但是，說不定那時候，他們早已經失去了活潑的個性，失去了去旅行的熱情和興趣了。耗費生命中最寶貴的時間去賺錢，目的是為了在未來那個最不寶貴的時間去安享一點可疑的自由，這讓我想到了一個英國人 —— 他為了實現回英國過詩人般的生活的夢想，他先跑到印度去淘金。而事實上，他應該立即就搬進破舊的閣樓才是上策。「什麼！」一百萬個愛爾蘭同袍從大地上的草屋裡發出叫聲，「我們修築這條鐵路，難道不好嗎？」「嗯，」我答道，「相比是好的，換句話說，也許你們這麼做結果會更糟糕。然而，作為你們的同袍，我更希望你們能找到比挖土修路更好的事情來做，以度過你們真正的美好光陰。」

　　在我的房子建成以前，我只願用老實而愉快的方法，賺個 10 美元或 12 美元，以支付我的額外開支，這就夠了。為此，我在房子旁邊兩英畝半的沙地上種了些蔬菜，主要是蠶豆，還有

馬鈴薯、玉米、豌豆和蘿蔔。我一共擁有 11 英畝地，大部分生長著松樹和山核桃樹。上一季土地價格是一英畝 8.08 美元。有個農民說這片土地「沒有什麼用，只好養一些聒噪的松鼠」。我並沒在這片地上施肥，因為我不是這片土地的主人，僅僅是暫時居住在這片公共土地上的人，我不希望耕種這麼多地，所以沒有立即全部土地翻耕一遍。我犁地時，挖掘出許多樹根來，這使我很長時間都有柴燒。我留下了幾小塊沒有耕過的沃土。夏天時，蠶豆長得十分旺盛，很容易就能認出來。我的另外一部分燃料，來自屋後枯死而滯銷的樹木，還有湖上順流漂下的木頭。為了耕地，我不得不租來了犁地的馬，還僱了一個短工，但還是我親自掌犁。第一季度，我的農場的支出主要在工具、種子和雇工等方面，一共是 14.725 美元。玉米種子是別人給的。種子實際也花不了幾個錢，除非你種很多菜。我收穫了 12 蒲式耳蠶豆，18 蒲式耳的馬鈴薯，還有一些豌豆和玉米。黃玉米和蘿蔔因為種得太遲，沒多少收成。這是我的農場的全部收入：

23.44 美元

減去支出 14.725 美元

結餘 8.715 美元.

除了我已經花掉的，手頭儲存的一些產品大概價值 4.5 美元。我手上的存貨，已超出了我無法種植的一些蔬菜的價值。

我考慮到心靈和時間對人的重要性，我才種了一少部分土地。雖然種地這個實驗花了我很少的時間，甚至因為它用的時間短，我相信我今年的收成要比康科德鎮上任何一個農夫的收成都要高。

第二年，我做得更好了，因為所有需要翻耕的土地都種上了，大約有三分之一英畝。從這兩年耕種的經驗中，我發現我並沒有被大量的農業著作嚇倒，包括亞瑟‧楊格的名著在內。我認為一個人如果要過簡樸的生活，只吃他自己耕種的糧食，並且耕種的土地正好滿足他的所需，也沒有貪慾去交換更奢華、更貴重的物品，那麼幾平方米的土地對他來說就已經足夠了。用鏟子耕地比用牛耕地又便宜很多，每次可耕種一塊新地，這樣就不必不斷給舊地施肥，而農場上的一些必要的工作，只需在閒暇時稍微做一下就夠了。這樣他就不會像現在的人們這樣，和一頭牛、一匹馬、一頭母牛或者豬拴在一起了。就此意義講，作為一個對當下社會經濟的措施成敗不關心的人，我可以公正地說，我比康科德鎮任何一個農夫都更獨立、更自由 —— 因為我沒有把自己捆綁在一座房子或一個農場上，我能按照自己的意願做事。而且我的境況已經比他們好很多，假如我的房子被燒成灰燼，或者我的收成不好，我仍然能夠過著跟以前一樣好的日子。

我經常感覺，不是人在豢養牲畜，而是牲畜在看護人。雖說人比牲畜更自由，但實際上是人與牲畜交換了彼此的勞動。

倘若我們只考慮這必需的勞動，那麼似乎牲畜要占很大的便宜，牠們的農場也更大。人所要承擔的一部分交換勞動，便是要割 6 個星期的飼料，這可不是兒戲。當然世上並不存在一個這樣的國家，所有人的生活都很簡樸。沒有一個國度的哲學家，願意來馴化牲畜勞動。以前沒有，以後恐怕也不會有。我絕對不願意去馴服一匹馬或一頭牛，束縛住牠，然後指揮牠為我任勞任怨地勞作，因為我害怕自己變成馬伕或牛倌。如果我願意這樣做，對社會是有益的。是不是可以這麼說，一個人得到好處，就是另一個人損失利益。馬房裡的馬伕和他的主人並沒有同樣的滿足感。因為考慮到一些集體作業沒有牛馬的協助無法實現，所以就應讓人們和牛馬一起分擔這種光榮的勞動。照此推斷，如果人們無法完成這種工作，是不是就沒有他的價值？

人們開始利用牛馬為人類服務，做了一些不必要和出於藝術目的的工作，還做了一些奢侈而沒有價值的工作。所以，不可避免地，有少數人要和牛馬做交換工作。也就是說，這些人成了強者的奴隸。所以，人不但為他內心深處的獸性而工作，而且就好像是個象徵，他還要為他身外的牲畜工作。雖然我們擁有很多磚瓦或石頭建造的房屋，但是一個農民家境殷實與否，還得看看他的馬廄是否超過了他的房屋，超過到何種程度。人們都說城市裡建有最大的房子，專門供給耕牛、奶牛和馬匹居住，比起公共建築一點也不遜色。但是，這個城市提供

給人們言論自由和信仰自由的大廳卻沒有幾個。國家為什麼不用抽象的思維來作為紀念的象徵，而用宏偉的建築給自己豎立紀念碑呢？一卷《對話錄》可比東方的所有廢墟都值得讚嘆。高聳的塔樓與氣派的寺院是帝王貴族的奢侈居所。而一個純潔而獨立的心靈，絕不會屈從於帝王的旨意去甘當苦力。天才絕不是帝王們的貼身隨從，金銀與大理石都無法讓他們動心，能讓他們屈從的情形很少見。我祈求上帝告訴我，錘打這麼石頭，是要達到什麼目的？當我在阿卡狄亞的時候，我沒有見到一個人在敲擊大理石。而很多國家有瘋狂的野心，想靠留下無數他們打造的石頭來讓自己永垂不朽，流芳百世。如果他們用同樣的勞動來雕琢自己的修養和風度，那麼結果會如何呢？做一件有意義的事情，要比建造一個高聳得能夠著月亮的紀念碑更有流傳價值。我更希望石頭就待在它們原來的地方。底比斯的宏偉是粗俗的，還不如圍繞著誠實人田地的那一平米方的石牆更合理耐看，它的合理即使一座有一百個城門的底比斯城也不能比，因為底比斯城已經遠離了人們生活的真正目標。野蠻的宗教和文化往往給自己建造起宏偉的寺院，而基督教就沒有這麼做。一個國家把敲打下來的大部分石頭都用於建造墳墓，所以說，他在親手埋葬自己。

說起金字塔，本沒有什麼奇怪之處。令人驚訝的倒是：有這麼多人卑微屈辱、竭盡全力地為一個愚蠢的野心家建造墳墓。事實上，這不如把他扔到尼羅河裡淹死，然後拿去餵野

狗，顯得更聰明更有氣魄。我當然可以為他們，也為法老這個傢伙找一些掩飾之辭，可是我懶得那麼做。至於那些建築師，他們所信仰的宗教和熱愛的藝術，全世界倒是一樣，無論他們建造的是埃及的神廟，還是美國的銀行大廈，付出的代價總是大於其實用價值。虛榮是他們做這些事情的動機，還有對大蒜、麵包和牛油的嗜好。一位名叫巴爾康的建築師，年輕有為，他仿照偶像維托魯維的風格，用硬鉛筆和直尺設計出一個圖樣，設計稿立即被傳到道勃蘇父子的採石公司去了。當它被人們藐視了 30 個世紀後，如今它又被人們傾慕仰視而廣受讚譽。相比之下，再回頭看一看你們的那些高塔和紀念碑吧。城裡曾有一個瘋子要挖出一條隧道直通亞洲，他挖得很深，據說他已經聽得到亞洲茶壺燒開水的聲音，但我絕不會違心地去讚美他挖的那個大洞。很多人對東西方的那些紀念碑很關心，想知道是誰建造的。而我卻想知道有哪個人反對造這些東西的。因為他才是已經超脫世俗的高人。

　　我還是繼續統計一下數字。當時我在村中一邊測量，一邊做著木工，以及別的一些工作。我能做的行業和我的手指一樣多，我一共賺到了 13.34 美元，這是 8 個月的伙食費。就是指從 7 月 4 日到次年 3 月 1 日。我記下了帳單，雖然在這我只住了兩年。自己種的馬鈴薯、少量玉米和一些豌豆不計算在內，結帳那天在手上存貨的市價也不包括在內，帳單如下：

米 ························· 1.735 美元

糖漿 ························ 1.73 美元

（最便宜的糖精製成）

黑麥粉 ······················ 1.0475 美元

印第安玉米粉 ················· 0.9975 美元

（比黑麥便宜）

豬肉 ························ 0.22 美元

以下都是失敗的試驗品：

麵粉 ························ 0.88 美元

（比印第安玉米粉貴，而且製作麻煩）

糖 ·························· 0.80 美元

豬油 ························ 0.65 美元

蘋果 ························ 0.25 美元

蘋果乾 ······················ 0.22 美元

甘薯 ························ 0.10 美元

一顆南瓜 ···················· 0.06 美元

一顆西瓜 ···················· 0.02 美元

鹽 ·························· 0.03 美元

是的，我的確吃掉了 8.74 美元。但如果我不知道讀者中很多人也會有這種罪過的話，我是不會這樣厚臉皮地公開自己的過錯。他們花費的帳單如果印刷出來，恐怕比我的還要糟糕

呢。次年，偶爾我會捕魚吃。有一次我竟然殺了一隻踐踏我的蠶豆田的土撥鼠。正如韃靼人所說，它好像在靈魂轉世。我吃掉它，一半也是因為試驗。土撥鼠的香味如麝香，給了我一種短暫的享受。但我知道長期享受這美味是不利於身體健康的，即使請來村中的名廚來烹飪也不管用。

與此同時，衣服和其他的零用，數目雖不多，也有以下開支：

衣服和零星開支⋯⋯⋯⋯8.4075 美元
油和其他家庭工具⋯⋯⋯2.00 美元

洗衣和補衣之類的事，一般交給外面的人去做的，只是帳單還沒有送到。以下這些是活在這世上必需的花費，可能它的範圍還要廣一些。它們是：

房屋⋯⋯⋯⋯⋯⋯⋯⋯⋯⋯ 28.125 美元
農場的全年開支⋯⋯⋯⋯⋯⋯ 14.725 美元
8 個月的伙食費⋯⋯⋯⋯⋯⋯ 8.74 美元
8 個月的衣服等⋯⋯⋯⋯⋯⋯ 8.4075 美元
8 個月的油及其他開支⋯⋯⋯⋯ 2.00 美元
總計⋯⋯⋯⋯⋯⋯⋯⋯⋯⋯ 61.9975 美元

這些話，我是用來對那些要謀生的讀者說的。為了支付以上費用，我賣掉了農場的產品，它們是：

賣掉的農產品·······················23.44 美元

做散工的薪水·····················13.34 美元

總計 ·······························36.78 美元

從花銷中減去我賺的錢，差額 25.2175 美元，正好是我最初擁有的錢數。原本我打算負擔支出。支付的同時，我也得到了很多。除了得到悠閒、獨立和健康，我還擁有一棟舒服的房子。我想住多久就住多久。多麼好！

以上的統計數目儘管很繁瑣，看上去沒什麼價值，但因為十分詳細，所以也有某種價值。我再沒有什麼可記上帳單的了。從上面所列的帳單來看，我每週花在食物這一項上就要 27 美分。在之後的近兩年內，我的食物一直是黑麥和沒有發酵的印第安玉米粉、馬鈴薯、稻米、少許醃豬肉、糖漿和鹽。而我的飲料就是水。對我這樣偏愛印度哲學的人來說，用稻米作為主食是非常合適的。為了應付那些喜歡吹毛求疵的人的異議，我還得聲明一下，我有時會到外面用餐，我以前經常這樣，相信將來也會這樣。當然，我這樣做只會加大我的家庭內部的經濟預算。

從這兩年的生活經驗中，我得出一個結論：就算處在同一緯度的人，要得到他所必需的食物也是很容易的。而且，如果一個人像動物一樣吃得簡單，照樣可以擁有旺盛的精力和健康的身體。我曾經從玉米田裡採摘回一些馬齒莧，把它煮熟加鹽調味，飽餐了一頓，這一頓美食使我感到心滿意足。我寫下

它拉丁文的學名，是因為它的俗名很無趣。在和平年代，在一個平常的中午，對於一個追求理性的人來說，能吃上一頓鹽水煮熟的甜嫩馬齒莧，還會奢望什麼更豐盛的食物嗎？縱使我稍微變換花樣，也只是嘗試換一下口味，並非為了追求健康。但是人們經常忍飢挨餓，不是由於缺少食物，而是缺少他們想要的奢侈品。我認識一個善良的女人，她認定她的兒子之所以死亡，是因為他只喝清水。

　　讀者可能會察覺，我在以經濟學的觀點來分析這個問題，而不是從美食的角度來分析的。除非讀者過於肥胖，否則他不會願意像我一樣，冒險以節食來做什麼實驗。

　　開始，我只用純印第安玉米粉與鹽來烘焙麵包，一種純正的糕點。我在戶外搭起火來烤，我把它們放在一塊薄薄的木板上，或者放在建造房子時從原木上鋸下來的木塊上。可是，麵包經常被燻得有松樹的味道。我也嘗試過用麵粉，但是最後卻發現還是黑麥與印第安玉米粉調製最省事、最美味。在寒冷的天氣，如此不斷地烘烤小麵包是非常有趣的事，我小心地翻動它們，如埃及人孵小雞一樣。我烤熟的它們，是我親手種植的穀物的結晶。我聞著它們的香味，好像聞著其他鮮美的果實一樣，芬芳美味。我用布包好它們，以盡可能讓這種香味保存得時間長一些。

　　我曾經研讀關於古人製作麵包工藝的書籍，也曾向一些權威人士請教。在這些書中，我一直向前追溯，找到原始時代

關於製作不發酵麵包的最早紀錄。它象徵著人類從吃野果和生肉的飲食中解脫出來，開始發展到文雅地吃麵包的時代。漸漸地，我在研究中逐步了解到，因為麵糰的一次偶然發酸 —— 據推測因此人們學會了發酵的技術，然後經過種種發酵程序，才製作出「優良的、美味的、對健康有益的麵包」，它是人類生命的支柱。有人認為酵母是麵包的靈魂，是填充細胞組織的精神物質，就像聖壇上的火焰，被虔誠地保存至今。我想，最初一定有非常寶貴的幾瓶是由「五月花號」客輪帶到美國的，而至今它的影響還在這片土地上隨著穀類作物的生長而升騰、膨脹、擴散、伸展。我也從村中畢恭畢敬地弄來一些酵母，但有一天早上，我卻犯了一個錯誤 —— 我用滾燙的開水燙壞了它。由此突發事件我發現，酵母甚至也可以從我的生活中被剔除掉。這個發現不是我透過綜合考慮得出的，而是用分析的方法得出來的。之後，我就索性不用它了。雖然很多家庭主婦曾熱心地對我說，沒有酵母，不可能製作出安全又健康的麵包，老年人還說我的身體素養很快就會下降的。然而，我認為酵母並不是生活必需品，沒有酵母我活了一年，我依然快樂地生活在這片土地上。這讓我很高興，我終於不用再在袋子裡裝一隻小瓶子了。你知道有時候砰的一聲瓶子炸碎了，裡面的東西會傾瀉四濺，我常為此鬱悶。現在我因不用酵母而更省心、更悠閒了。人和其他動物相比，對各種氣候和環境的適應性更強。我並沒有在麵包裡加鹽、蘇打、酸素或者鹼麵。似乎我是按照基督誕

生前兩百年的馬爾庫斯‧波爾基烏斯‧加圖的祕方製作麵包的。

Panem depsticium sic facito. Manus mortariumque bene lavato. Farinam in mortarium indito, aquae paulatim addito, subigitoque pulchre. Ubi bene subegeris, defingito coquitoque sub testu.

我這樣理解這段話：「製作手揉麵包方法如下：首先洗淨手和揉麵槽。把粗麵粉放進揉麵槽，然後慢慢加水，將麵揉勻。等到麵揉成形了，再蓋上鍋蓋開始烘烤。」就是說，我們還需要一個烤麵包的爐子。馬爾庫斯對發酵一字未提。事實上，我還無法經常享用麵包這種生命的食糧。有一段時間，我囊中羞澀，有一個多月我沒見過麵包的影子。

在這片適合種植黑麥和印第安玉米的土地上，每個新英格蘭人都能很容易地種植出他所需要的麵包原料，而無須依賴那遙遠的、競爭激烈的市場。但我們的日子既不樸素也不獨立。現在在康科德鎮的店裡，我要想買到新鮮又甜的玉米麵粉已經很難了。那些玉米粒和粗糙無比的玉米粉幾乎沒有人吃。農民們把自產的大部分糧食餵了牛和豬，卻花更多錢到店鋪去買未必對身體健康有益的麵粉。我觀察到，一兩個蒲式耳的黑麥與印第安玉米粉很容易培育和種植，黑麥在最貧瘠的地上也能生存，印第安玉米對土地要求也不高。我甚至可以用手就把它們磨碎。沒有稻米，沒有豬肉，我也能過日子。倘若我必須要獲得一些糖精，在南瓜或甜菜根裡就可以提取出一種優良的糖漿

來。還有槭木果，提取糖精更容易。如果這些南瓜等原料正在生長期，我還可以用各種替代品，代替上面提及過的東西。正如我們的祖先所歌唱的那樣：

我們可以用南瓜、胡桃木和防風草來釀成美酒，來潤甜我們的嘴唇。

最後，我要說到食鹽，可以說它是雜貨中最粗糙的商品。如果想得到食鹽，就可以去一趟海邊；或者如果你的生活中完全不用它，倒還可以少喝一些開水。我不知道印第安人是否曾經為了尋找食鹽而費盡腦筋。

至少對我而言，我吃的食物，就已經避免了買賣貿易與物物交換。而且，我還有一個擋風遮雨的房子。接下來，就是衣物和燃料問題。一個農民在他的家裡，為我織成了我身上現在穿的這條褲子。感謝上帝，人們身上有這麼多美德。因為我一直認為一個農民降格去做技工，就像一個人降格去做農民一樣。他們的偉大值得紀念。但如果搬到一個鄉村去，燃料就是一個大問題。至於棲息之所，如果不允許我繼續居住在這個偏僻的地方，我就可以用我翻耕過的土地價格，也就是 8.8 美元，來買下一英畝土地了。但事實上，我認為我選擇居住在這裡，已經讓這裡的地價上漲了。有一小部分人，就是那些一直質疑我的生活方式的人，他們有時會問我這樣的問題，譬如他們問我：「是否你認為僅吃蔬菜就可以生存？」「為了立即道明事物

的本質，因為信仰就是本質，」我向來這樣答覆他們，「我即使吃木板上的釘子也能生存下去。」如果他們連這也不明白，那無論我說什麼，他們也不會明白。對我來說，我就十分樂意聽到這樣的回答，說明有人在做這樣的實驗。好像有一個年輕人，曾嘗試過在 15 天裡，只吃堅硬的、帶粗皮的玉米來維持生命，而且他用牙齒來做石臼。松鼠一直是這樣，而且很成功。人類向來對這樣的實驗有興趣，雖然有少數老太太，因為年老牙齒脫落，無法享受到這種權利。還有，那些繼承亡夫麵粉廠三分之一遺產的老太太，也許聽到這樣的實驗也會被驚到。

我的家具，一部分是自製的，其他買的，也沒花多少錢，我沒記帳。自製的家具有：一張床、一張桌子、三把椅子、一面直徑 3 英寸的鏡子、一把火鉗和壁爐的柴架、一個水壺、一個長柄的平底鍋、一個煎鍋、一隻長柄勺、一個洗臉盆、兩副刀叉、三個盤子、一個杯子、一把湯匙、一個油罐和一個糖漿缸，還有一隻塗抹了日本油漆的燈。沒有人會窮得只能一屁股坐在南瓜上而垂頭喪氣，那樣做的是懶漢。

村子的閣樓裡，有不少我偏愛的椅子。只要你去拿，它就屬於你。感謝上帝，這些家具，我可以坐在上面，也可以站在上面，我不用家具公司來幫忙。如果一個人看到自己裝在車上的家具，完全暴露在光天化日之下，在眾目的關注下，都是一些不堪入目的空箱子。這樣子，除了哲學家，誰會不覺得丟人呢？這就是傳教士斯波爾亭的家具。看到這些家具，我一時無

法分辨，這是一個富人的財產呢，還是窮人的財產。這些家具的主人，看上去一副窮相。看來真是這樣，家具越多越顯得貧窮。每一輛車上好像裝了十幾間草屋的東西。如果說一間草屋是貧窮的，那麼這麼多的草屋，就是 12 倍的貧窮。你說，我們為什麼總搬家？不就是覺得應該捨棄一些舊家具，像蛇蛻皮一樣，離開這個舊世界，然後搬到一個有新家具的新世界中去，或者直接把老家具燒掉嗎？就好像一個人把所有陷阱的機關都設置在他的繩子上，在他搬家經過荒野時卻停滯不前，因為地上到處都放著繩子，而他卻不得不拖動那些繩子，最終把他自己拖進了陷阱。而把斷尾遺留在陷阱中逃掉的狐狸無疑是幸運的，麝香鼠為了逃命，也不惜咬掉自己的第三條腿。可見，人早已失去了靈性，所以他多次走上了一條不歸路，也就不足為奇了。也許有人會問：「先生，恕我冒犯，你所說的絕路是指什麼呢？」如果你喜歡觀察，無論何時，你遇到一個人，就可觀察出他擁有什麼，以及他假裝缺少的東西，你甚至能看到他廚房中的家具，以及他所有華而不實的物品，這些物品他都要保留，不願意燒為灰燼。這些物品被套在了他的身上，他就像一頭牲畜，全力拖著它們向前走。當他鑽過一個繩結的圈套，或是穿過了一道門時，而他背後的一車家具卻被擋在門外。這時，如我上面所說，這個人走上了一條不歸路，絕路。

一個相貌堂堂、身材魁梧的人，看去很自由，而且他的一切好像都安排得很好，但當我聽到他提到「家具」兩個字時，無

論這家具是否保了保險，我都忍不住對他表示憐憫。「我的家具怎麼處置呢？」甚至還有些人，看上去多年來沒有家具的拖累，但如果仔細問他，你就會得知他的家具，有幾件存在別人家的穀倉下面。我看現在的英國，就像一位年老的紳士，拖著他眾多的行李在旅行。在一個長期居住的地方，累積了很多華而不實的東西，但他提不起勇氣一把火燒掉：大箱子、小箱子、手提箱和包裹。至少，前面的三樣東西都可以扔掉吧。現在，即便一個身體健康的人，也不會提著他的床鋪到處走。所以我要勸告那些患病的人：拋棄你們的床鋪，向前奮力奔跑吧！當我遇見一個移民，看他馱著他的全部家當 —— 一個大包裹，蹣跚前行。那巨大的包裹好像他脖子後生出的一個大腫瘤。我真是無比可憐他，並不是因為他只有這點家當，而是可憐他這麼辛苦地馱著這一切上路。如果我必須帶著我的陷阱上路，那麼我至少要帶一個相對輕便的陷阱。機關一開，它不會咬住我最致命的部位。然而，最聰明的方法就是，千萬不要用自己的手掌去觸碰那陷阱。

　　順便提一下，我也從不花錢去買窗簾，因為除了遮擋太陽和月亮，沒有什麼需要被隔絕在外面，我也樂意太陽和月亮來看望我。月亮不會讓我的牛奶發酸，或者讓我的肉發臭；太陽不會晒傷我的家具，或者使我的地毯褪色。如果有時我察覺這位朋友太熱情了，我就會躲避到大自然為我提供的窗簾後面去。這樣很經濟，更划算，所以何必在家裡掛上一張窗簾呢？

一次，有一位女士打算送我一張草墊，但我的屋裡沒地方擱置它，我也沒有空閒打掃它，於是我婉言謝絕了她。我寧願在我家門前的草地上擦拭我的腳底。

此後不久，我參加了一個教會執事的財產拍賣會，他一生卓有成效，但「人作的惡，死後還流傳」。他的大部分家具華而不實，有些還是他的父親傳給他的。其中一件家具上還留存著一條乾縊蟲。直到現在，這些財產還被靜靜地放在他家的閣樓上和另外塵封的洞窟中，已經有 50 年之久了，還沒有被燒燬。非但沒被燒燬，或者淨化消毒，反而被拿出來拍賣了，要留給別的主人以增加它們的使用壽命。鄰居們聚攏來觀看，有人買下把它們，小心地搬回家，放在他們的閣樓裡和塵封的洞窟中，繼續擱置。直到這份家產再次需要處理，那時它們又被重新拿出來拍賣……一個人死了，帶不走任何東西，一了百了。

或者一些被我們認為野蠻國家的習俗，倒值得我們學習，一定會大有裨益。他們似乎至少每年要表演一次蛻皮，雖然不是真的蛻皮，但他們卻象徵性地每年表演一次。像巴爾特拉姆敘說摩克拉斯印第安人的風俗，他們每年都會舉行收穫第一批果實的祭典。如果我們也像他們一樣，舉行慶祝會，豈不是很好嗎？「當一個部落召開慶祝典禮時，」他寫道，「他們首先準備了新的服飾、新罐子、新罐子、新盤子、新的家用器具、新家具，然後用所有穿爛了的服飾和其他可以扔掉的舊東西，打掃一下他們的屋子、廣場，還有整個部落，把垃圾和積攢的

發霉的穀物以及別的陳舊糧食，全都堆在一起，然後一把火燒掉。再吃藥，禁食三天，整個部落都熄滅火把。禁食之日，他們放棄吃食物，以及其他欲望的滿足。禁食宣布結束時，一切有罪之人都可以重返部落。」

「在第四天的早上，大祭司拿起乾燥的木塊摩擦，在廣場上燃起新的火焰。然後每一戶居民從這裡採取火苗，得到了重生的純潔之火。」

他們開始食用新的糧食和水果，載歌載舞三天，「在隨後的四天之內，他們接待鄰居部落的朋友們，接受他們的慰問和祝賀，他們的朋友也用這樣的方式淨化了自己，一切準備都如此妥當。」

墨西哥人每隔 52 年就要舉行一次淨化慶典，因為他們相信世界每 52 年輪迴一次。

我再沒有聽過比這更神聖的慶典了，如字典上解釋的聖禮一樣，這是「內心靈性純淨的外在表現儀式」。我絲毫不懷疑，他們聽從天意的召喚而保持著這個風俗，儘管他們缺少一部《聖經》記載上帝的啟示。

我靠雙手勞動養活自己，已經超過 5 年了。我發現，一年當中我只需工作 6 週，就足以支付我的生活開支了。在整個冬天和夏天的大部分時間，我自由而愜意地讀書。我曾經努力想創辦一所學校，但我發現所得與付出相當，甚至還入不敷出。因為我必須打扮自己，還必須按照別人的方式思考和做事，結

果這一筆生意浪費了我很多時間，也無所收穫。因為我做教師不是為了同袍的利益，而只是出於生存的考慮，結果以失敗告終。我也曾努力嘗試做生意，但我發現要學會經商的訣竅，需要花去 10 年的時間，或許到那時我已經被魔鬼擁抱在懷中了。事實上，我真正的擔心是到時候我的生意會很興隆。在我以前四處尋找謀生時，曾因聽了幾個朋友的建議結果卻慘敗。由於這個教訓，我想盡辦法避免重蹈覆轍。為此，我也曾經認真想過，自己倒不如去拾些漿果過活。這對我不難做到，利潤雖然微薄，但對我已經足夠。因為我的最大優點就是需求很少。我這樣傻傻地想著，我只需很少的錢，而且這樣活也不違背我的本性。而我熟悉的人們都毫不猶豫地開始做生意，或是去找到一份工作。我想，我目前的職業應該是他們最羨慕的吧。整個夏天，我漫山遍野地奔跑，一路上我隨意拾起身前的漿果，之後又隨便地把它們扔掉。彷彿我在看護阿德摩特斯的羊群。我也曾幻想，我可以採集些山花野草或常春藤，用車輛把常春藤運給那些喜歡花草的村民，甚至還可以運送到城裡。但那時起我開始明白，商業詛咒它經營的任何事物。就算你經營的是天堂的福音，也擺脫不了商業的詛咒。

由於我有所偏好，又看重個人自由，同時我還能吃苦，能取得成功。所以，我並不希望把時間花費在購買華麗的地毯、時尚流行的家具、美味可口的食物、希臘風格或哥德風格的房子上。如果有人能容易地得到這些，得到之後又能懂得利用它

們，我覺得他們需要去追求。有些人的勤奮愛勞動好像是天生的，或者勞動可以避免他們去做壞事；而有些人，我暫且無話可說；至於另外一些人，倘若擁有很多空閒時間，卻不知如何利用，那我要勸誡他們要加倍努力勞動，一直努力到他們能夠養活自己，獲得自由的人生。我認為，在所有的職業當中，臨時工最為獨立瀟灑，而且一年當中只需三四十天就可以把自己養活。太陽落山時，臨時工的一天就結束了，隨後他就可以自由地專心於某種活動，這種活動跟他的職業沒有關係，與他的興趣相關。而他的雇主，則要費盡腦筋地操勞，日復一日，經年累月，不得休息。

簡單地說，我相信，一個人靠信仰和經驗生活，要活得簡單而精明，這很容易，而且這還稱得上是一種休閒的生活。但在相對單純的國度，人們從事的工作好像只是一些刻意為之的體育運動。其實，一個人謀生，並不需要每天大汗淋漓地勞動，除非他比我還能出汗。

我認識一個年輕人，他從祖上繼承了幾英畝地。他跟我說，他也想像我這樣生活，如果他有辦法的話。但我並不希望任何人，出於任何目的，也像我這樣生活。因為，也許還沒等他學會我的活法，我已經在按照另一種方式生活了。我認為世界上的人，千姿百態最好。但是我希望每個人都能謹慎地找到並堅持適合他自己的生活方式，而不是按照他父母或是鄰居的活法來生活。年輕人的生活有無限可能，他可以建築、耕種、

航海，只要不阻攔他去做他真正願意做的事。人很聰明，因為人會計算。即便是水手和逃跑的奴隸，也都知道北極星指示的方向，這聰明能讓他受用一輩子。或許我們無法到達預期的目的地，但並不影響我們堅持自己正確的方向。

　　無疑，對一個人來說是真實的事情，對一千個人來說也是真實的。正如一棟大房子，按比例計算，並不比一座小房子更昂貴。一個屋頂可以同時蓋住幾個單間，一個地窖也可以設置在幾個單間的下面，許多單間都是被一道牆壁分隔出來的。我自己更喜歡一個人居住。而且，房子全部由你自己來建造，比你費盡口舌去勸說鄰居共用一道牆要省心很多。如果你為了占便宜而跟別人合用一道牆，那麼這道牆一定不厚。你的鄰居也許不是一個好鄰居，並且他也不會去修繕他那面牆。一般能達成的共識很少，並且都是表面的。如果有真正的合作意向，那麼可能你看不到它的存在，反而能聽見一種和諧的聲音。如果一個人是自信的，他可以自信地與人合作；如果他不自信，他會如世界上其他人一樣，繼續安於現狀。合作的最高境界，乃是讓我們共同生活。最近我聽說有兩個青年人想一起環球旅行，但是其中一個人窮苦不堪，一路上要依靠在船上做水手或者在田中犁地，來賺錢維持生計；另一個口袋裡則裝著支票。顯然，他們不可能長期相伴左右或相互合作，因為他們的合作中有一個人根本不會做事。當他們的旅行中發生第一個危機時，他們就會分道揚鑣。最重要的是，一個想獨自旅行的人，

應該是想今天出發就今天出發。而結伴同行卻要等夥伴準備就緒，在他們出發之前可能就要浪費很多時間。

「但是你這樣的觀點非常自私啊。」我聽見鎮上有居民這樣說。我不否認，直到現在，我都極少從事慈善事業。我有一種強烈的使命感，為此我犧牲了自己很多快樂，其中包括參與慈善的快樂。有人費盡心機，想勸說我去幫助城鎮裡的一些窮苦人。如果我沒事可做，而魔鬼總是在閒人頭上盤旋，或許我會嘗試這種事情，聊解寂寥。但每當我想在這方面嘗試一下，想嘗試改變一些窮人的生活，希望能幫到他們在各方面如我一樣活得舒適，以讓他們過上天堂般的生活作為我的義務，甚至我已經向他們提供了幫助，但是他們好像都願意繼續在他們的貧困生活中逗留。鎮上一些人，正努力為同袍們謀取利益，我相信這樣做至少可以避免人們去做其他無人性的事。可是慈善和其他所有事業一樣，需要天賦，而現在的慈善事業往往人浮於事。我曾嘗試去做慈善事業，但很奇怪，最後發現它與我的興趣不符，所以後來我放下它就感到釋然了。社會要求公民從事慈善以使宇宙不致毀滅這種怪誕的事業，或許我不該謹慎地逃避它。但我確信，在全世界的某個地方，確實存在一種類似慈善的事業，它維持著我們這個星球的正常運轉，但是它的力量要比慈善強好多倍。雖然如此，我不會阻止一個人去發揮他的天賦，去做慈善。對這種工作，我自己是不從事的，而對於那些全心全意又畢生從事慈善事業的人，我會鼓勵他們說：你們

要堅持下去，即使全世界的人都說你這是在「做惡事」。

我並沒說自己有怪癖，顯然，讀者中也有許多人會和我一樣，想為之申辯。在做其他事情時，我並不確信鄰居們會認為它是好事，我可以毫不猶豫地回答他們，我是一個優秀的員工。但是我究竟做什麼事才算優秀呢，這要由我的老闆來評價了。我所做的那些被人們稱為「好事」的事情，大都是我在無意間做成的，而且是在我的主要事業之外做成的。人們總是會非常實際地對你說，就從你現在開始，從腳下開始，按照你原本的樣子，不以做一個是否對他人有用的人為目標，而是懷著一顆善心去自然地做善事。如果我也拿這種腔調說話，我乾脆會說：都去吧，去做個好人。就像太陽，它用它的光亮照亮了月亮或一顆六等星之後，會停下腳步，就像好人羅賓·古德非羅一樣不斷地奔跑。太陽在每個村子的每戶窗外偷窺，讓黑暗地方隱藏的東西清晰可見，它不總是散發著柔和的光給予大地恩澤，有時會變得光輝燦爛，沒有人敢凝視它。但同時它環繞著世界，在它自己的軌道上運行著，自然地做著善事。也可以說，正像一個哲學家已經發現的那樣，地球圍繞著太陽運轉的同時也得到了它的恩澤。法厄同想證明太陽是神的傾向，所以它能帶給世人惠澤。於是他開始駕駛日輪，但不過一天，就脫軌了，結果使天堂街道的幾排房子化為灰燼，地球表面被燒焦，泉水乾涸，大地被烘乾，同時撒哈拉大沙漠也出現了，最後，主神朱庇特一個閃電把法厄同打倒地上。但太陽對他的死

卻感到悲傷，因此有一年沒有發出它的光和熱。

　　善良一旦變了味，就會臭味難聞，就像人的腐屍或神的腐屍散發出的臭味。如果我得知有人準備到我家裡來，為我做善事，那我一定倉皇而逃，就像我要逃離非洲沙漠中被稱作賽門的狂風的魔爪一樣，因為沙粒會堵住你的眼睛、鼻子、嘴巴和耳朵，直到你窒息死亡。因此我害怕有人對我行善，我怕這善良的毒素會浸入我的血液。如果一個人非要對我行善，我寧願忍受他對我做出不好的事情來，因為那樣似乎更自然些。如果我飢餓難耐，他把食物送到我面前；如果我凍得發抖，他給我暖和的衣服；如果我失足掉在溝裡，他伸出手拉我上來，我認為這個人不一定稱得上好人。因為我能找到一條紐芬蘭的狗，牠也能做這些事情。慈善並不是對同袍的泛愛。雖然霍華德的優秀無人否認，值得敬佩，而且他因善舉得到善報，但是如果霍華德們所做的慈善事業，不能惠及我們這些已經擁有較好產業的人身上，或者他不是在我們最需要援助的時候出現，那麼100個霍華德對我們的意義又何在呢？我從未聽說過有慈善大會認真地建議，決定對我這類人做一些善舉。

　　那些耶穌會的教士也被印第安人嚇傻了。被捆住的印第安人在被活活燒死時，以一種奇特的方法來懲罰那些對他們施虐的人。他們超越了肉體經受的痛苦，甚至超越了傳教士奉獻的心靈撫慰。殺害者所要遵循的規則是在殺害他們時少一點囉嗦，少在他們耳邊絮叨，他們對於加害他們的方式根本無所

謂。相反,他們以一種奇特的方式去愛殺害他們的人,甚至寬恕了他們對自己所犯的罪行。

你有必要向窮人提供他們急需的幫助,因為他們被你落在後面,原本就是你的錯失。如果你施捨錢財給他們,應該監督他們如何花這些錢,不要以為扔給他們就完事了。我們有時會犯一些莫名其妙的錯誤。那個窮人雖然很邋遢,衣衫襤褸,性格粗野,但他並沒有我們想像得那麼貧困。看上去他窮困潦倒,但他似乎安於這種狀況。如果你給他錢,他也許會去買更多破爛衣服。我總是對那些蠢笨的愛爾蘭工人充滿同情,他們在湖上鑿冰,衣衫破爛,一副窮苦相。但我雖然穿著乾淨時髦的衣服,同樣冷得發抖。所以你憑什麼可憐人家呢?嚴冬的一天,一個曾掉進冰裡的工人到我房中取暖,他脫掉了三條褲子和兩雙襪子後,我才看到他的皮膚。雖然褲子和襪子確實破爛不堪,但他並不需要我再送給他衣服,因為他的衣服已足夠多了。他需要的正是一次這樣的落水。所以,我反倒開始憐憫起自己來了。所以說,給我一件法蘭絨襯衫,要比給這樣的窮人一家舊衣物店更慈善。一千個人在砍伐罪惡的樹枝,唯有一個人在砍伐罪惡的根。或許可以這麼說,正是那個在窮人身上花費時間和金錢最多的人,製造出了更多的貧困與悲哀。他現在只能竭力又徒勞地挽救。正是衣冠楚楚的奴隸主,擠出奴隸產出利潤的十分之一,給予其他奴隸一個週日的自由。有人為了表示自己對窮人的恩賜,叫窮人到廚房去做事。為什麼奴隸主

自己不去廚房做事？這樣不是更仁慈？你炫耀說，自己的收入有十分之一都捐給慈善事業了，或許你應該捐贈十分之九。現在社會收回的財富只有十分之一的，你說，這是資產者的慷慨大方呢，還是正義人士的疏忽？

慈善好像是唯一被人類充分讚揚的美德，要不就是人們給它的評價太高。因為我們的自私，所以它才被吹噓到了天上。在康科德，風和日麗的一天，有個窮人向我誇起一個市民。他說那人對他這樣的窮人十分仁慈。人群中善良的大伯，反而比人們靈魂裡的父母更受頌揚。我曾經聽了一位宗教演講家的演講，他是一位非常淵博有才的人。他談起英國，細數著英國的科學家、政治家、文學家，比如莎士比亞、培根、克倫威爾、米爾頓、牛頓等，然後又說到英國的基督教英雄，好像他的職業促使他說這些。他把這些英雄的功績凌駕於其他所有人物之上，稱他們是偉人中的佼佼者，他們就是潘恩、霍華德、福萊夫人。人們聽到這些，一定會覺得他在胡言亂語。最後 3 個人並非英國最偉大的人物，他們只能稱得上英國最好的慈善家。我並不是想要剝奪慈善事業應得的讚美，我只是要求公平，要求對所有有益於人類的生命及其工作給予同等公平的看待。我並不認為一個人最重要的價值是正直與慈善，它們只是生命該有的枝葉。我們把這些枝葉晒乾，熬成草藥湯，給病人喝，才顯出它們的一點價值。而且，這種方法大多在被走街串巷的江湖郎中採用。而我追求的是人群中的花朵和果實，我希望它們

的芳香飄到我們身上，為我們的交流增添成熟優雅的氣質。它的仁慈不是一種局部的短期的行為，而就是源源不斷的，富足有餘的，它的施捨無損於別人，無損於自己，自然得連自己也無從察覺。這樣一種善舉能將萬惡隱藏起來。慈善家總是用他身上散發出來的頹廢而悲哀的氣質，籠罩我們人類，卻美其名曰「同情心」。我們真正向人類傳播的，應該是勇氣，而不是絕望；應該是健康和舒適，而不是病態的愁容滿面，生怕被傳染疾病。一片哀號聲從南方的哪一個平原上響起？應該被贈送光明的異教徒住在什麼地方？我們該去挽救的縱慾無度的殘暴者在哪裡？如果有人因患病而無力繼續工作，比如他患上了腸胃病，這正是值得同情的，慈善家就要為此開始改善世界的行動了。他發現，這是大千世界的一個縮影，這是一個真正的重大發現，而他本人就是一個發現者 —— 世界在吃著青蘋果。在他看來，地球本身就是一隻碩大的青蘋果，想想就讓人害怕。在蘋果還青澀時，人類的孩子們就去吃它，將是多麼危險啊。但是他風光無限的慈善事業促使他直接去找愛斯基摩人和巴塔哥尼亞人，並在人口眾多的印度以及中國的村莊留下他的足跡。就這樣，他藉著幾年的慈善活動，日益風光，權勢人物也利用他們來達到自己的目的。顯然，他治癒了自己的消化不良，地球一邊的臉頰或雙頰也染上了紅暈，好像開始成熟起來，地球上的生命也不再青澀，重新恢復到健康活力的狀態。

　　我相信，一個改良家會表現出如此的悲傷，不是因為他同

情同袍的苦難，而是因為自己的苦惱，雖然他是上帝派來的最神聖的子民。如果這一情形被扭轉，讓春天張開懷抱迎接他，讓黎明從他的床鋪上升起，他會沒有絲毫的歉意，而拋棄他那些慷慨大方的同伴。我之所以不反對抽菸，是因為我自己從不沾菸。抽菸的人會自食惡果的。我自己也做過許多應該受到譴責的事情，這點我很清楚。如果你曾經受騙做過慈善家，那麼請別讓你的左手知道右手在做什麼，因為這根本不值一提。救出落水的人，然後綁好你的鞋帶，從容地去做一些自由自在的事情吧！

　　我們的言行舉止，因為和聖人打交道反而變壞。我們的讚美詩中，迴盪著詛咒上帝的旋律，但我們還必須一直忍耐它。有人可能會說，即便是先知和救世主，也只能寬慰人的恐懼，而無法讓人們美夢成真。無論在什麼地方，都看不到對滿足人生的真誠而熱烈的記載；無論在什麼地方，都有令人難忘的讚美上帝的記載。所有的健康和成就，都讓我愉快，雖然它遙不可及；所有的疾病、失敗都讓我悲傷厭棄，雖然我得到了同情，或者說我同情它。所以，如果我們確實要用印第安人的、植物的、有磁性的或者自然的方法來重塑人類，首先讓我們像大自然一樣簡單安靜起來，驅散徘徊在我們眉頭的烏雲，向我們的靈魂注入一些鮮活的力量吧。不做清高的窮人的預言者，努力做一個優秀傑出的人。

　　我在薩迪・設拉茲的傑作《薔薇園》中讀到了以下文字：

「他們向一位智者請教，在至尊的上帝種植的所有高大樹木的濃蔭中，沒有一棵樹被稱作 Azad，即自由之樹，除了柏樹。但是柏樹卻顆粒不結，這其中的奧祕是什麼？他回答道，樹木都有各自的生長規律，四季輪迴，適應時令則蓬勃開花，不適應時令則會枯萎凋謝。柏樹卻不屬於這兩類，它永遠蒼翠，擁有這種本性的才稱得上 Azad，即宗教獨立者。不要將自己的心放在那些瞬息萬變的事物上。縱使哈里發的宗族已經滅亡，迪亞拉河和底格里斯河仍然奔流不息地從巴格達經過。如果你富足有餘，你要像棗樹一樣慷慨大方。但是，如果你沒有什麼可以給予，那就做一個 Azad，一個自由的人吧，比如柏樹。」

補充詩篇：

虛偽的窮困潦倒的人，你太做作，你竟也要在人間有占一席之地。你那破爛的草棚或木桶，悄然滋生著懶惰和迂腐。你在免費的陽光下、陰涼的泉水邊，吃著菠菜，啃著菜根。你的右手，撕去了心上的熱情。而美好的品德都從這熱情上爆發，你使人性枯萎，讓感官麻木，像戈爾貢一樣把活人變成岩石。我們不想生活在沉悶的社會，那種專屬於你的被迫節制的社會。你那愚蠢的做作讓人厭棄，不知喜怒、不知悲歡，我們不需要你那做作而被動的勇敢。它們與卑微同屬一族，它們已被固定在平庸的位置，讓你的心靈充滿奴性。我們只欣賞這樣的品德：狂放不羈，勇敢無畏，莊嚴的儀容，洞明的嚴謹，無邊

的豁達。我們不應忘了這些英雄美德，自古以來雖沒有一個名稱但它存在於某些人身上，如海克力斯、阿基里斯，忒修斯。退回到你骯髒的狗窩吧。當煥然一新的世界呈現在你眼前，你才明白什麼才是自己該追求的。

閱讀

　　如果更認真地選擇自己想要的職業，也許所有人都願意做學生或觀察家，因為這兩者的性質和命運讓所有人都產生興趣。為我們自己和子孫累積財富，成家立業或者為國家做貢獻，甚至追求名利，在這些方面我們都是凡夫俗子。但是在追求真理時，我們又都是超凡脫俗的，不怕變革或者突發事件。埃及或印度的古老哲學家，掀起了神像一角的薄紗。那微微顫動的袍子，今天仍然被撩起，我凝視著往日的薄紗，它和過去一樣鮮豔神聖，因為當初勇敢豪邁的，是祂體內的「我」，而現在，重新仰望著它的是我體內的「祂」。衣袍上沒有半點灰塵。自從神聖顯現以來，歲月並未逝去。事實上我們利用過的，或者說可以利用的時間，既不是過去，又不是現在，更不是將來。

　　我的木屋和一個大學相比，不僅更適合思考，而且更適合嚴肅地讀書。儘管我借閱的書在一般圖書館找不到，但是我卻比以前接觸到更多在全世界流傳的書，並深受其影響。這些書曾經刻在樹皮上，現在只是偶爾臨摹在布紋紙上。詩人密爾·卡瑪·烏亭·瑪斯特說：「書本的妙處在於坐著就能在精神世界裡縱橫馳騁。當我品嘗深奧學說的瓊漿蜜液時，一杯酒，就足以令我陶醉不已。」整個夏天，我把荷馬的《伊里亞德》擺放在桌子上，儘管我只能在休息時間偶爾翻閱其中的詩篇。最初因

為有許多工作要做，有房子要建造，同時還要鋤豆子，所以我不可能有時間閱讀很多書。但我相信未來我可以閱讀很多，這個想法一直支撐著我。工作之餘，我讀了一兩本通俗易懂的旅行指南方面的書，但後來我不免有些羞愧，自問：我究竟身處何地？

學生閱讀荷馬或者埃斯庫羅斯的希臘文原著，絕沒有引起狂放不羈或揮霍無度的危險，因為他閱讀之後就會在某種程度上效仿書上的英雄，會在清晨的大好時光閱讀詩篇。倘若這些英雄的詩篇印刷成書 —— 用我們本國的語言翻譯而成，在這道德敗壞的時代，這種語言也會變成死的文字。因此，我們應該努力探尋每一句詩和每一個詞的意蘊，絞盡腦汁，拚上我們所有的勇敢與氣力，去探索它們的原意，以探尋出比通常意義更深廣的意蘊。

現在那些出版社，出版了大量廉價的翻譯版本，但並沒有使我們向古代那些偉大的作家靠得更近。他們的著作仍然無人問津，他們的文字仍然像以前一樣被印刷得稀奇古怪。少年時花點時間來研習一種古代文字，即使只學會了幾個字，也是很值得的。因為它們是街頭巷尾那些瑣碎而平凡語言的精華，能給人一種永恆的啟示和激勵。有的農民偶然聽到一些拉丁語警句，銘記在心，而且經常提起它們，這對他們不是毫無用處的。有些人曾說過，古典作品的研究結果，最終似乎都讓位於一些更現代、更實用作品的研究。但是有上進心的學生，還是

會經常去研讀古典作品的。不論這些古代作品是用何種文字寫成的，也不論它們的年代如何久遠。如果說古典作品中沒有記錄人類最高尚的思想，又怎麼會被稱作古典作品呢？它們是獨一無二的，永不腐朽的神諭。現在，對於一些讓人困惑的問題，即便是向德爾菲和多多納求神占卜，也都不可能得到答案，而古典作品卻能為我們指點迷津。我們甚至也不必求助於大自然，因為它太古老了。讀一本好書，即在真實的精神世界中閱讀一本真實的書，是一種高尚的歷練。這種歷練所花費的閱讀者的心神精力，超過世俗公認的其他訓練。這需要一種修練，正如競技家必須經歷的一樣，要終身修練，持之以恆。書是作者認真含蓄地寫下的，讀者也應認真耐心地閱讀。

也許你講話的語言，和書本創作中使用的語言是相同的，但光憑口頭語言還是不夠的，因為口語與書面語有著明顯的不同，一種是用來聽的，一種是用來閱讀的。聲音或舌音往往變化多端，是脫口而出的，口語只是一種方言，甚至可以說往往是很粗野的。我們就像野蠻人一樣，從母親那裡渾然不覺地學會了它。而書面語，卻是口語的成熟形態和經驗的凝結。如果口語是母親的舌音，那麼書面語就是父親的舌音，它是一種經過提煉的表達方式，它的價值不在於耳朵能否聽見，而在於我們必須重新來一次，才能學會運用它。中世紀時，有許多人能流利地說希臘語和拉丁語，但是由於他們的出生地不同，他們難以讀懂傑出的作家們以這兩種文字寫成的作品。因為這些

文章不是用他們所熟知的那種希臘語和拉丁語寫成的，而是採用精練的文學語言 —— 他們還未學會比希臘和羅馬更高級的方言。這種高級方言所寫成的書，在他們眼中卻是廢紙一堆，他們愛不釋手的卻是那些低廉的當代文學。但當歐洲的許多國家，發明了自己的書面語，這足以滿足他們對新興文學的需求。於是，最初的那些學問開始復興，學者們也能夠辨識出這些來自遠古時代的語言珍寶。當初羅馬和希臘的人民無法讀懂的作品，在幾個世紀流逝過後，只有少數的學者能讀懂它們了，到如今也只剩下少數幾個學者在研究它們。

無論我們對演講者的口才如何讚不絕口，最崇高的文字往往還是隱匿在變幻莫測的口語背後，或者說超越於瞬息萬變的口語之上，就好像繁星點點的天空藏在浮雲後面一樣。那裡的繁星，凡是觀察者都可以觀察它們。天文學家永不停息地在解釋它們，觀察它們。書本可不是我們日常交流時的簡單呼氣，隨著氣息轉瞬即逝。演講者在講臺上的所謂口才，通俗地說就是術語所說的修辭。演講者可以抓住一個稍縱即逝的靈感口吐蓮花，面對他面前的聽眾，滔滔不絕。但對作家來說，追求生活的平衡才是他們的本分。激發演講者靈感的社會活動和蜂擁而至的聽眾，會分散作家的精力。他們是向人類的智慧和心靈獻辭，向任何年代有能力理解他們的人說話。

難怪亞歷山大在率軍前進時，在一個寶匣中還帶著一部《伊里亞德》。文字是精品中的精品。比起其他任何藝術品，文字與

我們更為親近，更具有世界性。文字是最靠近生活的藝術，它可以被翻譯成上千種文字，不但供人閱讀，而且在人類的唇上逗留，口口相傳；不僅表現在油畫布上或者大理石上，還可以存在於現實生活當中。一個古人的思想烙印可以被現代人時常掛在嘴邊。2,000 個夏季已經被記載在紀念碑似的希臘文學裡，如同在希臘的大理石之上，遺留下更為成熟的、一如金色秋收般的色彩。因為文字帶來了天體般宏偉的氣氛，並傳播到世界各地，保護它們免受時間的侵蝕。書籍是世界上最珍貴的藏寶室，那裡儲藏著世世代代眾多國度的寶貴遺產。最古老、最耐讀的書，當然適合擺放在每一個房間的書架上。它們沒有什麼利益要去爭取，但是當書籍啟發並激勵著讀者時，讀者會欣然接受書中傳達的理念。書的作者，都自然而然地無法抗拒地成為所有社會中的貴族，而且他們對於人類的影響遠超於國王和君主。當那些大字不識，大概還傲慢無比的商人，透過自己的苦心經營和辛勤奮鬥，賺來了空閒的時間和無憂無慮的生活，並躋身於財富與時尚界的時候，他們最終又會不可避免地需要投身於那些更高層次的，但是又無法企及的智者和文人的圈子中。這時，他們會發現自己在文化方面的匱乏，發現自己的所有財富都是虛無的。於是他們費盡心思，要讓他們的子女接受良好的教育和文化的薰陶，他們做了一次明智的選擇，而這一次也證明了他們敏銳的眼光。於是，他們成為一個家族及其文化的創造者。

　　沒有掌握閱讀古典作品技巧的人們，對於人類歷史的了解是不全面的。令人驚訝的是，到目前為止都沒有出現過一個現代語言的文本，除非說我們的文明本身姑且可以算作一個文本。《荷馬史詩》還沒有英文版本，《埃斯庫羅斯》和《維吉爾》也從來沒有用英文發行過。這些作品是那麼優美，那麼厚重，美麗得就像黎明一般。後世的作者，無論我們如何讚嘆他們的才華，也只有極少人能與這些古典作家相媲美。他們精美、完整、史詩般的文藝創作是無人可企及的。從未閱讀過這些作品的人，只告訴人們忘掉它們吧。可是當我們有了學問，稟賦開始顯露，並能閱讀欣賞它們時，那些沒有閱讀過它的人所說的話，就會立刻被我們拋在腦後。當我們稱之為聖物的經典巨著，以及比經典作品更古老、更不為人知的各國經典堆積得足夠多時，當梵蒂岡教堂裡堆滿了《吠陀經》、《波斯古經》和《聖經》，堆滿了荷馬、但丁還有莎士比亞的作品時，後世的人們如果能在公共場所展覽他們的戰利品，那麼這個時代肯定會更加富有。有這一大堆作品，我們才可能進入美好的天堂。

　　人們還從未讀懂過那些偉大詩人的作品，因為只有詩人自己才能讀懂它。詩人的作品被平民閱讀，就好像平民在閱覽繁星，人們最多是觀望星象，而不是想探尋天文學的奧祕。很多人閱讀，是為了獲取可憐的便利，就像他們學算術是為了記帳，以免做生意時上當受騙。但是閱讀是一種高尚的智力訓練，如果他們僅僅是淺嘗輒止，那麼只會一無所知。閱讀吸引

我們絕不像奢侈品一樣，讀起來能讓我們昏昏欲睡，讓我們高尚的感官昏昏沉沉。我們應該在最敏銳、最清醒的時刻，踮起腳尖凝神閱讀，這樣的閱讀才是讀書的最高意義，才與它的初衷相合。

我認為從我們識字以後，就該閱讀好的文學作品，不要永無休止地重複字母歌和單音字，不要在四年級或者五年級的時候留級，不要始終坐在低年級教室的前排。很多人認為會閱讀就應該很滿足了，或者聽到別人在閱讀就很知足了。或許他們僅領悟到一本叫做《聖經》的好書中的智慧，因此他們只閱讀一些休閒的書籍，生活單調乏味，虛度光陰。在我們的公共圖書館裡，有一部被稱之為《小讀物》的多卷作品，之前我還以為這大概是我沒有去過的一個城鎮的名字。有這麼一類人，就像貪婪的水鴨和鴕鳥一樣，能夠消化一切，甚至在海吃一頓豐盛的肉類和蔬菜之後都能消化。因為他們不想浪費。如果說別人是供給此類食物的機器，那他們就是大嚼而不知飽足的閱讀機器。他們讀了 9,000 個關於西布倫和賽芙隆尼婭的故事，都是關於他們如何相愛，從未有人這樣相愛過，而且他們的戀愛過程曲折離奇 —— 總之就是講述他們怎樣相愛，遇到怎樣的困難，然後如何站起來，如何再相愛的。一個值得同情的傢伙怎樣爬上了教堂的尖頂，他沒爬上去就萬事大吉了；他既然已經鬼使神差地爬到了尖頂上面，那快樂的小說家終於敲響了鐘，讓全世界的人都聚集過來，聽他講述。哎喲，天！他怎麼又下來

了！在我看來，作家還不如把這些小說裡常見的痴男怨女，一律化身為指示風向的小人，把他們置於塔頂，就如他們經常把英雄置身在星座中一樣，讓那些指示風向的小人不停旋轉，直到它們生鏽壞掉，千萬不要讓它們到地上來胡鬧，打擾了那些老實的人。下一次，小說家們再次敲響警鐘，哪怕起火的教堂被夷為平地，我也能穩坐不動。

「一部中世紀的傳奇作品《踮腳跳號船的船長》，由寫《鐵特爾－托爾－譚》的那位著名作家所著，按月連載，爭相閱讀，欲購從速」。他們瞪著碟子一樣大的眼睛，以原始的好奇心和打破砂鍋問到底的精神讀著這本書，他們胃口極好，不怕損傷胃壁黏膜，正如那些 4 歲大的孩童，整天坐在椅子上，閱讀售價 2 美分一本的封面燙金的《灰姑娘》。依我看，他們讀完後在發音、重音、音調這些方面並未進步，更不用說他們對主題的了解與教育意義了。結果是讀得視力衰退，所有的生命器官停滯不動，思想萎靡不振，智力的官能完全如蛻皮一般蛻掉。這一類「薑汁麵包」一樣的書，幾乎每天都從烤麵包的爐子裡烤製出來，比用純小麥或黑麥粉製作的和用印第安玉米粉製作的麵包更受歡迎，在市場上也更暢銷。

縱使是所謂的好讀者，也不會閱讀那些應該被讀的最好的書。那麼，我們康科德的文化又有什麼價值呢？在這座城市，除了極少數的人，大家對於最好的書，甚至英國文學書庫中一些優秀的著作，都覺得讀不出什麼價值，儘管大家都能閱讀英

文，而且都拼得出英文字，甚至是從這裡或那裡的大學畢業的，縱使是那些所謂的受過開明教育的人，也對英國的古典著作所知甚少，甚至全然不知。至於記錄人類思想的巨著，譬如古代經典作品和《聖經》，如果有人想閱讀它們，其實得到這些書輕而易舉，但是很少人肯下功夫去研讀它們。

　　我認識一個中年樵夫，他訂閱了一份法文報紙，他對我說他不是為了閱讀新聞，而是為了「促進他的學習」，因為他的原籍是加拿大。我問他世界上他能做到最好的事情是什麼，他說除了學好法語之外，還要繼續下功夫學好並提升英語水平。一般的大學畢業生努力做的或想要達到的目標也不過如此，他們訂閱一份英文報紙就為了達成這樣的目標。假設一個人剛讀完一本可能是最好的英文書，他能跟多少人談論讀後感呢？再假設一個人剛好讀完一本希臘文或拉丁文的經典作品，就連文盲都知道頌揚這部著作，但是他根本就找不到一個可以和他聊天的人。他只好沉默。在大學裡很少有哪個教授，在已經掌握了一種艱澀文字的同時，還能同樣擁有一個希臘詩人的廣博的才情，並且能懷著熱情地把思想傳達給那些敏銳而豪邁的讀者。至於令人尊敬的經典，人類的聖經，還有誰能把它們的名字大聲地唸出來呢？大部分人都知道希伯來這個民族擁有一部偉大的經典，但很少有人知道別的民族也有著同樣的經典著作。所有的人都為揀到一塊銀幣而竭盡全力。但是，這裡的文字像黃金一樣珍貴，它們是古代最睿智的人說出的話，它們的價值被

歷代的智者稱頌和肯定過。但是我們讀的書只不過是簡易的課本、初級課本和教科書而已。踏出校門之後，只是閱讀《小讀物》和故事書，而這些都是孩子們和初學者的讀物。所以說，我們的讀物、我們的講話，以及我們的思想，都處於一個極低的水平，只能與小人國的小人和侏儒相比。

我希望結識一批比康科德這地方人更聰明的人，他們的名字在康科德幾乎不被提及。難道我聽到柏拉圖的名字後，還堅持不去拜讀他的大作嗎？柏拉圖彷彿是我的老鄉，但我們素昧平生；他彷彿是我的近鄰，但我卻從未聽見他說話的聲音，或聆聽過他充滿智慧的話語。但是事實又怎樣呢？他的《對話錄》充滿了智慧的見解，我們卻任由這本書在一邊的書架上安睡，無人問津，更別說翻閱了。我們是愚昧無知、不求甚解的文盲。我要說在文盲這方面有兩種，他們並沒什麼不同，一種是大字不識的城鎮居民，另一種是能夠讀書認字，但是只讀兒童讀物和對智力要求極低的書籍的人。我們應該如古代聖賢一樣美好，但首先我們應該知道他們好在哪裡。我們確實是一些小人物，在智力的成長中，令人同情的是，我們只飛到了比報紙新聞稍高一點的地方。

並非所有書籍像它們的讀者一樣愚笨。書上的一些話，可能正是針對我們的遭遇而發出的，如果我們真正傾聽並理解了這些話，那麼它們對我們的生活是有益的，其溫暖我們的程度勝過黎明或陽春，還可能讓我們換上一副全新的面孔。很多人

在閱讀一本書之後，就開始了他新生活的旅程。如果一本書能為我們的奇蹟道出原因，並能啟發新的奇蹟，那麼這本書對我們將大有裨益。迄今為止，我們說不清楚的話，大概在別處已經講出來了。那些擾亂我們心神的事情，那些讓我們質疑、困惑的問題，也曾發生在其他的聰明人身上。書上對這些問題的回答，一個都沒有遺漏。而且所有的智者都憑自己的能力，用自己的話和自己的生活方式，做出了回答。而且，在擁有了智慧以後，我們的心胸也會變得寬廣。在康科德的郊外，在一個田莊上，有一個寂寞的雇工，他獲得了重生的機會，因為他擁有了獨特的宗教經驗，他確信因為自己的信念，他已經進入一種沉默莊重並排斥外物的境界。數千年前，瑣羅亞斯德就已經有過和這位雇工同樣的歷程，獲得了同樣的經驗。但他智慧過人，他知道這種歷練普遍存在，所以他能用相應的方法對待他的鄰居。據說他還發明並開創了一個祭神制度，所以應該讓他謙虛地和瑣羅亞斯德的精神溝通，並且在所有聖賢的自由引導下，與耶穌基督的精神溝通。讓「我們的教會」滾蛋吧。

我們自我炫耀說，我們屬於 19 世紀，與任何一個國家相比，我們都邁著最大最快的步伐前進。可是一想到這城鎮，它對自身的文化貢獻卻微乎其微。我不想稱讚我的市民同鄉們，也不想他們稱讚我，因為這樣大家都不會獲得進步。我們應該如老黃牛一般被激勵、被驅趕，然後才能快速奔跑。我們有個相當正規的公立中小學的制度，但學校只對一般小孩子開放。

除了冬季那個半飢餓狀態的講學廳，最近根據政府法令還創立了一個簡陋的圖書館，但就是沒有為我們建立一所自己的學校。我們在治療身體的疾病方面花了很多錢，而對精神方面的疾病卻沒有花費很多。現在時機已經成熟，我們應該建立一所不同凡響的學校。我們應該讓男女兒童成年後繼續接受教育。到那時，一個個村莊應該是一所所大學，老年人全都是研究生——倘若他們日子過得還富足的話，他們應該有閒暇時間，把他們的餘生都致力於自由學習之上。世界並不應該永遠只局限在一個巴黎或者一個牛津，學生們照樣能寄宿在康科德，在這裡的天空下接受文科教育。我們也照樣能請一位像阿伯拉爾這樣的教育家來給我們講課。真是現實讓人感慨啊，由於我們一直忙著養牛，做店鋪生意，我們好長時間沒有進學堂學習。就這樣，我們可悲地荒廢了我們的學習。

在這片土地上，我們的鄉鎮應當在某些方面取代歐洲貴族的地位。它應該作為藝術的維護者。它是富裕的，只是缺乏胸懷和教養。在諸如農業和商業方面它肯出資，但是要它舉辦一些知識界都認為是更有價值的活動時，它卻覺得那只是烏托邦的夢想，不切實際。多虧了財富和政治，本市花了 17,000 美元建造了市政府，但估計 100 年之內人們也不會在生命的真正智慧上——這個最本質的精華上耗費巨資。在冬天辦講學廳，每年募到 125 美元，這筆錢可比市內其他同樣數額的捐款花得都更值。我們生活在 19 世紀，為什麼我們享受不到 19 世紀的好

處？為什麼我們非要活得如此狹隘？如果我們要閱讀報紙，為什麼不忽略波士頓的閒話專欄，立即去訂閱一份全世界最好的報紙？別從中立的報紙去吸收柔軟的食物，也別在新英格蘭吃翠綠的「橄欖枝」了。讓所有的學術社團的報告都匯集到我們這裡，我們要考察一下他們究竟懂些什麼。為什麼我們要讓哈伯兄弟出版公司和雷丁出版公司來給我們選擇圖書？正如品味高雅的貴族，他的周圍總是聚集著一些對他的修養有幫助的天才、書籍、繪畫、雕塑、音樂、哲學等。讓城鎮村莊也這樣做吧，不要只聘請一位老師、一位牧師、一位教堂司事，以為興建教區圖書館，選舉出 3 個市政委員就萬事大吉了。我們拓荒的祖先在荒涼的岩石上度過漫漫寒冬，依靠的僅僅是這麼一點事業。集體行為與我們體制的精神是相匹配的：我確信我們的生活環境將會變得更美好，我們的能力將遠超那些貴族。新英格蘭能把世界上所有的智者都邀請過來，教育自己，為他們提供食宿，讓我們徹底地遠離鄉村生活。這就是我們所需要的不同凡響的學校。我們需要的是高貴的村子，而不是貴族。如果這是必須要做的，我們寧願少修一座橋，多繞著走幾步路。但是，請至少在包圍我們的黑暗而愚昧的深淵上，搭起一座橋吧。

聲音

　　雖然書籍是精選的最好的古典作品，但是如果我們局限在書籍裡，並且只限自己讀一種語言，即以口語和方言寫成的作品時，這時我們便站在危險的懸崖邊。因為，我們快要忘掉另一種語言了，那是一切事物不經修飾便可直說出來的語言，只有它豐富無比，而且標準嚴謹。一般來說，發表的作品很多，印刷出來的卻很少。從百葉窗的縫隙中透進來的光線，在完全打開百葉窗之後，便消失無蹤。任何方法和訓練都無法代替時刻保持警覺的必要性。能夠看得見的東西，就要經常去看。這樣一條規律，怎麼會是一科歷史或哲學，或者無論精選得多麼好的詩歌所能比得上的呢？又怎麼會是最好的社會，或者最令人羨慕的生活所能比得上的呢？你樂意只做一位讀者、一個學生，還是一個預言者？讀一下你自身的命運，看一下呈現在你面前的是什麼，再向未來走去。

　　第一年夏天，我沒有讀書。我耕種大豆。不，不只這樣。有時候，我不能眼睜睜地把美好的時光投注在任何工作上，無論腦力還是體力工作。我喜歡為生活留有更多的空間。有時在夏天的早晨，洗完澡之後，我坐在陽光普照的門前，從日出靜坐到中午，有時也會坐在松樹、山核桃樹以及黃櫨樹之間。在一片祥和的孤獨與寧靜中，我凝神沉思。這時，鳥雀在周圍歌

唱，或者無聲地飛過我的房子。一直到太陽的光線打到我的西窗，或者聽到遠處公路上的旅遊者的車輛聲傳來，才把我從時間的流逝中喚醒。我在這樣的時節成長，就像玉米生長在夜晚一樣，這可比所有工作要美妙多了。這樣做並沒有減短我的生命，反而延長了我的生命，甚至延長了許多。我領悟了東方人所說的沉思，以及拋開勞動的意義了。一般來說，我不在乎虛度光陰。白晝在不斷變換，似乎只是為了照耀著我們的某種工作，但是你看，剛才還是黎明，現在已經到了晚上，我並未完成什麼讓人印象深刻的工作。我也並未像小鳥一樣歌唱，我只是安靜地微笑，笑我自己的生活滿溢著幸福。如同站在我門前的山核桃樹上的麻雀，啁啾不已，我也偷偷地笑著，抑制著我內心的喜悅，以免牠聽見了我的笑聲。我的日子並不是某個星期天，它沒有任何異教神明的印記，也沒被切割成小時，也並未被滴答的鐘聲打擾。因為我喜歡像普里印第安人一樣生活，據說對他們而言，「昨天、今天和明天都是同一個字，在表達不同含義時，他們一邊說這個字一邊做手勢，手指後面代表昨天，手指前面代表明天，手指頭頂代表今天」。在我的市民同鄉們眼中，這完全是懶惰。但是如果用飛鳥與繁花的標準來審核我，我認為自己是完美無瑕的。人必須從自身尋找原因，這話對極了。大自然的一天是平靜的，它不會責備人的這種慵懶。

相比那些不得不跑到外面找快樂、參加社交活動或進戲院的人來說，我的生活方式至少有一個好處，那就是，我的生活

方式本身就是娛樂，而且它永遠都是新奇的，它是一場不會結束的多幕劇。如果我們能夠經常參照我們學習到的最新最好的生活方式來生活，並管好自己的生活，那麼我們就永遠不會感到無聊乏味。只要你緊隨著自己的創造力，每隔一小時它就會為你指出一個新的前景。做家事是快樂的消遣。如果我的地板髒了，我就會很早起床，把所有的家具都搬到屋外的草地上，床和床架堆在一起，然後在地板上灑些水，再撒點湖裡的白沙，之後用一把掃帚，把地板擦得乾乾淨淨。等到同鄉們吃過早飯，太陽已經烘乾了我的房間，然後我就可以搬進去了。而在這期間，我的思考幾乎從未停止。我的全部家當都擺在草地上，碼成一小堆，就像吉卜賽人的行李，我的三條腿的桌子也被放在松樹和山核桃樹的下面，上面的書籍和筆墨我都沒有拿走。這些家具似乎也願意待在外面，好像很不情願被我搬回屋裡。感到這點，真令人愉快。有時候我會躍躍欲試地，想在它們上面搭起一座帳篷，然後我在那裡休息。太陽照耀著它們，對我是很好的風景；風拂過它們，對我是悅耳的聲音。在戶外看熟悉的事物，比在室內要有趣得多。鳥兒站在樹木的枝葉上，長生草在桌子下悄然生長，黑莓藤纏繞著桌子腳，地上到處落滿了松毬、栗子和草莓葉子。我的家具，彷彿由這些東西的形態轉化而來，以至成了現在的桌子、椅子和床架。是的，這些家具，原本就是和它們毗鄰的樹木。

　　我的屋子位於一座小山的山腰，正好在一片廣闊的林地邊

緣，在一片長滿了蒼松和山核桃的小樹林中間。在距離湖邊 6 桿遠的地方，有一條細窄的小路從山腰延伸到湖邊。我房前的院裡，生長著草莓、黑莓、長生草、狗尾草和黃花紫菀，還有矮橡樹、野櫻桃樹、越橘和落花生。5 月底，生長在小路兩側的野櫻桃裝點著細嫩的花朵，短小的花梗在傘狀的花叢中鋪展開去。到了秋季，碩大又鮮豔的野櫻桃掛在樹上，一球球地垂下，四周放射著光芒。它們的口感並不好，但為了表示感謝大自然的恩賜，我還是品嘗了它們。漆樹在房子周圍生長得十分茂密，甚至越過了我蓋的一道矮牆。第一季它就生長了 5、6 英尺。它那寬闊羽狀的熱帶葉子，看上去很奇特，但令人喜歡。暮春時節，在要枯死的枝椏上突然結出了碩大的蓓蕾，像變魔術一樣突然花枝招展，溫柔的綠色枝條煥發出勃勃生機，它的直徑至少有一英寸長。有時我坐在窗前，看它們如此任意生長，把它們脆弱的枝節壓彎，我聽到枝條折斷的聲音。雖然沒有風吹過，但它卻被自己的重量壓垮，就像一把羽扇落了下來。8 月，曾在開花時期引來許多野蜜蜂的大量漿果，也逐漸地披上它們如天鵝絨般閃耀的色彩，同時也被自己壓彎了。最後許多枝條因為不堪重負而折斷。

　　夏季的午後，我坐在窗前，老鷹在我的院子上空盤旋，野鴿在空中疾飛，它們時而飛進我的視野，時而慌亂地棲息在我屋後的白皮松樹上，朝著天空鳴叫一聲。一隻魚鷹啄破了平滑的湖面，叼走了一條魚；一隻水貂悄悄地爬出我屋前的沼澤，

在岸邊捕獲了一隻青蛙；翠鳥來回飛著，把莎草壓彎了腰。一連半小時，我聽到了鐵路上火車隆隆駛過的聲音，時斷時續，彷彿鷗鵠在搧動翅膀，把乘客從波士頓運載到鄉下來。當然，我並沒有把世界排除在我的生活之外，不像那個小男孩，我聽說他被送到鎮上東邊的一戶農民家中撫養，但沒待多久，他就逃跑了，回到了城裡。聽說他的鞋跟都磨破了，他實在是想家了。他從沒見過如此壓抑和偏僻的地方。那裡的人幾乎都走光了，甚至根本聽不到汽笛的聲音。在如今的麻州，我懷疑還有沒有這樣的地方：

實際上，我們的村莊變成了箭靶，

被鐵路像飛箭一樣射中，

在寧靜的草原，傳來柔和的呼喚 —— 康科德。

菲茨堡鐵路在我家的南部，距離屋前的湖泊大約 100 桿的距離。我經常沿著鐵路的堤壩走到村裡，就像我透過這個軌道與社會相連。在鐵路上來回往返的人，經常和我打招呼，把我當作老朋友。因為過往的次數多了，他們甚至以為我是這裡的雇工。我確實是個雇工。我很願意做地球軌道的某一段鐵軌的護路工。

火車的汽笛聲一年四季都會穿透我的樹林，就像農家屋頂上飛馳而過的一隻老鷹的尖叫聲，告訴我有很多焦慮的城市商人，已經到達這個城鎮的商業圈，或者他們正從另一個方向進

入一些村中經商。當火車們處於同一個地平線上時，它們彼此間發出警告，讓別的火車為自己讓開軌道。有時，這種呼喚聲兩個城鎮都能聽見。鄉村呀，它送了雜貨給你們了；鄉下人呀，那裡有你們的食物。任何人都無法獨立生存，他們不敢對它們說半個「不」字。因此鄉下火車的汽笛始終長嘯，這就是你們要付出的代價。長長的如攻城槌一般的木材，以每小時 20 英里的速度，直衝我們的城牆。還有足夠多的椅子，足夠容納下城牆裡面所有負擔沉重的人們。鄉村便用如此巨大的木材，禮貌地給城市送去了座椅。印第安人那些長滿越橘的青山，如今都被伐成了禿山，所有的雪球漿果也都被運進了城裡。裝上棉花，卸下紡織品；裝上絲綢，卸下羊毛；裝上了書籍，但是著書立說的智力卻在日益下降。

當我看見火車頭牽引著它的一系列車廂，好像行星運轉似的向前移動，亦可說，像一顆掃帚星，因為鐵軌看上去不像一條閉合的曲線，看見它的人無法預料出以這樣的速度奔馳而去的列車，是否會再駛回這條軌道 —— 火車頭噴出的水蒸氣像一面旗幟，形成一個個金銀色的煙圈，飄浮在後面，就像我曾見到的高懸在天空中的團團白雲，猶如絨毛，大片大片地展開，投射出耀眼的光芒；又像旅途中的怪神吐出的雲霞，把掛滿晚霞的天空作為列車的號衣。這時，我聽到這匹鐵馬雷隆隆的吼聲，回音響徹山谷。它的腳步踩在大地上，讓大地震動不已；它的鼻孔噴著火和煙，好像大地終於擁有一個能配得上地球上

的人的新物種了。如果這一切的確像表面看到的那樣，人類操控著一切元素，使之服務於人類的崇高目標，那當然不錯。如果火車頭上的雲，果真是開創英雄業績時流的汗；如果它的蒸汽，果真像飄浮在農田上空的祥雲。那麼，大自然及其種種元素都會樂意為人類服務，做人類的守護者。

清晨時，我眺望奔馳而來的火車的心情，和我眺望日出一樣。火車馳向波士頓，一連串的雲煙在它後面延伸，逐漸上升，慢慢地升到了空中，頃刻間就遮住了太陽，遠處的田野也籠罩在一片陰影之下。這一串雲煙成了天上的火車，相比之下，旁邊那緊貼著大地的一列列火車，只是一支長矛上的倒鉤而已。冬季的清晨，火車司機起得很早，他們在峻嶺間的星光之下填煤駕車。火焰很早就被燃起，源源不斷地供給火車能量，以使它啟程趕路。如果這些事情既能如此早早地開始，而又能無害，那該多好啊！白雪皚皚時，火車就穿上雪靴，用一把巨大的鐵犁，從群山中開出一條道路，直至海邊。而火車就像一個播種器，把所有焦灼的人以及豐富的商品，當作種子一樣飛撒在田野中。火車夜以繼日地在大地上馳騁，只是在它的主人需要休息時它才會停下來。半夜，我經常被它的腳步聲和凶殘的呼嘯聲驚醒，因為在遠處山谷的僻靜森林中，它遭遇了冰雪的封鎖，要拂曉前才能進馬廄。但它既不休息也不打瞌睡，便要立即上路。黃昏時分，有時我會聽見它在馬廄裡，發出白天剩餘的力氣，從而緩解一下神經，臟腑和腦袋開始冷

靜，然後有幾個鐘頭的瞌睡。如果這個事業，能一直這樣持久而不知疲倦，並且一直保持英勇不屈和威風凜凜，那真是好！

　　人跡罕至遠離城鎮的森林，以前只有獵人在白天進出，現在即便在黑夜，也有燈火通明的車廂從森林中穿越而過。而車廂內的乘客卻毫不知情。此刻，火車停泊在一個城鎮或大都市的車站的月臺，那裡燈火通明，一些社會人士正匯集於此。但下一刻，它就已經馳騁在荒蕪的沼澤地帶，嚇跑那裡的貓頭鷹和狐狸。列車的出入站，現在已成為村裡每天的大事了。火車們按照時間表來來往往，很遠就能聽到它們的汽笛聲，農民們可以依據它來調準時鐘。所以說，一個管理嚴格的機構管理了全國的時間。自火車問世以來，人類更加守時了嗎？和以前的驛站相比，人們在火車站交流得不是更快，思維不是更敏捷了嗎？火車站的氣氛，如電流般喧囂沸騰。對於火車帶來的奇蹟，我驚訝萬分。我的一些鄰居，我本來會果斷地說他們不會乘坐如此快捷的交通工具去波士頓的。而現在，只要鐘聲一響，他們就已經等候在站臺了。火車式的作風，現在成了流行語。權威機構提出警告要遠離火車的鐵軌，這真誠的提醒，我們一定要遵從。他們既不能讓火車停運向大眾宣讀法律，也不能朝天開槍以示警告。我們已經創造出了一個命運，一個奪人性命的女神阿特羅波斯，這個已無法改變。讓阿特羅波斯作火車頭的名字倒合適。人們看一眼公告就知道幾點幾分，有幾支箭要射向指南針上的哪幾個方向。它從來不插足別人的事，孩

子們還可以坐著火車去上學。因為火車，我們的生活更穩定。我們都受了教育，要做神箭手泰爾的兒子，但空中充滿無形的利箭。人生道路千萬條，條條通向最終的宿命，除了你自己的道路，所以你要走好自己的路。

　　商業讓我佩服的，是它的敬業和無畏的精神。它不輕易向朱庇特大神求救。我見到很多商人，他們每天做生意，都是一往無前而且容易滿足，因此他們的生意總比預想的更大，或許比他們自己謀劃的結果更好。在布埃納維斯塔前線堅持戰鬥半個小時的士兵，我並不認為他有了不起的英雄主義。相比之下，我更敬佩那些在鏟雪機堅定而快樂地度過寒冬的人。他們有早上 3 點鐘就起來戰鬥的勇氣，這種勇氣恐怕拿破崙也認為可貴。他們不但早上 3 點鐘後就不休息了，而且在暴風雪停下後他們才去睡覺，或者說，在他們的鐵馬筋骨凍僵後才去休息。特大暴風雪的清晨，呼嘯的風雪凍結著人們的血液時，我聽到火車發出沉悶的汽笛聲，我從那昏沉而被凍結的呼吸中判斷，列車即將到達，沒有誤點。它絲毫不顧新英格蘭東北的風雪的阻擋，我看到那位鏟雪者，全身已經沾滿雪花和冰霜，眼睛直盯著鏟雪板的彎形鐵片。鏟雪板剷起來的，並不只是雛菊和田鼠洞，還有內華達山上的堅硬岩石之類，以及占據著地球外表的所有東西。

　　商業有令人想像不到的自信、莊重、敏銳、進取而且不知疲勞的精神，它的好多方式很自然，而且比很多想像中的事業

和浪漫的實驗都自然，因此它有獨到的成功。當一列貨車從我的旁邊經過，我感到心情愉快，心胸開闊，因為我聞到了商品的味道。商品散發的味道，從長碼頭一直延伸到香普蘭湖，讓我聯想到異域風情、珊瑚礁、印度洋、熱帶氣候，以及地球的廣闊。現在一些棕櫚葉，到明年夏天，會有很多的亞麻色頭髮的新英格蘭人把它們戴在頭上。每當我看到馬尼拉大麻、椰子殼、舊繩子、黃麻袋、廢鐵以及生鏽的鐵釘時，我都會感到自己是一個世界公民。一卡車的破帆布製成了紙張，印刷成書，讀起來一定通俗而有趣。誰能像這些破帆布一樣，生動地描繪出它們所經歷的驚濤駭浪的過往？它們本身是不必校對的書樣。緬因州森林中的木料也會經過這，上一次漲潮時，它們沒被運到海上。因為有些木料已經被運出去了，還有一些因為被鋸開了，現在每千根已經漲了 4 美元，洋松、針樅、杉木等，分為一等、二等、三等、四等。而不久前，它們還是同樣的樹木，枝葉搖曳在熊、麋鹿和馴鹿的頭頂上。

另外，載運托馬斯頓石灰的火車，也會隆隆著經過這裡。那是上等的好貨，要被運到很遠的山區去，在那裡進行熟化處理。至於那一袋袋的破布，顏色和質地不一樣，實在是棉布和細麻布最糟的下場，也是衣服的最終結局。再也沒有人去讚美它們的圖案和款式，除非是在密爾沃基市。還有人將這些產自英國、法國、美國的印花布、方格布和薄紗當作華服。這些從富人和窮人那裡蒐集來的各種破布頭，將被製造成清一色的，

或顏色深淺不一的紙張。說不定，在紙張上還會記著一些真實的故事，上流社會的或者下等社會的故事，都由真實故事寫成。這一節封閉的車廂裡散發出鹹魚的味道，一股強烈的新英格蘭的商業氣息，這讓我聯想到大淺灘和漁場。誰沒見過鹹魚呢？牠為我們這個世界而醃製，什麼也無法使牠變質，令一些堅韌的聖人都自愧不如。你可以用鹹魚掃街、鋪街道、劈開木柴，趕車的車伕其及貨物躲在鹹魚的後面可以遮風擋雨。就像一位康科德的商人曾做的那樣，在新店開張時把鹹魚掛在門前作招牌，直到最後他的老顧客都認不出它是動物、植物還是礦物，但牠依然潔白如雪。如果你把牠放在鍋裡烹煮，牠還是一條美味的鹹魚，完全可擺放在週六晚宴的桌上。

然後，是西班牙的皮革。牛的尾巴還扭曲著，還保留著牠們在西班牙本土草原上奔跑時仰起的牛角，足以證明牠是多麼頑固。這性格缺點真令人失望無奈。說真的，在洞穿人的本質後，我確信在人類現有的條件下，無法改變這些頑固的尾巴。正如東方人所說：「一條狗尾巴可被烘燒、壓制，以及用繩子捆綁，在上面壓了 12 年的時間，但它還是不改原樣。」能改變這些頑固尾巴本性的唯一辦法，就是把它們做成膠質。我想，它們通常就被用於此，這樣它們就可以固定不動，黏著一切了。這裡有一大桶糖漿，或許是白蘭地，要運到佛蒙特州卡丁斯維爾，是送給約翰‧史密斯先生的。他是青山地區的一位商人，他主要替他鄰近的農民們置辦進口貨物。也許他現在正靠在船

艙壁上，心裡想著剛運到海岸的這批貨物，在價格方面會對他產生什麼影響。同時，他的顧客們則期望下一次火車能帶回來一些上等貨。在這個早上，這種話他已經說過不下20次了，而且已在《卡丁斯韋爾時報》上登了廣告。

一些貨物裝上來，另一些卸下去。我聽到了火車疾馳的聲音。我的頭從書上抬起，看到很多從遙遠的北面山上砍下來的高大洋松。它們像被插上了翅膀一樣，馳過青山和康乃狄克州，不到10分鐘，就箭一般地穿過了城市。幾乎還沒有人看到它，它就將「成為一枝桅杆，挺立在旗艦上面」了。

聽啊，運送牲畜的火車開來了，運載著千百個山嶺中的牛羊。露天的羊圈、馬圈和牛圈，以及那些攜帶牧杖的放牧人，羊群中的牧童，大家都在火車上（除了山上的草原）。它們漫山遍野地從山上急速而下，就像9月的風吹下的紛紛落葉。空中迴盪著牛羊的叫聲，公牛們在車廂中亂撞，好像正在經過一個山谷牧場。當火車發出一聲震耳欲聾的轟鳴聲時，大山像公羊一樣跳躍，小山也跳躍得像一隻小羊。在中間一節車廂的牧人，和他們的牛群一樣，享受著同等的待遇。他們已經失業，卻還死死抱住牧棍，好像那就是他們的印章。但是他們的牧羊犬已經不知何處去了 —— 牠們已全部潰散，被完全拋棄，牠們的嗅覺已追蹤不到任何東西了。我彷彿聽到了牠們在彼得伯羅山中的哀叫聲，或在高高西部山坡上氣喘吁吁地奔跑著。牠們不參加牛羊的葬禮，牠們也失業了。現在牠們的忠誠和聰明也

幫不上那些被運走的牲畜的忙了 —— 牠們灰溜溜地躲進窩裡。或許變得狂野，與狼或者狐狸進行 3 英里遠的賽跑。就這樣，牧人的放牧生活像風一樣結束了。但當鐘聲傳來，我必須離開鐵軌，以不阻擋火車的去向。

> 鐵路於我何關？
> 我從來不去觀看
> 它在哪裡停歇。
> 它將一些山谷填滿，
> 為燕子築堤。
> 它使黃沙漫天飛舞，
> 讓黑莓肆意生長。

但我經過鐵路時，好像橫穿林中的小徑，我不希望我的眼睛和鼻子，被火車的煙霧、水蒸氣的嘶嘶聲所傷害。

現在，火車已奔馳而去，所有的慌亂也隨它而去。湖中的魚不再感覺到隆隆的震動，我也特別地孤寂起來。在漫長的下午，以及別的時間裡，偶爾有遠方公路上的馬車車輪聲和馬叫聲傳來，打斷我的沉思。

有時在週日，我能聽到鐘聲順風而來，林肯的、阿克頓的、貝德福的或康科德的鐘聲，聲音聽上去柔美，好像大自然的旋律，迴盪在曠野。在遠處森林的上空，鐘聲裡融入了某種輕微的震盪聲，彷彿是那地平線上的松針發起來的。它就像是

119

大豎琴上的弦,被彈弄了幾下。所有的聲音,當它們在遠距離被聽到時,都產生同樣的效果,那就是人間的七弦琴的琴弦的震動聲。極目遠望遠處的山脊,因為它們中間的大氣的作用,它們全披上了一層淡藍。這次,傳到我耳朵裡的鐘聲,被空氣拉長了旋律,那是被每一片葉子和每一根松針過濾之後的旋律。樹葉和松枝接過它的旋律,把它轉換成另一個調子,然後將它從一個山谷傳到了另一個山谷。某種限度上,這回音還是原來的聲音,這正是它的魅力與可愛之處。它不僅重複了鐘聲中應被重複的,而且重複了樹林中的一部分樂曲,彷彿一個森林中的仙女唱出的歡快的歌曲。

黃昏時,遠方的地平線上,低沉的牛叫聲傳入森林,聽起來很美妙,旋律優美。開始我以為是一些吟遊詩人發出的聲音:一個晚上我曾聽見他們吟唱小夜曲,那時他們或許正漂泊行走在山谷中。但是繼續聽下去,當聲音被一再拉長,我悵然若失——原來那歌聲是牛群發出的。一場免費的音樂。我誤把牛叫聲當作了吟遊詩人的吟唱。我並沒有諷刺他們聲音的意思,我對這歌聲也倍加喜愛。事實上,兩種聲音,在我眼裡都猶如天籟。

夏天的某些日子裡,夜車經過後,夜鶯都要歌唱半個小時。牠們就停留在我房前的樹樁上或屋脊的橫梁上,每天準時在 7 點半開始歌唱。每天傍晚太陽下山後,牠們在某個特定的時間,5 分鐘之內一定會開始歌唱,準確得如同時鐘。我摸清了

牠們歌唱的習慣，真是難得的機會。有時，我聽到4、5隻夜鶯在樹林中的不同地方一起歌唱，偶爾，牠們的前後聲調相差一個小節。牠們與我距離很近，所以我還能聽到這每個音符後面的咯咯聲，甚至還能聽到一種獨特的嗡嗡聲，彷彿一隻蒼蠅鑽進了蜘蛛網，不同的是後者的聲音更響。有時，一隻夜鶯在樹林裡，在距離我只有幾英尺的範圍內，盤旋飛翔，好像有一根繩子把牠們牽住了一樣，或許是由於我在牠們鳥巢的附近。牠們整夜不停地歌唱，在黎明前唱得尤其美妙動聽。

　　當鳥雀們安靜下來後，貓頭鷹就開始歌唱，接上旋律。牠發出古代「嗚嚕嚕」的哀啼，像一個哀悼的婦人，頗有班・強森的風格，像一個半夜的智慧女巫！這聲音不是某些詩人所唱的「啾微啾胡」那樣真實呆板。它真是墓地裡的悲歌，彷彿一對自殺的戀人在地獄的山谷中，回想起他們活著時相愛的痛苦和歡樂，互相安慰一樣。但我喜歡聽牠們在樹林旁邊的顫聲啼叫，以及那悲涼的回應。偶爾，它會讓我想到音樂和鳴禽，像是牠們在心甘情願地唱出這悲哀的音樂，嗚咽，以及嘆息。牠們曾有人類的形體，每夜在大地上行走，做著令人不齒的勾當，牠們是墮落靈魂的化身，身上承載著陰鬱的精神和憂愁的靈魂。牠們始終處在罪惡的環境中，夜夜悲歌，祈求贖罪。牠們讓我新奇地發現，我們共同的家園 —— 大自然真是豐富多樣，能量巨大。在湖的一邊，一隻夜鶯在嘆息：「啊……如果我從未生在這個世界上……」牠在焦灼中盤旋不已，最後棲息在一棵灰黑色

的橡樹上，「這時，我如果從未……生在這個世界上……」在遙遠的另一邊，也有一隻夜鶯在顫抖、忠實地回應著。同時，從遙遠的林肯森林中，隱隱傳來了一個微弱的回音：「從未生在這個世界上……」

還有一隻貓頭鷹，向我唱著小夜曲。如果在近處聽，你可能感覺這是大自然中最悲切的聲音，好像牠要用這種聲音來匯集人類離世前的嘆息，永遠將它保存在自己的曲目中一樣。那嘆息象徵著人類可憐的微弱的呼吸 —— 他把希望拋在身後，在進入地獄時，發出像野獸一樣的嚎叫，卻隱含著人們的啜泣聲。由於含有某種美妙的「咯咯」聲，聽上去讓人覺得陰森可怕。我似乎覺察到，如果我模仿那聲音時，自己就開始默唸「咯咯」兩個字了。它將一個冰冷的受汙染的心靈暴露無遺，把一切健康和無畏的思想全部摧毀。這讓我聯想到掘墓的厲鬼、白痴，還有狂人的吼叫。但現在又有一種感覺：牠的聲音從遠處的樹林裡傳來，由於遙遠，聽起來反倒優美動聽，「嗯……嗯啊嗯……」。無論白天還是黑夜，無論夏季還是冬季，聽到這聲音，大多數人會有一種愉快的感覺。

我認為世上有貓頭鷹，是一件可喜的事，牠們為人類喊出了瘋子般的嚎叫。在白天，在陽光照射不到的沼澤或陰鬱的森林，最適合這種聲音了。牠們讓人們意識到：人類還有一個沒被發現的寬廣而原始的天性。它代表著愚昧混沌和還沒有被滿足的欲望。太陽整天地照耀在一些荒涼的沼澤上，一棵雲杉孤

零零地站立著，樹皮上布滿地衣，幼鷹在空中盤旋，黑頭山雀在常春藤中呢喃，松雞和野兔則躲藏在下面。一個更沉默而和諧的白天降臨了，另外一批生物開始紛紛甦醒過來。這一切，都在向我們展示著大自然的意義。

　　夜色漸近，遠處會傳來車輛過橋的聲音，這聲音在夜裡聽起來是那麼遙遠。還有狗叫聲。有時，遠處的牛圈中也會傳來幾聲不安分的叫聲。同時，湖濱四周的蛙叫聲，也開始聒噪著進入高潮 —— 牠們就像古代的酒徒和尋歡作樂的食客，不思悔改，準備在他們冥河一樣的湖邊輪流歌唱。不好意思，請瓦爾登湖的精靈原諒我這樣比喻牠們。因為湖上雖無蘆葦，但青蛙卻不少，牠們仍樂意遵守古老宴會上那種喧鬧的舊習，縱使牠們的喉嚨已乾啞，而且牠們的神色開始凝重起來。然後，牠們開始鄙視歡樂，美酒的香味再也聞不到，只變成了飽腹的料酒。微醉的牠們再也按捺不住對往昔的回憶，牠們只覺得酒足飯飽，肚子裡的酒水沉甸甸的，頭也在發脹。青蛙首領，下巴擱在一片心形的葉子上，彷彿在流滿口水的嘴巴下墊了一張紙巾。牠在湖泊北岸喝了一口原本不想喝的水酒，然後把酒杯傳下去，牠接著發出了「特兒隆，特兒隆」的聲音，遠處的水上，立即傳來不斷重複這口令的聲音 —— 那是另外一隻職位稍低的青蛙，挺起肚子，灌下了一口酒後發出來的。當行酒令繞湖巡行一圈後，青蛙首領滿意地大喊一聲「特兒隆」，蛙聲依次傳遞，尤其傳給那些還沒喝飽酒水、肚子最癟、口水最多的

青蛙，迫使一切井然有序。接著，酒杯又開始循環傳遞，直到太陽出來驅散朝霧。這時，只有那隻可敬的老青蛙還未跳入湖底，偶爾喊出「特兒隆」，停歇一會，等待回應。

在林中的空地上，我是否還聽到過金雞報曉的聲音？我不記得了。我覺得即便養一隻小公雞，把牠當作鳴禽來養，聽聽牠的叫聲，也很有意思。從前，公雞是印第安野雞，牠的嗓音，的確是所有鳴禽中最出類拔萃的。如果不是把牠們馴化為家禽的話，牠的鳴叫一定會成為森林中最悅耳的音樂，甚至超越鵝的鳴叫，以及貓頭鷹的嚎叫。接後，你可以想到老母雞，在牠們的丈夫停止了號角聲後，牠們的聒噪立刻充滿整個安靜的時刻。難怪人類要把母雞歸到家禽中去，更不要提雞蛋和雞腿了。冬天的早晨，散步在百鳥匯集的森林中，數里之外都能聽到野公雞在樹上的鳴叫，嘹亮而尖屬，聲震大地，蓋過了其他鳥類的聲音。想想看，這叫聲可以讓整個國家警醒，每個人都會早起，一天比一天早，直到他健康、豐滿、聰慧到最好的地步。全世界的詩人，他們在稱讚全國鳴禽的歌聲時，同時也讚美過這個外來的音符。這種勇武的金雞，適宜在任何氣候生長，牠比本土家禽的生存能力更強。牠總是很健康的樣子，肺臟強壯無比，精神從不萎靡。甚至大西洋、太平洋上的水手，聽到牠的叫聲都會立即起床。可惜，牠從未把我從睡夢叫醒。狗、貓、牛、豬、母雞這些動物，我都沒有餵養過，或許你會說我這裡缺少家畜的叫聲，但是我這裡也沒有攪動奶油的聲

音、紡車聲、水燒開的聲音，咖啡壺的嘶嘶聲，以及孩子的哭鬧聲等，來慰藉我的寂寞。因為一般人聽到這些，都會發瘋甚至厭煩。我這裡也沒有躲在牆縫中的老鼠，因為牠們無食可吃，會飢餓而死，大概牠們根本沒有來過。只有松鼠，在屋頂和地板間不斷出沒，還有梁上休憩的夜鶯，窗下一隻鳴叫著的冠藍鴉，房下一隻野兔，或者一隻土撥鼠，房後一隻梟，或者貓頭鷹，湖上徘徊著的一群野鵝，或者一隻張揚的潛水鳥，還有深夜號叫的狐狸，牠們都曾來我這裡做客。而雲雀或者黃鸝，這些柔和的候鳥卻沒來過，牠們還從未拜訪我這林中的木屋。我的院子裡既沒有公雞的鳴叫，也沒有母雞的聒噪。對了，我根本就沒有院子。大自然的風景迎面延伸到我的窗口。小樹就長在窗下，野黃櫨樹和黑莓的藤蔓鑽進了地窖，高聳的蒼松倚靠、擠兌著我的小木屋。因為空間不夠，它們的根在木屋的底下糾纏著。有一部分樹消失了，不是大風把大樹刮走了，好讓我開窗透氣，而是我折下了房子後面的松枝，把樹根也拔了——為了獲得燃料。在暴雪中，我的家，既沒有通往前院大門的路，當然沒有大門也沒有前院，也沒有通往文明社會的路。

獨處

　　這是一個愉快而悠閒的黃昏，我全身都被一種感覺包圍著，所有的毛孔都浸透著喜悅。在大自然中，我以飄逸的姿態自由來去，已和它融為一體。在風雲翻湧的寒冷天氣，我沿著滿是硬石塊的湖岸行走，身上只披著一件襯衫，心無雜念，也不覺得寒冷。感覺這種天氣對我正合適。夜晚在牛蛙的呼喚中緩緩降臨，夜鶯的叫聲乘著吹起水波的風從湖面上傳來。搖曳多姿的赤楊和白楊，蕩起我情感的漣漪，那感覺幾乎讓我窒息。不過正如這平靜的湖水一般，我的心中的寧靜只有微瀾而沒有巨波。的確，與平滑如鏡的湖面一樣，晚風吹起的漣漪演變不成風暴。儘管天色已晚，風仍然在森林中咆哮著，波浪拍岸。一些動物還在用自己的歌唱為其他的生物催眠，絕對的寧靜是沒有的。最凶狠的野獸並沒有安靜下來，此刻，牠們正搜尋著自己的獵物。狐狸、臭鼬、兔子也正在草原上漫步。在森林中，牠們都沒有害怕，因為牠們是大自然的守護者，是銜接著一個個生機盎然的白天的鏈條和環節。

　　每當我回到家中，經常發現已有客人拜訪過，他們有的會留下名片，或者是一束花，或者是一個常春樹的花環，或者在黃色的胡桃葉、木片上用鉛筆寫下的名字。不常進森林的人，一路上總是把森林中的小物品拿在手中玩耍，有意無意地把它

們留下來。甚至有一位客人把柳樹皮剝下來，製成了一枚戒指，放在了我的桌子上。當我出門時，家裡有沒有客人來過，我一看便知，要麼樹枝或青草被壓彎，要麼門前有鞋印留下。而且一般根據他們留下這些微小的印跡，我還可以推斷出他們的年齡、性別和性格。有些人扔下了花朵，有些人抓起一把青草，繼而又扔掉，甚至還有人將它們扔在半英里外的鐵路邊。有時，雪茄或菸斗的味道會長留不散，我甚至會從菸斗的香味上，留意到在 60 桿以外公路上的一個旅行者。

　　我們周圍的空間已經很大了。地平線並不是我們觸手可及。蒼翠茂密的森林或湖沼，並不緊挨著我的屋子，中間還有一塊我們熟知的並且由我們支配的空地，被我細心整理過，圍起了籬笆，像是從大自然手中奪過來似的。我有什麼資格擁有這麼大規模的院子呢？那片廣袤的人跡罕至的森林，因被人遺棄而為我所有。我最近的鄰居在一英里開外，根本看不到他們的房子，除非我登上半里之外的山。從山頂瞭望，我才能瞧見遠處的一點人煙。森林把我的地平線包圍起來，專供我獨享，極目遠望，我也只能看見那片湖水的一端、經過這裡的一段鐵路，還有湖水的另一端，以及沿山林修建的公路和公路邊的籬笆。總之，我居住的環境，孤獨得像生活在大草原上一樣。這裡距離新英格蘭，就像距離亞洲和非洲一樣遙遠。應該說，我有自己的太陽、星星和月亮，我有一個屬於自己的小世界。我的窗前從來沒有人經過，或者叩響。我像是人類的第一個人

或者是最後一個人，除非春季，偶爾會有幾次，村裡會有人來湖邊釣鱈魚。顯然，他們來瓦爾登湖釣魚，不過是任性而來的，並不認真：魚餌一直留在魚鉤上，然後他們便立即撤竿回家 —— 往往魚簍還遠未滿時，他們就收竿了回家了，然後把「世界留給黑夜和我」。然而，黑夜的核心從未被人類的鄰舍汙染。我覺得，人們一般對黑暗還心存敬畏，雖然妖怪和巫師都被吊死，基督教和蠟燭之光都已經被帶入我們的生活中。然而，我經常感慨，身在大自然，你總能找到最甜蜜、最溫馨、最單純和最鼓舞人心的伴侶，即便是那些憤世嫉俗的孤獨人，以及最憂鬱的人也不例外。只要生活在大自然當中，只要五官健全，你就不會有憂愁。對健康而純淨的耳朵來說，暴風雨就彷彿是伊奧勒斯的音樂。沒有什麼能讓純真而無畏的人產生俗世的憂慮。當我沐浴在這裡四季的友愛中，我覺得什麼都不能成為我生活的沉重負擔和枷鎖。今天細雨綿綿，澆在我種的豆子上，以致我只能在屋裡待一整天。但這雨既不讓我沮喪，也不讓我憂鬱，對我卻大有裨益。雖然我暫時無法鋤地，但這比我鋤地更有意思。如果雨下得時間太長，田裡的種子，以及低窪田裡馬鈴薯開始腐爛，但它對高地的青草是有好處的。有時，我覺得和別人相比，我似乎比別人更得天神的保佑和寵愛，我得到的似乎更多。好像在天神的手上，有我的一張證書和保險單，而別人卻沒有。所以，我受到了天神特別的指引和關照。我不是在自我誇耀，但是如果有可能，我認為是他們在

誇讚我。我從來沒感覺到孤獨，也從沒有受到孤獨之感的壓迫。只有一次，當我進入森林生活幾個星期後，我曾思考了一個小時左右，不確定安靜而健康的生活是否需要一些鄰居，獨居可能不會很快樂。當時，我頓時有一種心理上的失衡感。不過，我預感到自己很快會恢復正常的思維，習慣這裡的寂靜生活。當這些想法占據我的腦海時，溫柔的雨絲如輕紗，細細地灑下來，頃刻間，我覺得能與大自然如此相伴，該是多麼甜蜜的事情，我是如此深受大自然的眷顧！在滴答的雨聲中，各種聲音和景象，它們包含著無窮無盡的愛意，將我以及我的房間包圍。驀然，這種氣氛就把我心中那個「有鄰居會方便一些」的想法按壓下去了。從此，想要不要鄰居這件事，就再也不曾在我的腦海中出現。枝枝松針都好像具有同情心，慢慢伸展並膨脹起來，熱情地要成為我的朋友。很自然地，我感到它們是我的同類。儘管我身在一個一般人所謂的淒涼的環境中，但我發現，眼前的這些是如此接近我的本性。一個人，或者一個村民，並不一定是我最親密的朋友，他們也並非最富有人性。於是，從此，我無論在什麼地方，都不會再有陌生和孤獨的感覺了。

　　過早地銷蝕了悲哀，

　　生者的世界裡，時日無多，

　　托斯卡的漂亮的女兒啊。

春秋兩季，常常會下長時間的暴風雨，這是我最愉快的時光。白天時，我都被禁錮在屋裡，唯有那不斷而下的大雨和咆哮聲撫慰著孤獨的我。我從曙光微弱的早晨，一直等到昏昏沉沉的黃昏。這個過程中，會有很多想法在我心中產生，並且逐漸生長、壯大……從東北方向來的傾盆大雨，使村裡的房屋備受考驗，女僕們都拎起水桶和拖把，放在自家門前，以阻止洪水入侵。而我，卻安靜地坐在我的小木屋門後。雖然只有這一扇門，但我卻很感激它給予我的庇護。在一次暴雨中，一道閃電把湖對岸的一棵蒼松擊中，閃電把松樹劈出一道扎眼的螺旋狀的深溝，從上到下，足有 1 英寸深，或者比 1 英寸還深，4、5 英寸寬，好像一根拐杖上的刻槽一樣。那天，我路過它，一抬頭就看到那道溝痕，心中不禁升騰起一絲膽顫。說起來，那還是 8 年前被一道恐怖而不可抗拒的閃電劈下的痕跡，如今看上去卻比以前更加清晰。人們常對我說：「我想你在那個地方居住，一定非常孤獨，總是要冒出與人接近一下的想法吧？尤其是在下雨下雪的日子，以及晚上的時候。」我喉嚨乾癢，真想這麼回答：我們居住的這個星球，在浩渺的宇宙中不值得一提。天邊那顆星星，即便用我們的天文儀器，都無法測出它究竟有多大。試想一下，在地球上兩個居住得最遠的人，又能有多遠？我怎會覺得孤獨呢？我們的地球，難道不是銀河系的一顆行星嗎？對我來說，你問的這個問題大概是最不重要的問題了。那麼，究竟是什麼樣的空間距離，才會把人與人群隔開

而令他感到孤獨呢？我發現，不管人的兩條腿如何努力，也無法讓兩顆心更加靠近。我們最想和誰做鄰居呢？人們並不是都喜歡車站、郵局、酒吧、會場、學校、雜貨店、烽火山、五點區，雖然這裡常常是人們聚集的地方，但人們應該還是更願意去接近大自然，這個生命的不竭之源泉。在日常的生活經驗中，我們常常會想到這種需求，就像水邊的楊柳，必定朝著有水的方向延伸它的根枝。人的性格不同，因此需求也一定各不相同。但是，一個智者，一定在永不枯竭的大自然那裡深挖他的地窖……一天晚上，在去瓦爾登湖的路上，我遇見一個鎮上的同鄉。他已經積攢了所謂的「一筆非常可觀的家業」。雖然我從未見過。那晚，他趕著兩頭牛去市場，還問我：「你為什麼寧願拋棄那麼多的人生樂趣，來這裡，你是怎麼想的？」我回答他說：「我只知道，我很喜歡自己目前的生活。」我是很認真地說這話的。就這樣，我回家，然後上床睡覺了。而他，要繼續在黑夜的泥濘當中行走，步行到布萊頓去。或者說是光明之城 —— 因為，當他走到那裡時，天應該也已經亮了。

對死者來說，只要能夠甦醒或者重生，時間與地點都無所謂。復活對我們的感官而言，當然有一種不言而喻的快樂。但是，我們大多數人，只是把那些浮華的瑣事作為我們的工作。事實上，這也正是我們總是分心的原因所在。無限靠近萬物的，是形體內那創造一切的力量；其次，是宇宙法則在不停地發揮作用；再者，靠近我們的，是把我們當作他創造的作品的

那個「大工匠」，而不是我們僱傭的工匠，儘管我們喜歡和他們聊聊天。

神鬼之為德，其盛矣。

視而不見，聽而不聞，體物而不遺。

使天下人，齋明盛服，以承祭祀，

洋洋乎，如在其上，如在其左右。

我們是一個個實驗品，但是，我對這個實驗充滿興趣。在這種情況下，難道我們就不能離開這個充滿是非的社會，而只讓我們的思想來激勵我們嗎？「德不孤，必有鄰。」孔子說的很有道理。

有思想的翅膀，我們就能在理智的狀態下保持愉快。只要我們自覺努力，就能超越一切行為和結果。所有的事情，就像翻湧的浪頭一樣，從我們身旁奔騰而過。我們並沒有完全沉浸在大自然當中。我可以做急流中的一塊浮木，也可以做從空中俯視人間的因陀羅。戲劇中的情節有可能把我打動，然而另一方面，與我生命緊密相關的事情卻總是打動不了我。我只知道我自己是一個人，我生活在這人世。這也反映出我思想情感的一個方面，我或多或少有些雙重人格，所以我能夠遠遠地觀察自己，就像觀察別人一樣。不論我的體驗如何強烈，我總是能夠感覺到自己的一部分在旁邊糾正著我，就像它不是我自身的一部分，而只是一個與我沒有關係的旁觀者。他並不分享我的

經驗，而只是注視著它。正像他不是你，你也不是我，而是他自己。等到人生這齣戲演完時，或許是場悲劇，觀眾就會都起身散去。至於這第二重性格，當然是虛構的，僅僅是想像力的創造。然而有時候這個雙重人格，阻擋在我們和別人之間，使別人很難與我們做鄰居，做朋友。

很多時候，我認為孤獨對健康是有益的。有夥伴陪伴在身旁，縱使是最好的夥伴，時間長了也會厭倦。那樣事情反而會變得很糟糕。我喜歡孤獨。我沒有遇到比孤獨更好的夥伴了。很多時候，我們到外面去，佇立在茫茫人海中，此時比在室內獨處感覺到更多的孤獨。一個在思考著，或者在工作著的人，往往是形單影隻的。他樂意在哪裡就在哪裡吧，孤獨不能以一個人離開他夥伴的距離來計算。真正勤奮刻苦的學生，縱使在劍橋學院最狹窄的房間裡，他也會孤獨得像是沙漠中的一個僧侶一樣。農民可以一整天一個人在田地裡、在森林中勞作，耕地或者砍柴，而他不會有絲毫的孤獨感 —— 因為他在工作。然而一到晚上，他回到家裡，卻無法獨自在房間裡靜思，而一定要去「看得見別人」的場所放鬆一下。以他的想法，他這是為了補償一下他一整天的孤獨寂寞。他可能非常好奇，為什麼學生們能整天整夜地坐在屋子裡而不感到乏味和憂愁？但是他不知道，雖然學生們身處室內，但就像他在田地裡勞作，在森林裡伐木一樣，他們的學習與他的勞動並沒什麼兩樣。當然，學習之後，學生們往往也要娛樂一下，也要參加社交活動。雖然他

們的生活方式也許更為含蓄些。

社交活動給人的收穫往往很少。因為相聚的時間總是很短，還來不及對彼此有個深入的了解，以致得不到什麼收益。我們每天在吃飯的時候相聚，又再一次品嘗我們這塊陳腐乳酪的味道。我們都贊同遵守若干條規則，這就是所謂的禮儀和風度的展現。由於禮節和禮貌的存在，這樣頻繁的聚會才會相安無事，避免了當眾衝突或爭吵，也不會有面紅耳赤的現象發生。我們在郵局，在社交場所相見，我們晚上聚集在火爐邊聊天。我們生活得太過擁擠，互相打擾，彼此牽扯不斷，因此我覺得彼此之間應有的敬意已經蕩然無存。自然，一切重要而充滿熱情的聚會的次數減少一點就好了。試想工廠中的女工，她們從來都無法獨自生活，甚至在夢中也做不到。如果每平方英里只居住一個人，像我現在住的地方這樣，那麼就會好很多。人的價值，並不展現在他的皮膚上，所以只有我們不必接觸皮膚，才會明白這個道理。

我聽說有個人在森林中迷路了，他體力不支，昏倒在一棵樹下，又餓又乏。在虛弱中，他看到眼前浮現出很多奇怪的幻象，他把那些幻象都當作了真實的場景。同理，當身體和心靈都健康充滿活力時，我們就能持續不斷地從相似並更為自然的社會中得到激勵，從而發現我們其實並不孤獨。我有很多夥伴，他們就在我自己的房間裡。尤其在清晨，在還沒有人來拜訪我的時候。我打幾個比方，也許能說清楚我的一些情況。我

並不比高聲歡笑的潛水鳥更孤單，也不比瓦爾登湖更寂寞。我倒想問一下這寂寞的湖，可有人相陪？但是在它藍色的湖面上，並沒有藍色的魔鬼，有的只是藍色的天使。太陽是孤獨的，除非烏雲密布。有時候，彷彿有兩個太陽，但另外一個肯定是虛幻的。上帝是孤單的，但是魔鬼一定不孤單，他有很多夥伴，他一向拉幫結派的。我並不比一朵毛蕊花，或者草原上的一朵蒲公英更孤獨，也不比一片豆葉、一棵酢漿草、一隻馬蠅，或一隻黃蜂更孤單。同樣，我既不會比橡樹溪、風標、北極星，或南風更寂寞，也不會比 4 月的雨、1 月的融雪，或新房裡的第一隻蜘蛛更孤獨寂寞。

在冬季那漫漫長夜裡，暴風雪狂舞，寒風在森林中呼嘯而過時，一個老的移民者，即先前的拓荒者，經常來我家拜訪我。據說，瓦爾登湖就是他挖出來的。而且，他還在湖底鋪上了石子，在沿湖岸邊種植了松樹。他講了很多以前和最近的傳奇故事給我聽，我們兩個就這樣度過了一個快樂的夜晚。我們之間的這種交往充滿了喜悅，我們交換了對事物的不同看法，雖然沒有蘋果或者蘋果酒。他是一個聰明而幽默的朋友，我很是欣賞他，他的祕密比谷菲和華萊還要多。雖然後來別人說他已經死亡，但沒有一個人能指出他的墳墓在哪裡。還有一位老婦人，也住在我家附近，很多人根本沒有見到過她。有時，我喜歡到她芳香四溢的百草園中散步，採摘藥草，聆聽她的寓言故事。她有著驚人的創造力，她的記憶能一直回溯到遠古時

代。她講每一則寓言故事源起於何地，哪一則寓言故事是根據哪一個事實而產生的，她都講得頭頭是道 —— 因為那些事情都發生在她青春年少的時候。一個鶴髮童顏、精力充沛的老婦人，無論在什麼樣的天氣、什麼樣的季節裡，她總是神采奕奕的。這樣看來，她肯定比她的孩子們活得還要長。陽光、風雨、夏季、冬季 —— 無法形容、無法描述的這些大自然的純潔和惠澤，永遠為我們提供著如此多的健康和快樂。大自然對我們人類很有同情心，如果有人因為正當的理由悲傷，那大自然也會被他的情緒感染 —— 太陽會變得黯淡無光，風也會像人們一樣嘆息，烏雲會灑下淚雨，樹木在仲夏時也會脫掉葉子，穿上喪服。難道我不應該和土地息息相通嗎？難道我自己不是沾染了泥土的綠葉和青菜上的一部分嗎？

什麼藥能讓我們健康、祥和、滿足？不是你和我的曾祖父，而是我們這位曾祖母 —— 大自然，是她提供給我們的全部蔬菜，以及植物等滋養品。她自己也因服用這些滋補品而青春永駐，依靠沒有脂肪的蔬菜和植物的滋養而更加健康，因而她活得比托馬斯·帕爾更長久。這種滋補品，不是江湖郎中的配方所使用的，將冥河水與死海的海水混合而成的藥水。有一種淺長形狀像黑色船隻一樣的車，經常裝滿了藥瓶子，而這種藥水有時就裝在這種藥瓶裡，但這可不是我的靈丹妙藥 —— 我還是更喜歡在清晨呼吸一口清新的空氣。清晨的空氣多好啊！如果人們不願意在一天的開始豪飲這泉水，那麼我們就一定要把

它們裝在瓶子裡，放在店裡，出售給世上那些清晨沒有訂單的人。但是必須記住，即使把它冷藏在地窖中，也很難使它到中午都能保持新鮮。瓶塞會在中午之前就被沖開，它會一直隨著曙光的腳步逐步西行，然後漸漸失去新鮮度。我並不崇拜健康女神海吉雅，因為她是醫神阿斯克勒庇俄斯的女兒，她得意揚揚地站立在紀念碑上，一手握著一條蛇，一手端著一個杯子，而那隻蛇卻經常伸過頭去，喝另一隻手端著的杯子裡的水。我寧願崇拜朱庇特的掌杯者希伯，因為她是青春的女神，為眾神司酒行觴。作為朱諾和野萵苣的女兒，她能讓神仙和人鶴髮變成童顏。她應該是大地上出現過的最健康、最強健、最有活力的少女。她走到哪裡，哪裡就一派春意盎然。

豆子

　　我已在田裡種好的豆子，一排又一排，算起來總長度至少有 7 英里。我急需幫它們鋤草鬆土，因為最後一批還沒開始播種，最早的一批長勢已經很好了。真是刻不容緩了。這件對於海克力斯是舉手之勞的小事，對我卻是如此賣力。究竟是為什麼呢？我還不清楚。我只知道我喜歡這一排排的豆子，雖然它們的數量已經遠遠超過我的需求。它們讓我熱愛土地，由此我獲得了無窮的力量，就像希臘神話中的巨人安泰俄斯一樣。然而，我種豆的意義何在？只有天知道。整個夏天，我都如此奇怪地工作著，在大地的這一塊表皮上辛勤耕耘。這片土地上以前只長出洋莓、狗尾草、黑莓以及甜滋滋的野果，以及美麗的花朵，現在它上面卻長出了大豆。我從種豆中學到了什麼？豆子又從我這學到了什麼？我十分珍愛它們，我為它們鋤草鬆土，從早到晚地照料著它們，我一天的工作就是這個。它們寬大的葉子很漂亮。露水和雨水是我澆灌這乾燥土壤的得力助手。但是土地本身含有的肥料已經很豐盛，儘管其中大多數土地貧瘠而枯乾。我的敵人是嚴寒、害蟲，特別是土撥鼠。土撥鼠能把我一英畝地上 1/4 的豆子都吃光。而對狗尾草之類的植物，我又有什麼權力大動干戈、把自古以來屬於它們的百草園破壞了呢？好在，剩下的豆子很快會長得十分茁壯，相信它們

有能力抵抗未來新的敵人。

　　我很清楚地記得，我 4 歲時，我們全家從波士頓搬到這個鎮上，我們曾經過這片森林和這片土地，還到過這瓦爾登湖湖畔。那景象深深地銘刻在我的童年的記憶中。今晚，我的笛聲又在這同一個湖水上空迴盪。比我年歲還大的松樹依然在那裡聳立。其中有些已被砍伐，作為我煮飯的木柴，四周已悄然長出新的松樹，在向新一代人呈現一幅新的景象。在這片牧場上，多年的老根又長出了一樣的狗尾草，宛如我童年夢境中神話般的美景。後來，我都為它們披上一層新裝。要想了解我重返這片土地之後所發生的變化，就看一看這些豆子的綠葉、玉米的長葉，還有馬鈴薯藤。我大約耕耘了兩英畝半的土地。大約在 15 年前，這片土地被砍伐過，我挖出了兩三考特的樹根，我沒有施加肥料。在這個夏季的一些日子，我耕地時還翻出了一些箭頭。看來，在白人開始砍伐以前，這裡居住過一個現在已經消失的古老民族，他們還種過玉米和豆子。所以，從某種程度上講，他們已經耗盡土地之力，曾經有過收穫。

　　在那些土撥鼠或松鼠穿過大路，或是太陽升上橡樹梢之前，清晨的一切都披著露珠。在這個時候，我開始去豆田拔裡面那些茂密生長的雜草，並把泥土壓到上面，儘管有些農民不贊成跟我這樣做，但我還是勸他們趁有露水時趕快把所有工作都做完。一大早，我就開始赤著腳工作，彷彿一位造型藝術工作者在田地裡擺弄著泥巴。太陽升到中天以後，陽光晒得我雙

腳起了泡。太陽直射著我的鋤頭，在鋪滿黃沙的土地上，在那長 15 桿的一排排綠葉叢中，我慢慢地來回踱步。這片土地的一頭延伸到了一片低矮的橡樹林，我經常在樹蔭下休憩；另一頭延伸到一塊漿果田邊，我每走一趟，就發現青色的漿果顏色在逐漸加深。我一邊拔除雜草，一邊在豆莖旁邊培植新土，以幫助豆子生長。至此，這片黃土對夏日的表現，不再是苦艾、蘆葦和黍粟，而是豆葉與豆花。這是我的工作帶來的變化。

　　因為我沒有牛馬、雇工或孩子的幫忙，也沒有先進的農具，所以我的工作進度十分緩慢，但也正因如此，我跟豆子更加親密。我用雙手工作，以至於就像在做苦力。這期間就有一個永恆的不朽的真理。對學者來說，它帶有古典哲學的意味。那些旅行者向西穿過林肯和魏蘭德，去到誰也不熟悉的地方。和他們相比，我就是一位辛勤的農夫了。他們神態悠閒地乘坐著馬車，手肘擱在膝蓋上，有花飾的韁繩鬆弛地垂下來，而我卻在泥土上辛苦地勞作、布置我的家居。但是我的房子和田地很快就遠離了他們的視線和思想。由於大路兩旁很長的一段路上，只有我這塊土地被耕種了，因此特別吸引他們的注意力。有時候，在這塊土地上工作的人，能聽到他們的評頭論足。原本不想聽到「豆子怎麼種得這麼晚？豌豆也種晚了！」這些話。因為別人已開始鋤草鬆土了，我卻才剛播種。因為我是不專業的農民，所以之前根本沒想過這些。「我的孩子，這些作物只能餵養家畜，這是給家畜吃的作物！」「他在這裡住嗎？」一位

身穿灰色上衣，頭戴黑帽的人這樣問道。於是，那口吻嚴屬的農民勒住他氣喘吁吁的老馬問我：「你到底在這裡做什麼？犁溝中為何不施肥？」他建議我，應該撒些細沫般的垃圾，不論什麼垃圾都行。要麼灰燼，要麼灰泥，都可以。但是這裡只有兩英畝半犁溝，只有一把代替馬的耕鋤，還要靠兩隻手拖著。而且，我對馬車和馬沒有興趣，而細沫般的垃圾離我更遠。一些旅行家駕車慢慢經過，不免將我這塊土地與他們一路所見的那些粗魯地做一番對比，我因此知道了我在農業界的地位。

但是，我得順便提一下，對於大自然在最荒蕪而未經人們翻耕的土地上長出的穀物，誰會去計算它們的價值呢？英格蘭乾草被小心地稱重，還精算其中的溼度、矽酸鹽、碳酸鉀，而所有峽谷、窪地、森林、牧場和沼澤地，都生長著品種豐富的穀物，只是人們沒有去收割罷了。我的田地，正好介於荒地和墾地兩者之間，就像有些是開化國家，有些是半開化國家一樣，另外一些則是野蠻的國家。我的田地可以稱為半開化的國家，雖然這不是從壞的意義上評判的。那些豆子，經過我的這種培育方式，它們很高興地重返到野生狀態，而我的鋤頭，也會為它們高唱讚歌。

在附近，有一棵白樺樹，樹梢上停著一隻棕色的燕雀，有人叫牠紅眉鳥，牠很喜歡和人為伴，整個黎明牠都在歌唱。如果你離開農田，牠就會飛到另一塊農田去陪伴別的人。你播種時，牠就會叫道：「扔、扔了它……埋、埋起來……拉、拉上

去。」但這裡種的不是玉米，所以不會有像牠一樣的敵人吃光了莊稼。也許你感覺很奇怪，牠那無聊的歌曲，就像用 1 根琴弦或 20 根琴弦彈奏的，是很不專業的帕格尼尼式的彈奏，這和你的播種有什麼關係呢？然而我寧願聽歌，也不願準備灰燼或者灰泥。對我而言，這歌聲就是一種最信任、最划算的上好肥料。

　　當我用鋤頭在犁溝邊翻土時，我感覺到史籍不曾記載過的一個古老民族，有可能曾在這片天空下居住。因為我把他們在這裡留下的灰燼都翻耕出來了，他們作戰狩獵專用的武器，也顯露在現代的陽光之下。他們與其他的一些天然石塊混雜在一起，有些石塊還遺有印第安人用火燒過的痕跡，有些則被太陽晒過，而陶器和玻璃估計是近代耕種者留下的遺跡。當我的鋤頭敲打在石頭上，發出叮叮噹噹的響聲時，這聲音便會擴散到森林和天空中去，我的勞動因為有這樣的伴奏，立即產生無法估算的收益。我所種植的不是大豆，我也不是在種豆。當時，我有些自憐又驕傲地想：我的熟人們，此刻正在城市裡聽清唱劇呢。

　　但是，在天氣晴朗的下午，夜鶯會在我的頭上盤旋。有時，我會工作一天，夜鶯就像是映入我眼簾的一粒沙，或者說是吹入天空的眼睛裡的一粒沙。有時，牠會側飛著，兩翼下行，大聲鳴叫，彷彿要把天空撕裂一般，最後裂成碎布，但天空依然如故，沒有一條裂縫。空中飛舞著很多小精靈，牠們在大地上、黃沙裡或者岩石上、山頂上產下了很多蛋，極少有人見過。牠們優雅而細長，就像湖水蕩起的漣漪，又像被風吹到

空中不斷翻滾的樹葉。大自然中,隨處是這樣息息相通的默契和緣分:比如蒼鷹是海浪的空中兄弟,牠在海浪上空飛行巡視,在空中拍擊牠有力的翅膀,宛如在回應海洋那沒有羽毛的翅膀。有時,我遠望空中盤旋的一對鷂鷹,牠們上下相接,遠近合度,就像是我思想的化身。有時,我的目光也會被一群野鴿吸引住,看牠們從這邊樹林飛到那邊樹林,發出嗡嗡的顫音,然後疾飛而過。有時,我的鋤頭會從腐爛的樹樁下,挖出一條蝶螈,牠長得是那麼的奇怪、醜陋,牠是埃及和尼羅河的遺跡,卻又和我們生活在同一個時代。每每我停下來,靠著我的鋤頭休息時,我都會聽聽這些聲音,看看這些風景。站在犁溝中哪個地方,我都能聽到、看到牠們,這真是我鄉村生活中無窮興味的生活之一。

遇到節慶日的時候,鎮上燃放禮炮的聲音傳入樹林後,變得很像氣槍的聲音。偶爾,也會有軍樂聲飄過來。遠在城外豆田裡的我,聽到禮炮的聲音,就像細菌在炸裂。如果軍隊出動演習,而我又不清楚是怎麼回事,那麼我一整天都會精神恍惚,感到地平線好像在微微發癢,好像快要生疹子似的──也許是猩紅熱,也許是馬蹄癌。直到後來,一些暖風吹過大地,拂過魏蘭德大公路,把演習者的消息帶給我。遠處傳來嚶嚶的聲音,好像誰家的蜜蜂出巢了,因此村民們按照維吉爾的方法,輕輕敲打起那個聲音最響亮的鍋壺,召喚牠們回到蜂房來。等到那聲音微弱下來後,嚶嚶的聲音也停止了,連那最柔

和的微風，也不傳送什麼故事了。最後，一隻雄蜂也順利地返回米德塞克斯的蜂房裡。現在，人們關心的是那些掛滿蜂房的蜂蜜了。

當我得知麻州和家鄉的自由十分安全時，我深感榮耀；當我彎腰再次耕作時，我充滿力量和自信，我從容地懷著對未來的美好憧憬，繼續我的工作……

倘若有幾個樂隊來演奏，整個村莊就彷彿變成了一隻巨大的風箱。所有的建築物都在喧囂聲中時而擴張開來，時而又倒下去。但是偶爾傳入林中的是真正高尚而激昂的音樂，喇叭裡高唱著榮譽，甚至讓我覺得我好像能痛快地殺掉一個墨西哥人。我們為何總要忍受一些繁瑣的小事？我曾到處尋找土撥鼠和鼬鼠，想表現一下我的騎士精神。這種軍樂旋律遙遠得就像身處巴勒斯坦一樣，它讓我想起十字軍在地平線上的東征，就像高過村莊的榆樹梢在微微地搖動。多麼偉大的一天啊！雖然我從林中空地看向天空，它還是每天看上去的那樣一望無垠，看不出有什麼區別。

自從我種豆以來，我一直與豆子相處。時間久了，我得到很多專業的經驗，比如種植、耕地、收穫、打場、揀拾、出售，這最後一項尤其難。我不妨再添加一個吃 —— 我還吃了大豆，品嘗了一下它的味道。

我決心要了解大豆。在它們生長時，我一般從清晨 5 點開始鋤草，一直工作到中午，剩下的時間來做別的事情。試想，

人和各種雜草交往十分密切，感覺很神奇。說起來，做這些工作是很繁瑣累人的，比如這些雜草，勞動時，要把草連根拔起，無情地摧殘它們的纖維組織，同時鋤頭還要仔細辨別它們，以便能培植另一種草。這是羅馬艾草，這是豬籠草，這是酢漿草，這是蘆葦草。牢牢抓住它，拔出來，把它的根拔出來，在太陽下曝晒，不要讓一根纖維躺在陰影中。否則，它又側著身子站起來，兩天後就會又像青蔥和韭菜一樣了。這是一場持久戰，不是與鶴的戰爭，而是與雜草作戰。它們是一群有太陽和雨露相助的特洛伊人。豆子每天都能看到我，帶著鋤頭來作戰，消滅它們的敵人。犁溝裡堆滿了雜草的屍體，有許多是體格健壯的，比它成群的「戰友」還高出一英尺的特洛伊主將赫克托爾，也都在我的武器前倒下，被淹沒在塵埃之中了。

在酷熱的夏天，那些和我同時代的人，有的在波士頓或羅馬致力於美術，有的在印度苦苦地思索，還有的在倫敦或紐約做著生意，而我卻和新英格蘭的其他農民一樣，從事著農業。我這樣做並非為了吃豆子，我天性屬於畢達哥拉斯一派，即希臘哲學家不吃豆子的一派，起碼在種豆這件事上我是這樣的。不論是為了吃、選舉，還是為了換稻米，或許只是為了給將來寫寓言的作家用，又或許是為了比喻或影射，反正總得有人在田裡工作。總之，這是一種不同尋常的快樂，儘管持續時間太長，也會虛度光陰。

儘管我並沒有幫它們施肥，也沒有幫它們全部鋤一遍草、

鬆一遍土，但是我經常盡我的全部力量鋤草鬆土，結果還算不錯。「這是真的。」正如伊夫林所說，「任何混合肥料或糞肥都不如持續地揮鋤舞鏟，把泥土翻上來。」「土壤」，他在另外一個地方寫下，「尤其是新鮮的土壤，其間含有極大的磁力，可以吸住鹽、能量，或者還有良好的品德（隨你怎麼稱它）來增強它的生命。土地也是我耕耘和勞作的對象，我們依靠在土地上的耕耘來自食其力，養活自己，所有的糞肥和其他惡臭的東西，只是這種改良的代用品而已。」更何況，這片土地只是「地力耗盡的閒置又貧瘠的土地呢」，也許像凱南爾姆・狄格貝爵士認為的，已從空氣中吸走了「生命力」。我總共收穫了 12 蒲式耳豆子。

為更加明細可信，也因為有人對柯爾曼先生所做的報告不滿，他的報告主要是關於一些鄉紳的奢華試驗，所以我把自己的收支情況介紹如下：

一把鋤頭⋯⋯⋯⋯⋯⋯⋯⋯⋯⋯⋯⋯ 0.54 美元

耕地挖溝⋯⋯⋯⋯⋯⋯⋯⋯⋯⋯⋯⋯ 7.50 美元（太貴了）

豆子種子⋯⋯⋯⋯⋯⋯⋯⋯⋯⋯⋯⋯ 3.125 美元

馬鈴薯種子⋯⋯⋯⋯⋯⋯⋯⋯⋯⋯⋯ 1.33 美元

豌豆種子⋯⋯⋯⋯⋯⋯⋯⋯⋯⋯⋯⋯ 0.40 美元

蘿蔔種子⋯⋯⋯⋯⋯⋯⋯⋯⋯⋯⋯⋯ 0.06 美元

籬笆白線⋯⋯⋯⋯⋯⋯⋯⋯⋯⋯⋯⋯ 0.02 美元

耕馬和三小時傭工 ·················· 1.00 美元

收穫時用馬和車輛 ·················· 0.75 美元

共計 ·························· 14.725 美元

我的收入來自：

9 蒲式耳 12 夸脫豆子·················· 16.94 美元

5 蒲式耳大馬鈴薯 ·················· 2.50 美元

9 蒲式耳小馬鈴薯 ·················· 2.25 美元

草 ····························· 1.00 美元

莖 ····························· 0.75 美元

共計 ·························· 23.44 美元

盈餘，正如我在別處提到的，尚有 8.175 美元

　　這就是我種豆子的所得成果。大約在 6 月 1 日，我播下細小的白色豆種子，留上 3 英尺長、18 英寸寬的間距，種成一排排，精選的都是新鮮、圓潤、優質的種子。同時，還要注意害蟲，在沒有發芽的位置上補種種子；接著，要提防土撥鼠，如果那塊田地顯露在外面，牠們會把剛剛發芽的嫩葉一口氣啃光，而且在嫩捲鬚伸出來後，牠們也會看到。牠們會直坐著，像松鼠一樣，將花苞和初長成的豆莢全部啃掉。尤其重要的是，倘若你想讓豆子避免霜打，或者遭到其他不必要的傷害，想讓豆子賣個好價錢，那麼你就要儘早收割。

　　我還得到一些更豐富的經驗。我曾對自己說，次年夏季，

我不要再花這麼大的氣力來種豆子和玉米，我要種一些像真誠、真理、樸實、信心這樣的種子。如果這些種子並沒有喪失，我要看看它們是否能在這塊田地上生長，是否能以較少的勞力和肥料來維持我的生活。因為，我認為以土地的能力，它肯定還沒有消耗到不能播種這些東西。唉，我對自己說過這些話。但是現在，一個夏天又過去了，而且一個接著一個，都慢慢地溜走了。我不得不對你們說，我的讀者呀，我所播種的種子，或者說是一些美德的種子，全部被蟲子吃掉了，或者已經失去了生機，根本都沒有發芽。一般來說，人們和他們的祖先一樣的勇敢或膽怯。這代人每年所耕種的玉米和豆子，肯定和印第安人在幾個世紀以前所耕種的一樣，那是他們傳授給最早移民的，好像命中注定似的，再也難以改變。

有一天，我看到一個老頭，十分驚訝。他用一把鋤頭挖洞，至少挖了 70 次，但是他卻不打算躺在裡面。為何新英格蘭人不去嘗試一下新的事業，卻過分地在乎他的玉米、馬鈴薯、草料和果園呢？為什麼不種植另外一些東西呢？為什麼只關心豆種而對新一代人的成長漠不關心呢？我上文提及的那些美德，我認為它們比其他農作物高尚。如果我們遇到一個人，他身上集中了那些美德，那些飄散在空中的美德植根於他的心中，那麼我們真該感到快樂滿足。倘若一種難以捉摸而無法形容的品德正向這裡走來，比如真理或公正，雖然量很少而且是新品種，但畢竟它正在沿著大路走過來。我們的大使應該立即

接到命令，去挑選這些好品種，寄到國內，然後國會把它們配到全國各地，廣泛種植。

在對待真誠時，我們不應該表現出虛偽和做作。如果我們已擁有高貴與友情的精神，那麼我們永遠不應該再利用我們的卑鄙來互相欺騙、羞辱、排斥，也不應匆匆見面就又成了陌生人。因為，這裡的大多數人我從來沒見過，好像他們一直很忙，忙著種他們的豆子。我們不要和如此忙碌的人來往，休息時他靠在鋤頭上或鏟子上，好像靠在手杖上一樣，遠望過去雖不是一個筆直的蘑菇，但看上去好像確實有一部分要破土而出。那情形，像是在大地上空低飛的燕子。

說話時，牠的翅膀經常開合，
像要飛走，卻又兀自垂攏。
哄騙我們，自以為在和天使談話。

也許糧食並不能永遠滋養我們，但是它對我們的身心確實大有益處。在我們不知身患何病時，糧食就可將關節的僵硬消除，讓我們恢復柔軟和活力，從大自然和人間找到仁慈，享受到所有單純而強烈的快樂。

古代的詩歌和神話，至少能給人們一些啟示。農事活動曾經是一種莊重高雅的藝術，但是我們卻在匆忙中隨意糟蹋了它。如今，我們追求的只是大田園和大豐收。我們不但不舉行任何儀式，而且連慶賀的儀仗和節慶日都沒有，甚至連耕牛大

會和感恩節也沒有。先農們，本來用這種形式來表達他們這一職業的高尚意味，或者以此來追憶農事的神聖。如今的農民，他們注重的卻是酬金和一頓大餐。他們供奉的不是穀神克瑞斯和主神朱庇特，而是財神普路托斯。因為我們沒有人能改掉貪婪、自私和卑賤的惡劣品性，所以我們把土地視為財產，或者以此來謀取財產。結果，風景被徹底破壞，農事和我們一樣變得低賤，農民過著最卑賤的生活。他所認識的大自然，和一個強盜所認知的並無兩樣。卡托曾說，農事的利益是異常虔敬而正當的。按照瓦羅的話，古羅馬人「把大地母親和克瑞斯齊名，他們覺得從事農業的人，他們的生活虔敬而有意義，所以只有他們才是農神的後代」。

　　我們總是忘記，太陽照耀著我們翻耕的土地，和它照耀草原、森林一樣，並無兩樣 —— 它們都反射並吸收太陽的光線。土地，在太陽每天眺望的圖畫裡，它只是一小點。在太陽眼中，大地都被耕作得像花園一樣。因此，我們接受它的光和熱，同時也接受了它的信任和慷慨。我重視豆的種子，把它們種到田裡，秋天就能得到收穫，但那又能怎樣呢？我守護這片土地這麼久，這片田地卻並不把我當作主要的耕種者。它把我撇開，卻向那些為它澆水，讓它發芽的東西表示友好。豆子的果實，也不由我來收穫，它們其中一部分是為土撥鼠準備的。農民的希望，不只是麥穗，而且還有核仁或穀物，都會成為農民的田地裡的收成。所以，我們的作物怎麼會歉收呢？我們應

該為雜草的茂盛生長而歡喜,因為它們的種子正可作為鳥雀的吃食。相比而言,農作物的產量能否堆滿農民的糧倉,倒是微不足道的。真正的農民從不愁容滿面,就好像那些松鼠,根本不在乎樹上今年會不會長栗子。真正的農民整天勞作,卻並不奢求土地的產品全部歸為己有。他心裡,是奉獻,不僅會獻出第一個碩果,而且會獻出最後一個碩果。

村子

　　鋤完了地以後，如果上午有時間，我也許會讀一會書，寫一會字，再到湖裡洗個澡，游過一個小灣，這就是我運動的最大限度了。這有助於洗去勞動後身上的塵垢，或許還可除去因閱讀而產生的一道皺紋。在下午，我一般是很自由的。每天或者隔一天，我會到村子裡散步，聽聽人們嘴上那永無休止的八卦，或者口耳相傳的謠言，或者報紙上轉載的新聞。如果用因勢利導的方法接受它們，的確會感到很新鮮，很奇特，好像樹葉的蕭蕭聲和青蛙的呱呱聲一樣。正如我在森林中散步時喜歡看鳥雀和松鼠一樣，我在村中散步，喜歡看一些男人和小孩。在村中散步，我聽不到風吹帶來的松濤聲，卻能聽到轔轔的馬車聲。從我的房子向另一個方向望去，在河岸的草地上，有一個麝鼠的聚居地。而在另一端的地平線上，在榆樹和懸鈴木的下面，有一個充滿忙碌的閒人的村莊。這令我產生好奇心，彷彿他們是大草原上的流浪狗，不坐在獸穴的入口，而是奔到鄰居家去聊天。

　　我經常到村莊去觀察他們的生活方式。在我眼裡，村莊就像一個龐大的新聞編輯室。為了編輯室能持續運作，就像以前州政府大街上的雷丁出版公司那樣，他們不僅出售報紙，還出售乾果、葡萄乾、玉米粉、鹽，以及其他食品雜貨。有些人對

新聞胃口很大，消化能力超強，他們永遠像雕像一樣坐在街道上，想方設法地打探新聞，讓新聞好像地中海的季風一樣翻騰著、低語著，從他們耳邊吹過。或者也可以這麼說，他們就像吸入了少量的乙醚，雖然意識還算清醒，但痛苦卻被麻痺了。否則，有些新聞，聽到後讓人會很痛苦。

當我在村裡漫步時，我總是看到這些「活寶」：一排排地坐在臺階上晒太陽。他們的身子微微前傾，臉上掛著充滿欲望的表情，眼睛不時左顧右盼。或者，就是身體靠在穀倉上，雙手插在褲子口袋裡，像一根支撐穀倉的柱子。由於他們通常逗留在戶外，所以風中帶來的所有消息，他們都能聽得見。他們是最粗糙的磨坊，凡是閒言閒語，都要經過他們的第一道壓碾，然後才能傳入千家萬戶，傾倒進更精緻的漏斗中，進行更細緻的加工……

我注意到，村子裡最有活力的地方，就是食品雜貨舖、酒吧、郵局和銀行。除此之外，如同機器中必不可少的零件一樣，一口大鐘、一尊大砲和一輛救火車，都放在合適的地方。為了盡量滿足人類的需求，房屋的設計，都面對面地被安排在一條巷子裡，所有的過客都逃脫不了夾道鞭打，所有男女老少都可以痛扁他一頓。當然，那些被安置在巷口附近的人，最先看到過客，也最先被過客看到。他們最先動手揍人，所以要為這個黃金地段付最昂貴的房租。而住在村外的少數零散的村民，到他們那裡有很長的距離。就算經過，旅客也可翻牆而

過，或者抄一條捷徑逃掉。這些村民當然只需付一筆很少的地租或窗稅。有的四周都掛起了招牌，誘惑著顧客；有的抓住了他的胃口，那是飯館和餐廳；有的抓住了他的嗜好，如百貨店和珠寶店；有的緊抓著他的頭髮不放，或揪住了他的腳或他衣服的下擺，這是理髮店、鞋店和服裝店。此外，還有更可怕的，就是要你挨家挨戶地去訪問，而且這種情況下總是人滿為患。

　　總體而言，無論怎樣，我都能很巧妙地躲過所有的危險，或者，我馬上勇往直前，毫不猶豫地直奔我的目的地。那些受到夾道鞭打的人，不妨嘗試一下我的辦法；或者，我專心地想著高尚的事物，像奧菲斯「彈起那七弦琴，高唱諸神的讚美詩，壓過了妖女的歌聲，因此才沒有遇難」。有時，我會閃電一般地溜走，沒有人知道我去了哪裡。因為我不大在意禮節，即使籬笆上有個洞，我也不覺得必須猶豫一下。甚至，我還經常闖入一些鄉民的家中，他們親切地招待我，他們會跟我說起最新的，或者他們精選出的新聞。對剛剛平息的戰事、戰爭與和平的前景，以及世界還能合作多久等諸如此類的事情了解後，我就立即從後面幾條路溜走，然後又隱進屬於我的那片森林了……

　　有時，我去城裡，逗留到很晚才出發回家來，在黑暗中回到我森林的家中。這讓我忍不住感到愉快，尤其在那些漆黑而風雨交加的夜晚，我從一個燈火通明的村屋或演講廳起航，肩

上扛著一袋黑麥或印第安玉米粉，朝著林中安逸的港灣行駛。外面的一切都安置妥當了，隨後我帶著快樂的思想，臥在甲板下面，只留下我的軀殼掌舵。但是，如果航道平靜，沒有波瀾，我就乾脆用纜繩將舵拴死。當我航行時，在艙中的火爐邊取暖，許多快樂的想法便會在我腦中縈繞。任何天氣都不會使我去憂鬱，也沒有悲傷，縱使我遇到過幾次惡劣的天氣。平日的夜晚，森林中也比想像中的還要黑暗。在最黑的夜晚，我只能憑著樹葉間隙透出的光來辨別路徑，一邊走，一邊認路。有時，在一些沒有公路的地方，我只能用腳來摸索，開闢出我要航行的路。或者有時候，我能用手摸出幾棵我熟悉的樹，從而辨清航向。比如，中間距離不超過 18 英寸的兩棵松樹，總是位於森林的中央，從它們中間穿過時，我就能辨別出方向。有時，在一個漆黑又潮溼的夜晚，我很晚才出發回家。我的腳探索著看不清的路，一路上，心不在焉，像做夢一樣。等我猛然伸手開門時，意識才清醒過來。老實說，我根本不記得我是如何走回來的。我自認自己的身體，就是在靈魂脫殼之後，也能找到它的歸屬之地，就像手能碰到嘴，無須任何幫助一樣。

有幾次，來拜訪的客人恰巧待到很晚才要離開，而那天的夜十分漆黑，伸手不見五指，所以我只好送他到公路邊，並指給他要走的方向。分別前，我告訴他，不要靠眼睛，而要靠雙腿，摸索著前進。在一個月黑風高的晚上，我就是這樣給兩個到湖邊釣魚的年輕人指路的。他們住在距離森林大約一英里

遠的地方，他們對附近十分熟悉。一兩天後，其中的一位對我說，他們在自己的住所周圍轉悠了大半夜，直到清晨才回到家，期間遇到一場大雨，樹葉都溼了，他們也被淋得全身溼透了。我聽說，村裡有很多人在街上轉悠時，也常常迷路。一般來說，那是黑暗最濃郁的時刻，如俗話所說，黑得你都可以用刀把它切割成一塊一塊的。有人因為住在郊外，驅車到村裡來置辦貨物，最後卻被黑暗阻擋，只好留在村中過夜。還有一些先生女士，去別人家做客，因為偏離他們的路線大約有半英里遠，他們只能用腳來摸索著走，根本不知道自己應該在什麼地方拐彎。

　　無論什麼時候，如果在森林中迷路，都是很驚險的，而且很值得回憶，這是一種珍貴的經歷。在暴風雪中，即使你白天走在一條熟悉的路上，也會迷失方向，辨不清通往村子的路。雖然，他知道自己在這條路上走過無數次，但是現在，他卻怎麼也認不出路來，就像西伯利亞的一條路一樣陌生。如果在晚上，還要困難得多。我們平日在散步時，潛意識裡常常會像領港人一樣，依據某個燈塔，憑藉某個海角來辨別方向，向前走。如果我們偏離了日常的航線，我們的腦中依然會有鄰近一些海角的印記。除非我們已完全迷路，或者轉了一下身。在森林中，你只要閉上雙眼，轉一下身，就會迷路。到那時，我們才發現大自然的廣袤與神奇。無論是睡覺，還是心不在焉地做其他的事情，每個人在清醒之後，都應該經常看看羅盤上的方

向。難道非要等到我們迷路時，也就是說，非要等到我們失去整個世界之後，才會發現自我？才能發現自身的處境？才能意識到我們彼此之間無何止的瓜葛和連繫嗎？

　　一天下午，我來這裡的第一個夏季即將結束時，在我到村裡的鞋匠處取回修補好的鞋子時，我卻被捕了，並被關進了監獄。原因正如我在另一篇文章裡說明的那樣，我拒絕向國家交稅，甚至否認這個國家的權力，因為這個國家在議會門口像買賣牛馬一樣販賣男人、女人和孩子。起初，我是因為別的事而住到森林裡去的，但一個人無論到哪裡，人間的骯髒機構總會如影隨形地跟著他，伸出他們的雙手攫取他的財富，如果他們能做到這點，接著便會迫使他回到他那個共濟會式的社會中。誠然，我原本可以堅強地反抗一下，這樣做多少會有點結果；我原本可以瘋狂地反對社會，但我寧願讓社會瘋狂地反對我。這樣，它才是最絕望的一方。第二天，我就被無罪釋放了，還拿到了我那雙已經修補好的鞋子。回到森林中，我在美港山上飽餐了一頓越橘。除了那些國家機構的人之外，我沒有受到其他人的騷擾。除了存放我稿件的桌子，我上了鎖。其他任何地方，我都沒有上鎖，我的門也沒有門閂。我的窗戶和門上，也沒有一顆釘子。無論白天還是黑夜，即便要出門數日，我也不會鎖門。在即將到來的那個秋天，我到緬因州的森林中住了半個月之久，期間我都沒有鎖門。但是，我的房子比周圍駐紮的士兵還要受尊敬。疲憊的旅行者，可以在我的火爐旁休息取暖；

文學愛好者，可以翻閱我桌上的書本。或者，那些好奇心很強的人，也可打開我的壁櫥門，看看我吃的是什麼飯菜，還能知道我的晚餐吃些什麼。雖然，有不少各個階層的人跑到湖邊來，但我並沒因此感到有什麼不便。我沒有丟什麼東西，只是一部小書消失了，那是一卷荷馬的作品。也許因為封面鍍金鍍得過於華麗了，所以才不見的。我想，極有可能是兵營中的士兵拿走了。我相信，如果所有人都生活得和我一樣簡樸，盜竊和搶劫就不會發生。為什麼這樣的事頻頻發生？是因為社會上有些人得到的超過了他的所需，而另外一些人得到的卻又不夠他的需求。波普翻譯的荷馬詩句應該被廣泛傳播：

當世上的人們所需要的只是山毛櫸製作的碗碟時，這個世界就不會再有戰爭。

子為政，焉用殺。子欲善，而民善矣。君子之德風，小人之德草。草上之風，必偃。

村子

湖

　　有時，我對世人和他們的閒言碎語，以及村中的朋友們，都感到厭倦。每當這時，我就會向西漫遊，越過平常生活的地方，跑到鄉鎮上更人跡罕至的地方，去往「新的森林和牧場」。或者，當夕陽西下，我會到美港山上，大吃一頓越橘和漿果。然後，把它們揀起來儲藏，作為自己接下來幾天的食物。購買水果的人，享受不到水果的色香味，培育它並把它拿到市場上出售的商人，也享受不到水果的色香味。如果你要享受水果的色香味，唯一的辦法，就是請教到處亂跑的牧童，以及到處亂飛的鷓鴣。但是，很少有人用這個辦法。從不採摘越橘的人，以為已經嘗遍了它的滋味，事實上這當然是一個錯誤的想法。從不曾有過一隻越橘真正到過波士頓，雖然它們長滿了波士頓的三座山，卻並沒有真正進過城，也沒有人真正地品嘗過它們。水果的美味和它最本色的精華，在裝上車運往市場的時候，就隨著它的新鮮一起被磨損掉了，它僅僅只是食品了。只要真理還在統治著世界，就不會有一隻新鮮的越橘能完全從山上運到城裡去。

　　我做完一天的鋤地工作後，有時會去看望一下我那些不耐煩的夥伴。他從清晨起就在湖邊釣魚，安靜得一動不動，就像一隻鴨子，又像一片漂浮在湖面上的落葉，在思考著自己各

式各樣的哲學問題,在我到來之前,他大概認為自己已經修練成修道院裡的權威老僧了。有一位老者,一位好漁夫,尤其擅長各種木工,他很喜歡把我的房子當作為漁民提供便利而建起的小屋,這讓我很高興。他經常坐在我的屋門口,擺弄著釣魚線。有時,我們會一起泛舟湖上。他坐在船的這一端,我坐在船的那一端,我們並沒有多少交流。因為近年來他雙耳失聰,但偶爾他也會哼哼一首聖詩,這與我的哲學觀點非常統一。我們的精神交流,實在是非常和諧的。回想起來,我都感到十分美妙,這種美妙要比我們的談話有意思得多。我經常這樣:當和人無話可說時,我會用木槳叩擊船舷,在四周的森林激起一圈圈的回音,好像動物園的管理員吵醒野獸們一樣。最後,每個山林和綠谷都發出響徹雲霄的咆哮聲。

在溫和的黃昏,我經常坐在船裡吹晚笛,看鱸魚圍著船邊游泳,好像我的笛聲婉轉得讓牠們著了迷。月光在波光粼粼的湖面上徜徉,湖水倒映著森林的叢叢樹影。很久以前,我曾和一個同伴一起,像探險一樣無數次來到這個湖邊。我們在夏夜的湖岸生起一堆火,以吸引魚群,然後在魚鉤上放蟲子作為魚餌,釣起一條又一條鱈魚。就這樣,一直坐到深夜,我們才把火棒高高地拋向空中,它們如流星煙火一般,從空中落入湖中,發出嘶嘶的響聲,然後便杳無蹤影了。然後,我們又陷入無邊的黑暗中。我一邊摸索,一邊吹著口哨,穿過黑暗,回到人類的聚集地。然而,現在我在湖岸上,已經有自己的房子了。

有時，我會在村裡的一個農戶家裡過夜。但當他們全家都上床休息後，我會獨自回到林中。那時候，為了第二天的伙食，我會把半夜的時光都用在月光下的垂釣上。我坐在船中，聽梟鳥和狐狸齊唱著小夜曲，還時常能聽到附近無名的鳥雀發出尖厲的叫聲。對我來說，這些都是寶貴的經歷並值得回憶。我經常在水深 40 英尺的地方拋錨，離湖岸 2、3 桿之遠。有時，有上千條小鱸魚和銀魚環繞著我，牠們的尾巴把泛著月光的水面激起無數漣漪。我用一根細長的麻繩，跟生活在水下 40 英尺深處的神祕魚兒溝通。有時，我拉著 60 英尺長的釣絲，隨著溫柔的夜風，在湖上悠悠地漂蕩。我不時地感到釣絲在微微顫動，這說明在釣絲的那端有一個生命在徘徊，可是牠又愚笨地無法確定，該怎麼處置眼前盲目撞上的這個東西。後來，你把釣絲繞在手上一圈又一圈，慢慢縮短釣絲，一些活蹦亂跳並吱吱叫著的鱈魚，就被我拉到空中。特別是在黑夜，當你的思想在宏大的宇宙命題上馳騁，你手中這微微的顫動，就會打斷你的思考，將你和大自然又聯結起來，這其中有著無窮的奧妙。我似乎將釣絲一甩，就能甩到繁星點點的夜空中去，正像我把釣絲垂入深邃無底的湖水中一樣，於是，我好像用一個魚鉤釣到了兩條魚。

　　瓦爾登湖的風景雖然秀麗，但並不宏偉，不足為奇。偶然去遊玩的人，如果不住在湖畔，就未必能領略到它的魅力。然而它卻因深邃和清澈而廣為人知，所以值得好好書寫一下。這

是一個清澈、碧綠的湖泊，長約半英里，圓周約有 1.75 英里，面積約有 61.5 英畝。它被松樹和橡樹林環抱，常年不會乾涸。湖水的進水口和出水口都無跡可尋，湖水的上漲和下落，緣於雨水的降落和蒸發。周圍的山峰，從湖水邊拔地而起，有 40 至 80 英尺的高度，但東南面的山峰卻有 100 英尺高，而東邊更是躍升到 150 英尺。它距離湖畔不過 1/4 英里和 1/3 英里，山上的樹木十分茂盛，鬱鬱蔥蔥。

在康科德，所有湖泊的水至少有兩種顏色：一種是遠望所見，一種是近觀所見。近觀時，湖水的顏色更接近它本來的顏色；遠望時，湖水的顏色更多的是光線的作用，因天色的變化而呈現出不同的顏色。在晴朗的夏季，從稍遠的地方望去，它呈現一片蔚藍，尤其在水波粼粼時。但極目遠望時，它的顏色卻變成了深藍色。有風暴時，它有時會呈現出深灰色。據說海水的顏色與天氣變化無關，今天是藍色，明天就可能是綠色。在我們這片水域，白雪覆蓋大地時，水和冰幾乎都呈現出草綠色。有人認為，藍色「乃純潔之水的顏色，無論流水還是冰晶」。但從船上俯瞰近處的湖水，它的色彩又十分不同。甚至從同一角度看瓦爾登湖，它也是忽藍忽綠的。它俯身於天地之間，同時具備兩者的顏色。從山頂上望，它映出天空的顏色，但走近了看，在它近岸的細沙點點的地方，湖水泛著黃澄澄的顏色，繼而是淡綠色，然後逐步加深，直到水波全部呈現出一致的深綠色。但有些時候，在光線作用下，從山頂望去，靠近

湖岸的水色碧綠而有生氣。有人認為，這是被碧綠的山林渲染所致。可是，在鐵路那邊黃沙地帶的湖水，顏色同樣是碧綠的。尤其是在春天，樹葉剛發芽吐綠的時候。也許，這是天空的蔚藍和黃沙調和之後形成的效果。這就是湖水有虹色的原因。在這個地方，春天到來之後，冰塊被水底反射上的太陽熱量，以及土地傳播的太陽熱量融解了，呈現出一條狹窄的細流。但是，湖中大部分區域卻還是寒光閃閃的冰塊。晴朗天氣時，湖水的激流湧動，湖面以 90 度的直角反射天空的顏色。也許因為光線充足，較遠處的湖水比天空更加蔚藍。而這時，如果泛舟湖上，眺望倒影，就有一種無法形容、妙不可言的淡藍色呈現在眼前，宛如浸水後色調變幻的絲綢。還有一些，像青鋒寶刀，比天空更清新空靈，它與波光另一面的黛綠色輪番呈現，只是黛綠色比以往更顯得渾厚了，在玻璃般的藍色中，又加上一點綠色，印象中，它就像冬天日落之前西天烏雲露出的一角藍天。當你往玻璃杯中盛滿清水，舉到陽光下觀看時，卻看不到顏色，好像裝了一杯空氣一樣。眾所周知，一大塊厚玻璃板會呈現出微綠的顏色，以製造玻璃的人的說法，這是跟玻璃的「體積」相關，同樣的玻璃，體積小就不會呈現出任何顏色。瓦爾登湖的湖水，需要多深才能泛出這樣的綠色，我無從考究。直接俯瞰湖水所看到的，是黑色或深棕色。到湖水中游泳的人，湖水會為他的身體染上一層黃色。可是瓦爾登湖是如此純潔，人暢遊其中，就像大理石一樣潔白。更神奇的是，

人的四肢在水中都會被放大，並且被扭曲。那形體十分誇張，很值得米開朗基羅思考一下。湖水是如此清澈，以至於距離湖面 25 至 30 英尺以下的東西都歷歷在目。光腳進湖水時，你會看到水面下很多地方都有成群嬉戲的鱸魚和銀魚，長約一英寸的鱸魚，連牠橫的花紋也清楚可見。也許，你會認為這種魚是為了逃離塵世才跑到這清淨的水底來定居的。好幾年前的某個冬天，有一次，我為了釣梭魚，在冰上鑿開幾個洞，上岸後，我把一把斧頭丟了在了冰面上。但是，好像有魔鬼故意捉弄我似的，斧頭在冰上滑出了 4、5 桿遠，剛好掉進了我剛鑿開的一個冰窟裡。那裡水深有 25 英尺，出於好奇，我趴在冰上，向窟窿裡張望。我看到那把斧頭偏向一邊，頭向下、斧柄向上，筆直地陷在湖底的泥沼中，隨著湖水而晃動，搖擺不定。如果不是後來我把它吊了出來，它可能會一直保持這樣的直立狀態，直到斧柄腐爛，化為塵埃。我在斧頭的正上方，用鑿冰的鑿子又鑿開一個洞。然後，我用刀把附近最長的一條赤楊樹枝割下來，把一個繩圈打成活結，綁在樹枝的一頭，小心翼翼地把它放下去，套住斧柄，然後拉動赤楊枝上的繩子，就這樣，我把斧頭吊了上來。

　　一兩處小沙灘之外，湖岸由一長排白色光滑的鵝卵石鋪成。它很陡峭，站在湖岸縱身一跳，就可跳入湖中，水淹頭頂。如果不是湖水清澈無比，你根本不可能看到湖底，除非湖水變淺。有人認為它深不可測。它沒有一處是汙濁的，有時經

過它的過客也許還會感慨，感慨竟然看不到一根水草。至於能見到的水草，也是那些因為最近湖水上漲而被淹沒的湖邊草地而已，就算仔細查找，也找不到菖蒲和蘆葦，甚至黃色或白色的水蓮花也沒有，最多能找到心形草和水蓼草，或許會有一兩棵水眼菜。但是，這些水草，就連游泳者也看不見，它們就像湖水一樣清澈而透明。潔白的鵝卵石深入湖水一兩桿的距離之後，便是水底里那細純的白沙。湖水最深的地方，不免有些沉積物。有一些東西，看上去像是已經腐朽的樹葉。還有一些鮮亮的綠色苔蘚，深冬時節會隨鐵錨一起浮出水面。另外，還有一個白湖，在瓦爾登湖西面 2.5 英里之外的 9 畝角。儘管在以瓦爾登湖為中心，方圓 12 英里之內，我對這些湖泊還是很熟悉的，但我卻再找不出哪個湖泊的湖水能如此純淨，像井水一般。大概以前來過這裡的民族都飲用過這一灣湖水，對其稱讚不已並測試了它的深度。然後，他們又一個個地消失了，只有湖水依然清澈如故，泛著幽幽的綠波，整個春天也沒有絲毫變化。或許在亞當和夏娃被趕出伊甸園時，那個春天的黎明到來之前，瓦爾登湖就已經存在。甚至在那時候，隨著薄霧和絲絲南風，以及天空飄灑下的一陣柔和的春雨，湖面就變得不再平靜了。成群結隊的野鴨和天鵝在湖上遨遊，它們絲毫不知道被攆出樂園這回事，只是沉醉在純淨的湖水中。那時，瓦爾登湖起伏不平，湖水變得更加晶瑩，被渲染成各種色彩，專屬於這片天空下，成為世上唯一的瓦爾登湖，也是天上露珠的淨化

器。有誰知道，多少部已被人們遺忘的民族史詩中，瓦爾登湖曾被譽為「卡斯塔利亞聖泉」？在人類最早的黃金時代，又有多少山林水澤的精靈在這裡定居？它是康科德鎮桂冠上一顆最閃耀的鑽石。

　　第一批發現瓦爾登湖的人，也許在這裡留下了他們的足跡。我曾驚訝地發現，沿湖被砍伐的一座蔥鬱的森林裡，有一個陡峻的山崖，有一條小徑繞湖一圈，在山上盤旋著，曲曲折折，忽上忽下。小徑有的地方靠近湖岸，有的又向遠處延伸。我認為，這條小徑也許和最早生活在這裡的人類一樣久遠。最早的土著獵人，用腳踩出了這條路，後代的居民卻毫無察覺，繼續走著這條路。冬天，站在湖的中央，看那條路就更加清楚。尤其在下過一陣小雪後，那條山間小徑，就成為一條連綿起伏的白線，乾草和枯樹枝都無法遮蓋它。很多地方，就是在1/4 英里之外看，也清晰可辨，可是在夏天，就算走近看，也看不清楚。或者可以這樣說，雪花用白色大理石浮雕，把這條小路雕琢了出來。但願以後，後人在山間建造田園別墅時，還能保留這條古老的山間小徑。湖水的漲落起伏，沒有什麼規律。就算是有規律，週期是什麼，也沒有人知道。儘管有很多人假裝自己知道。冬天水位一般略高些，夏天水位略低一些，但水位和氣候的乾溼並無關係。我對此十分清楚，何時湖水低 1、2英尺，何時漲高至少 5 英尺，我都知道。有一個狹長的沙島，伸展到湖中。它的一邊是深水，離湖岸大約 6 桿遠。大概在

1824 年，我曾在沙島上煮過一鍋雜燴湯。但是連著 25 年，湖水已經將它淹沒，我再也不能在上面享受野炊的樂趣了。另一方面，每當我對我的朋友說，幾年後我會常去森林中那個僻靜的山坳裡泛舟垂釣，在遠離現在看到的湖岸大約 15 桿的地方，如今這裡已是一片芳草地。他們常常聽得半信半疑。但是兩年來，湖水一直在上漲，現在是 1852 年的夏天，我之前在那裡居住時，湖水比現在低 5 英尺，現在已接近 30 年前的高度了，那片草地上又可以泛舟垂釣了。表面看，湖水漲了 6、7 英尺，但從周圍山上流下的雨水並不多，漲潮的原因一定是深處的泉源所致。在這個夏天，湖水又降了下去。令人驚訝的是，這種漲落，無論是否有週期，都需要好幾年才能輪迴一次。我觀察過一次湖水的上漲，還有兩次退落。我想，在 12 或 15 年之後，水位又回到原來的位置。東面一英里的費靈特湖，有山溪流入，又從另一端流走。這裡湖水漲落變化很大，而介於兩者間較小的湖泊，則和瓦爾登湖的漲退同步，如今也進入了最高水位。據我觀察，白湖的情況也是這樣。

瓦爾登湖多年的漲落，至少有這樣一個作用：在最高水位維持將近一年時，環湖散步固然不易，但從上次水漲之後，沿湖生長的灌木、蒼松、白樺、樅木、白楊等樹木全部被沖刷掉了。一旦水位退下，湖岸就一片潔淨，它和其他湖泊以及每天水位漲落的河流不同，它在水位最低時，湖岸反而最乾淨。在我房子旁邊的湖岸上，一排 15 英尺高的蒼松被沖刷掉了，彷

佛被槓桿撬倒了似的，**轟**然倒地。湖水用這種方式阻擋樹木的入侵，而樹齡的大小，恰好說明了水位漲落一個週期的時間。湖水利用漲落的方式，來捍衛它擁有湖岸的權利，就這樣，湖岸就被剃掉了鬍鬚，樹木永遠無法統攝這片湖岸。湖水伸出舌頭，舔著湖岸，阻擋鬍鬚的生長，它經常舔它的臉頰。當湖水水位漲到最高時，梌木、柳樹、楓樹淹沒在水中的根，會伸出很多纖維質的紅鬚，來保護自己，紅鬚長約數英尺，離地3、4英尺高。另外我還發現，那些生長在岸邊高處的漿果，總是顆粒無收，而這裡卻碩果**纍纍**。

湖岸怎麼鋪得如此整齊有致？很多人對此心存疑惑。鎮上的人們都聽過一個傳說，村子裡最年老的人也曾告訴我，說這個傳說還是他們年輕時聽來的呢。遠古時，一次印第安人在小山上舉行狂歡儀式，小山突然高高地升到空中，然後就像現在這灣湖一樣深埋地下。據說這是因為它們做了褻瀆神靈的事情。事實上，印第安人從沒有對神不敬。在他們褻瀆神靈之後，山搖地動，大地猛然倒塌，只有一個名叫瓦爾登的印第安女子活了下來。自此，這湖泊就以她的名字命名了。據推測，在山崩地裂時，這些圓石滾落下來，鋪成了現在的湖岸。不論怎樣，有一點可以確定，此處原來沒有湖，現在卻有一個。這個印第安神話，與我前面所說的那一位遠古居民並不矛盾。他清楚地記得，他隨身攜帶著一根魔杖，初到這個地方時，草地上升起一層薄霧，那根魔杖就直指向下。後來，他決定在此地

挖一口井。至於那些鵝卵石，許多人覺得它們不可能是地動山搖時遺留下來的。據我的觀察，周圍山上這樣的石頭有很多，所以人們只好在鐵路經過的、最靠近湖的兩邊築起防止石頭脫落的牆垣。湖岸越陡峭的地方，圓石越多。所以對我來說，圓石鋪成的湖岸也就不再那麼神祕了。我知道是誰鋪成的湖岸。如果這個湖不是以當地這位名叫薩福隆‧瓦爾登的英國人的名字來命名，那麼它就是由「圍而得湖」而得名的。

　　對我來說，瓦爾登湖是一口天然水井。一年中，有 4 個月湖水是寒冷、清冽的。正像它的水一樣，這裡的一年四季都清澈純淨。我想即便它不是鎮上最甜的水，也不會輸給其他地方的水。冬天在空氣中暴露的水，比大地裹護的泉水和井水要冷一些。從下午 5 點到第二天，即西元 1846 年 3 月 6 日正午，我在房間內靜坐，寒暑表溫度計一會是華氏 65 度，一會是華氏 70 度，其中一部分原因，是太陽正照在我的屋頂上。而我從湖中打上來的一桶水，放在這屋子裡，溫度卻始終保持在華氏 42 度，它比村中最冷的井水還低 1 度。同一天內，沸騰泉水的溫度是華氏 45 度，那是經我手測算出的最溫暖的水，雖然到了夏天，可它也是我知道的最冰涼的水，主要是因為它的水淺，流動性差。在夏季，瓦爾登湖因為水深，與暴露在陽光下的水不同，它不如它們溫熱，即使在最熱的天氣裡。我提一桶水，放在地窖裡。晚上，它一旦冷卻下來，就整夜冰涼。有時，我也去附近的一個泉眼提水，一週過後，水還像剛打上來時一樣清

冽，而且沒有抽水機的味道。倘若有人要在夏天去湖邊露營，那麼只要在帳篷的背陰處，將一桶水埋到幾英尺深的地下即可，而完全不必要那些奢侈的冰塊。

在瓦爾登湖，有人曾釣到一條重 7 磅的梭魚，另外一條也不一般，牠速度飛快，眨眼間就能把一捲釣絲拉進湖裡。由於漁民沒有看到牠，所以估計牠最少得有 8 磅重。另外，還有人釣到過鱸魚、大頭魚，其中有的 2 磅重。此外，還有銀魚和鯿魚，很少的鯉魚，兩條鰻魚，其中一條有 4 磅重。我把魚的重量記得這麼詳細，是因為通常情況下，都是按照牠們的重量來計算價格的。至於這兩條鰻魚，則是我在這裡聽到的唯一叫法。另外，我隱約對一條 5 英寸長的小魚留有印象，牠兩邊呈銀色，背脊卻是青色的，而且有鯉魚的習性。我提到這條魚，主要是想將事實和寓言連繫起來對比一下。總之，這個湖裡的魚並不豐富。儘管瓦爾登湖以梭魚著稱，但實際上，這裡的梭魚產量並不豐富。有一次，我躺在冰面上，最少看到三種梭魚，一種扁而狹長，呈鋼灰色，像通常從河裡釣來的一樣；一種是金色的魚，魚身閃著綠色的光，暢游在深水中；一種是金色的魚身，形態跟上一種相似，但牠的身體兩邊，有棕黑色或黑色的斑點，中間還點綴著一些淡紅色的斑點，很像鮭魚。「reticulatus」（網狀）這個說法不準確，用「guttatus」（斑點）才更恰當。這些魚很結實，比同體積的魚要重。銀魚、大頭魚，還有鱸魚，所有生活在這個湖中的魚類，的確比其他河流和多

數湖泊中的魚類更乾淨結實，因為這裡的湖水清澈，你可以毫不費力地區分牠們。也許魚類學家們還能用牠們做魚苗，培育出新品種。另外，還有乾淨的青蛙和甲魚，少量的淡菜。麝鼠和貂鼠，也在湖岸留有足跡。有時，甲魚也會從汙泥中鑽出來，在水中漫游。

　　有天清晨，我把船推離湖岸，不想驚擾了一隻夜裡藏在船下的大甲魚。春秋兩季，野鴨和天鵝常來這裡，白腹燕子掠過湖面，身上有斑點的鳳頭麥雞，整個夏天都會搖擺著在白石岸上行走。偶爾，我會驚起一群棲息在白松枝頭的魚鷹。我不敢確定海鷗飛過這裡時，會不會像飛過義港山那樣。潛水鳥每年會飛來一次。現在，經常造訪這裡的鳥類，我都介紹完了。

　　坐在船上，享受著寧靜時，你可以看到，在東邊沙灘附近，那水深 8 英尺或 10 英尺的地方，有一堆圓形的東西，大概高 1 英尺，直徑約 6 英尺，這是一堆比雞蛋略小的圓石，在它的周圍全是黃沙。站在湖的另一端，也可以看到它。開始你會感到奇怪，難道是印第安人特意在冰上壘起圓石堆，待到冰開始融化，它們就全部沉到湖底？但就算是這樣，那石堆的形狀也太規則了吧？並且，一些圓石明顯是新的，它們與河中能看見的石頭很像。但這裡並沒有胭脂魚，或者八目鰻。我不知道是哪種魚把它們搭建起來的，也許它們是銀魚的巢穴。因此，湖底增添了一種神祕感。湖岸曲曲折折，所以一點不覺得單調。閉上眼睛，我也能看見，西岸有著深深的鋸齒形的水

灣，北岸較為開闊，最動人的是那美麗的、扇貝形的南岸，岬角相互交疊，讓人遐想它們之間定還有人跡罕見的小海灣。群山之間，是一片挺拔而起的森林。這些高山上的森林，再也找不到更好的背景而讓之更美了，因為森林倒映在湖水中，不僅形成迷人的景色，那曲折的湖岸，正是它最自然、最愉悅的界線。不像斧頭砍出的突兀的林中空地那樣，或者是一片裸露的被開墾了的土地，這裡絲毫沒有不完美，不完整。森林中的每棵樹，都有充分的空間在水中生長，它們都向水的方向伸出了自己強而有力的枝椏。大自然鬼斧神工，它編織了這幅最自然的織錦。我的眼睛從湖邊的低矮樹慢慢向上仰視，直到最高的樹。這裡，沒有任何人為的跡象。水拍打著岸邊，正如千年前那樣……

湖水是眾多自然景觀中最美麗、最富表現力的景觀。它是大地母親的眼睛，凝視著它的人。甚至，它能測試出自己天性的深度。湖邊的樹木，好像是她細密的睫毛，而四周鬱鬱蔥蔥的群山和山崖，則是她的濃密的眉毛。

站在湖東開闊的沙灘上，9月的一個寧靜的下午，薄霧模糊了對岸的視線。此時，我理解了「水平如鏡」的含義。你回頭看，它好像是一條最精緻的薄紗，蒙在山谷上，襯托著遠處的松林，閃爍奪目，並把大氣層也隔開了。你會感覺自己能從它下面走過去，走到對面的山上，但身上卻是乾的，輕拂過水面的燕子，也能停在水面上。是的，有時它們會突然衝到水平

線以下，但發現出了錯誤，很快會醒悟過來。當你看向湖西，朝湖的對岸望去時，你只好用兩手來保護眼睛，以避開陽光，也擋開映在水中的光線。如果這時你能在這兩種陽光之間，仔細地留意整個湖面，它確實是「水平如鏡」。其實只是一些掠水蟲，以同等距離分散在整個湖面。映著陽光，它們發出了美麗神奇的光芒。此時，或許還會有一隻鴨子，正在悠閒地梳理著自己的羽毛。或者，如我已說過的，一隻燕子輕掠過水面，引起了一個個漣漪。還可能在遠處，有一條跳出水面的魚，在空中劃出了一條 3 英尺的圓弧。牠躍起時，帶出了一道閃光，縱貫入水時也是一道閃光。有時，整個圓弧展露無遺 —— 呈現出一個銀白色的圓弧。湖面上，不時會浮著一根薊草，魚向上一躍，就會激起水花。湖水好像是熔化後的玻璃，已經冷卻，卻還沒有凝結，些許塵垢就像玻璃中的小瑕疵，但依舊美麗純淨。你總能看到一片更平滑、黝黑的水面，就像一張看不見的蜘蛛網，把它與其餘水面隔開，成了水妖的巢穴，平躺在湖面上。從山頂俯瞰，你會看到，到處都有魚躍出水面的景象。在這樣平滑的水面上，竟然看不到一條梭魚或銀魚，比如牠們在捕捉蟲子，每當此時，牠們會打破湖面的平靜。多神奇啊！如此簡單平凡的事，卻可以精緻地展現出來，水族中的謀殺案，也許會呈現呢。站在遠處的高地，望著湖水不斷擴展的水渦，它們的直徑都有 5、6 桿長。你甚至還能看到水蠆，持續地在平滑的水面上游走。牠們輕輕地耕出水上的田溝，分出兩

條界線，你能看到清楚的波瀾。而掠水蟲在水面上滑來滑去，沒有留下任何蹤跡。湖水蕩漾時，我們就看不到掠水蟲和水蠍了。顯然，只有在風平浪靜時，牠們才從牠們的港灣出發，像探險一樣，從湖岸的一面做短距離的滑行，不斷滑，直到滑過整個湖面，真令人愉快呀！秋天，在天高氣爽的日子裡，倘若想充分享受陽光，就可以這樣坐在一個樹椿上看湖水，一覽無遺。細看那圓圓的水渦時刻印在天空和樹木的倒影上。如果沒有這些水渦，是看不到水面的。在這樣一片廣闊的水面上，沒有一點擾亂，就算有一點，也會很快柔和地回歸平靜，像在水邊裝了一瓶水之後，那些被擾亂的水波又流回到岸邊，接著馬上恢復了寧靜。一條魚蹦起來，一個蟲子不小心落到湖上，都以圓渦的形式，表現自己美麗的線條，就像泉源深處的噴湧。它的生命柔弱地跳動著，呼吸此起彼伏。那是愉快的律動，以及鬱悶的顫抖，都那麼難以形容。湖水展現出的景象，是如此的平和。這時，看人類的工作，就像是在春天裡發光。是啊，那樹葉、枝椏、石子和蜘蛛網，都在下午茶時又在閃亮，它們就像在春天的早晨喝了露汁，生機勃勃。樹葉的每一次滑落，昆蟲的每一次躍動，都會引來一道閃光。而一聲槳響，更讓美妙的聲音回落在耳邊。

　　一天，9月或10月的一天，瓦爾登湖成為森林中一面完美的明鏡。它的四面有白色的石子鑲嵌著，我把它們當成珍貴而罕見的珍寶。再沒有什麼比這個平躺在大地懷抱中的湖沼更美

麗純潔了，而且它又是這麼遼闊。秋水共長天一色，它不需要什麼界線。不論什麼民族來去，都無法玷汙它的美麗。這樣一面明鏡，就是石子也無法擊破它，它永遠在那裡光彩奪目。大自然還常常裝飾著它的表面。沒有任何暴風雨和塵垢，能讓它黯然失色。這樣一面鏡子，如果有任何不潔之物落在上面，它都能立即將它沉澱。太陽穿過霧靄，為它輕輕地擦去輕塵。即使在它上面呵氣，也不會留下任何痕跡。這呵氣會變成水氣，飄浮到高空，然後很快又被攬入湖水那寬闊的胸懷中了⋯⋯

即便是空中的精靈，也難以擺脫這片湖水，它經常在空中接受新的挑戰，湖成為大地和天空的媒介。大地上，只有草木可以隨意搖擺，而水也可以由風帶出自己的漣漪。我可以從一縷水紋或它的一片波光上，看到風從哪裡來。我還可以俯視水波。或許，我們還可以這樣認真觀賞天空的表面，看是否有一種同樣或者更精細的精靈，在它上面飛過。

10 月的下旬，在水面晃動的蟲子們和水蠍，終於不見了，嚴霜降臨人間。11 月，在晴朗的天氣裡，湖面一般很平靜，沒有一絲漣漪。11 月的一個下午，連綿不斷的細雨終於停了一下，天空灰濛蒙的，布滿了霧，我發現湖水異常平靜，根本看不到湖面，再難看到 10 月時湖面上的絢爛色彩了，湖面上映出的是周圍群山的陰暗。我安靜地泛舟湖上，船尾激起的漣漪一直延伸到視野之外，湖上的倒影也隨之曲折延伸。我看向湖面，遠遠看到這裡或那裡有一些微光，就像一些挨過嚴霜的掠

水蟲子又集合到一起。也許因為湖面太平靜了，從湖底湧起的水流，雖然很細微，在水面上也能覺察到。我划過去，驚奇地發現自己竟然被無數條約有 5 英寸長的小鱸魚圍住，綠水中掩映出奢華的銅色。牠們經常這樣在水面嬉戲，製造出一個個小水渦，有時還會出一些小水泡。在這樣清澈見底、倒映雲天的水中，我好像乘著氫氣球飄在空中一樣。鱸魚在水中游動，好像在天空盤旋，牠們好像成了一群飛翔的鳥兒，在我身邊，嬉戲飛繞。牠們的鰭如船帆，迎風招展。在這片湖裡，你能看到許多這樣的魚類，牠們要趕在冬天湖面拉下冰幕之前，好好享受一下短暫的自由時光。有時，湖面被牠們攪動起的漣漪，像一縷風吹過，又像一陣溫和的雨飄灑而下。當我不知不覺地接近牠們時，牠們便立刻慌亂起來，尾巴突然橫掃湖面，激起片片水花，彷彿有人用一根毛刷樣子的樹枝鞭撻水波，牠們立即躲到深水下面去了。後來，微風變得猛烈了，霧也變得濃重，水波微微流動，鱸魚躍出水面，跳得比以前更高。半條魚身都已露出水面，成片地跳了起來，就像上百個黑點，每條都有 3 英寸長。有一年，一直到 12 月 5 號，水面上還有水渦，空中瀰漫著霧氣，我認為大雨馬上就會來臨，於是急忙坐到船槳旁準備回家。水渦越來越大，雖然當時並沒有雨點打在我臉上，但我斷定很快我會被淋成個落湯雞。但突然間水渦全部消失了，原來這都是鱸魚演的把戲，我的槳聲把牠們都嚇回到深水中，我隱約看到牠們陸續消失在水中……最終，那個下午並沒有下

雨，我享受著太陽暖洋洋的照射，感到十分愉快。

　　有位老人，他 60 年前經常來到這湖邊。那時，湖水的四周都還被濃郁的森林環繞著，湖面上有時候像趕集似的，全是鴨子和別的水禽，空中還有許多翱翔的老鷹。老人是到這裡釣魚的，乘著在岸上找到的一隻古老的獨木舟。這舟由兩根中間挖空的白松釘在一起建造而成，兩端都被削成了四方形。它很笨重，但它被使用了多年，後來它身體裡浸滿了水，最後可能沉到湖底了。他不知道這是誰的船，你可以認為它屬於湖。他經常把山核桃樹皮一條條地捆起來，做成錨索。還有一位老人，他是一個陶器工，美國獨立戰爭以前他就住在湖邊，陶器工曾經告訴我，湖底下有一隻大鐵箱，他親眼看到過。有時候，它會不自覺地漂到岸上，可是等你向它靠近時，它就又會偷偷地沉回水底，消失得無影無蹤。聽到關於獨木舟的那段話，我感覺很有趣，比起另外一條印第安的獨木舟，雖然材料都一樣，可這條獨木舟更精緻淡雅。估計它原來是岸邊的一棵樹，後來倒在了湖中，到處遊蕩，對於湖來說，它是再合適不過的。我還記得第一次凝望這片湖水深處時，隱約能看到有很多大樹幹躺臥在湖底，或許是大風把它們吹折的，或許是經砍伐之後，被留在冰面上的，那時木料的價格太便宜了。如今，這些樹幹大多都看不到了。

　　我第一次在瓦爾登湖上划船時，它的四周圍著茂密高聳的松樹和橡樹。在有些水灣的周圍，葡萄藤沿著湖岸的樹生長，

搭起一片陰涼，船隻能在下面通行。湖岸兩旁是陡峭山嶺，山上的樹木又挺拔而立，所以從西邊望下來，這裡好像一個圓形劇場，湖上可以上演山林的舞臺劇。在我還年輕時，曾在那裡打發了好多時光。在夏天的某個上午，我將船划到湖心，任憑和風吹拂過我的小船，我背靠在座位上，迷迷糊糊地打著瞌睡，直到船觸到沙灘將我驚醒，我連忙起身看看命運將我推往了哪個岸邊。悠閒是那些日子裡最誘人的事情，它在我身上得到了多次的印證。就這樣，我悠閒地度過了許多個上午。我寧願虛擲一天當中最寶貴的清晨。因為我很富有，雖然我說的不是金錢，但我卻揮霍著陽光照耀的時辰，以及夏天的晝夜。我並沒將更多的時間浪費在工廠中或教室的講臺上，我對此絲毫不後悔。然而自從我離開湖岸後，伐木者竟然毫無節制地開始砍伐這裡的森林。此後很多年，我將再不能徜徉在林間小道上，不能在這森林中偶見湖水。如果繆斯女神沉默不語，那也有祂的理由。森林都被砍伐光了，還指望聽到鳥兒們的歌唱嗎？

　　現在，湖底的樹幹、古老的獨木舟、周圍茂密的樹林，都不見了，村民都不知道這個湖原來在哪裡，更不用說到湖裡游泳或喝水了。現在，他們反而想到用管子將湖水引入村中，以作為他們洗碗洗碟的水源。這湖水，可是和恆河之水一樣聖潔啊！而人們，卻想擰開一個開關，拔起塞子就能讓瓦爾登的湖水流出來。這魔鬼般的鐵馬，震破耳膜的聲音，所有的鄉鎮

都可以聽到，它那骯髒的腳步，已經玷汙了清澈的湖水。正是它，吞噬了瓦爾登湖岸邊的樹木。這腹中躲了 1,000 人的特洛伊木馬，都是希臘人想出來的主意。到哪裡去尋找這個國家勇敢的武士，摩爾古堡中的摩爾？到造成深重傷痛的地方，放出復仇的那一槍吧，打在傲慢的瘟神的肋間。

　　然而，在我所知的湖中，只有瓦爾登湖堅持了最長的時間，最長時間地保持純潔。很多人曾被喻為瓦爾登湖，但只有少數人對此受之無愧。雖然樵夫砍光了湖岸的樹木，愛爾蘭人在湖岸建造了木屋，鐵路線直達它的邊境，商人也從這裡攫取冰塊，但它自身並沒多大改變，依然是我年輕時見到的那片湖水。而我，卻變了很多。雖然湖面蕩起那麼多的漣漪，但並沒有一條永恆的皺紋，湖依然青春永駐。我筆直地站在那裡，看到燕子像昔日一樣飛掠湖面，銜走一隻小蟲……今夜，我感慨萬千，彷彿 20 多年來我並沒有與它長相廝守一樣。這就是瓦爾登湖，它依然是多年前那個林中的湖泊。去年冬天，森林的樹木被砍掉，今年森林中的幼樹煥發出新的生機，仍然在湖邊自由地生長。和那時一樣，我的思緒噴湧而出，水露的歡樂、內心的喜悅、創造者的快樂等，都交集在一起。或許這只是我的狂想，這湖出於勇者之手，它沒有半點虛偽矯飾 —— 它用雙手圍起這灣湖水，用它的思想將之昇華、澄清，並寫下遺囑，將它傳給康科德鎮。我在湖面上看到它，還有那個似曾相識的倒影，我情不自禁地脫口而出：瓦爾登，是你來了嗎？

我不是在做夢，

要來打扮一行詩。

我生活在瓦爾登湖，

再沒有比這裡更接近上帝和天堂。

我是瓦爾登湖的石岸，

我是拂過水面的微風。

它的水，它的沙，

安靜地躺在我的手心。

而它最隱祕處的深邃，

高懸在我的哲思之上。

　　火車，是從不會停下來欣賞這山光湖色的，但是火車司機、司爐工、掣動手和那些買了月票的乘客，看到它還是很興奮的。司機在夜裡會時常懷念起瓦爾登湖，或者說是他無法忘記自己的本性。在白天，他至少有一次能看見這莊嚴、純潔的景色，即便他只是一瞥，也可洗淨國務大街和機車引擎上的塵垢。所以，有人曾提議把瓦爾登湖稱為「神賜的水滴」。

　　我曾經說過，瓦爾登湖沒有明顯的進水口和出水口，但它的一邊，與費靈特湖間相連。費靈特湖地勢較高，兩者之間有一連串湖沼遙相呼應；而另一邊，它又與康科德河相連。康科德河地勢低窪，一連串的小湖橫亙其間，在過去的年代裡，它或許泛濫過，只要稍加挖掘，它們便會相互貫通，但上帝不允

許這種開掘。如果說，含蓄而自尊的湖，像隱士一樣，由於長時間的森林生活而獲得其中神聖的純潔，那麼費靈特湖不純淨的湖水，如果流進了瓦爾登湖，清澈的瓦爾登湖被汙染，然後它又流入海洋，那麼，這種遺憾是不是讓人扼腕嘆息呢？

費靈特湖也稱沙湖，是林肯區最大的湖泊或內海。它位於瓦爾登湖以東約 1 英里處。它太大了，據稱有 197 英畝，魚類也更加繁多，但水較淺，且水質不太純正。在森林中散步經過那裡，是我的消遣活動之一。縱然只是為了讓曠野的風撲在臉上，只是為了看看波浪，暢想一下水手的航海生活，那對我來說，也是值得的。

當秋風吹起的時候，我去湖畔揀拾栗子。那時，掉在水中的栗子，被波浪席捲到了岸邊。一次，我在蘆葦叢生的湖岸匍匐前行，浪花帶著清新的氣息飛濺到我的臉上。我碰到一艘船的殘骸，船舷不知去向，四周長滿燈芯草，船隻剩下一個船底，但大體的輪廓依稀可見，好像這是一塊巨大的已經腐朽的甲板墊木，連紋路都異常清晰。這是海岸上的人們能想像到的給人最深印象的破船，其中更有發人深省的教訓。但此刻，它上面長滿了植物，成為它們的模型和不起眼的湖岸，菖蒲和燈芯草都長在上面。我非常喜歡北岸湖底沙灘上的漣漪，湖底已被水的壓力壓得十分堅硬，甚至涉水者都能感到腳底的硬度，而單排生長的燈芯草，行列彎曲雜亂，也符合這痕跡，一行又一行，似乎波浪讓它們在那裡生根發芽。我還看到許多奇怪的

球莖，數量繁多。明顯，它們是由纖細的小草和根莖，或許是
穀精草根繞成的，直徑從半英寸到 4 英寸不等，形成一個非常
完美的球體。這些圓球在淺灘上隨波逐流，有時被沖到岸邊。
倘若它們不是緊密的草球，那麼中間應該夾著一包細沙。或許
開始，你會說這是由於水流的沖刷造成的，就像波浪造就了圓
卵石。但是就看最小的半英寸的圓球，其質地也跟那些大的一
樣粗糙，一年中它們只出現在一個季節裡。我認為，對於一個
已經形成的東西，這些波浪的作用破壞多於建設。縱然離開了
水，它們還是可以保持原來的形狀。費靈特，一個多麼乏味的
名字。愚昧無知的農夫，將農場建在這灣湖水附近，湖邊的樹
木被砍伐殆盡。對於上天恩賜的這份禮物，他不知認真對待，
他有什麼資格以自己的姓名來命名如此一個仙境呢？他是一個
貪婪的吝嗇鬼，對他來說，一美元，甚至只是金光閃閃的一美
分的硬幣，才更有價值。湖面可以映出他那張厚顏無恥的面
容。即便是野鴨飛來，他也把牠們當作入侵者。他已經習慣於
像哈比那樣，用彎曲如鷹爪的雙手貪婪地攫取想要的東西。所
以，我不喜歡這個名字。我接近湖，絕不是來拜訪費靈特的，
也絕不是去聽別人講他的故事來的。他從沒有認真欣賞過這個
湖，從沒有在裡面暢遊過，從沒有珍愛過它，從沒有保護過、
表揚過它，也從沒有因為上帝的鬼斧神工而心存感激。我認
為，還不如用湖裡游泳的魚兒的名字，來命名這個湖更好，用
常來湖上做客的飛禽或走獸的名字來命名，用植根在湖岸上的

野花的名字來命名，或者，用周圍什麼野人或小孩的名字來命名。因為，他們的生命和這個湖密切地連在一起。只是不要以他的名字命名，除了和他同樣嘴臉的鄰居和法律給他的權利之外，他對於湖沒有任何所有權。他所能想到的，只是金錢；他的存在，就是對全部的湖畔的詛咒。他掘光了湖邊的土地，估計還要竭澤而漁。他還抱怨，這裡不能生長出英國牧草和蔓越橘。對他而言，這是無法彌補的損失 —— 為了賺錢，他甚至可以抽乾湖水，賣掉汙泥。湖水可不能替他捻磨子，所以他也不想去欣賞這湖光山色。對於他的勞動和農場，我一點都不關心。他的田園裡，貼滿了各種價格標籤。如果可以，他能把如畫的風景，甚至能把上帝都拿到市場上去拍賣 —— 為了他心中那個金錢上帝。他的田園裡，沒有一樣東西是自然生長的，他種植的不是五穀，他的牧場上開的不是花，他的果樹上結的不是果，有的只是金錢。他不愛他水果的自然美，他認為只有當水果變成了金錢時，水果才算成熟。讓我享受這真正富有的貧困生活吧！因為越是貧困的農夫們，越能得到我的敬重與關切。然而像他這樣可惡的農場，竟然是模範農場。田舍像糞坑上的菌子一樣，厚顏無恥地聳立，人、馬、牛和豬的住處，乾淨的地方和不乾淨的，擠在一起，人和畜生一樣，油漬、糞和奶酪的氣味，交雜在一起。在一個高度文明的世界中，人的心靈卻變成了糞便一樣的肥料！就像在墳墓上種豆子，這就是所謂的模範農場嗎？

　　如果要以人的名字命名最美的景色，那還是用那些最傑出、最高貴的人的名字為好。我們的湖，至少應該用伊卡洛斯這樣的名字，在那裡，「海濤聲仍然在傳頌一次大無畏的探險」。較小的鵝湖，就在我去費靈特湖的途中。面積有 70 英畝的美港湖，是康科德河的延展部位，在鵝湖西南方向一英里處。在美港湖一英里半以外的地方，是白湖，面積約為 40 英畝。我們的湖區，就在這裡，再加上康科德河，構成了我們的水上王國。我夜以繼日，年復一年地暢遊在湖上，它們是那麼清澈透明，碧綠透人，讓我快樂怡然。

　　自從瓦爾登湖被伐木者、鐵路，以及我褻瀆了以後，這裡所有的湖中，最讓人傾心的要算白湖了，雖然它不是最優美的。它是林中的瑰寶，但它的名字卻平凡得可憐，這名字大概來自於它的水的純淨，以及那裡的細沙的顏色。白湖與瓦爾登湖，很像一對雙胞胎兄弟，但白湖略微遜色一些。它們兩個是如此相似，以至於你會覺得它們一定在地下相連著。它們的湖岸上都有圓石，水的顏色也相同。酷熱的夏季，穿過森林遠望瓦爾登湖，看到湖底反射到水面上的，是一種霧氣濛濛的青藍色，或者說海藍色。許多年前，我經常去那裡，運回一車一車的細沙來製造砂紙。此後，我也經常去遊玩。常來此地遊覽的人，稱它為新綠湖。因為下面所述的情況，我們也可稱它為黃松湖。大約 15 年前，你在那裡還能看到一棵蒼松的華蓋，附近的人們稱它為黃松。這棵松樹伸出的枝椏覆蓋在湖面上，距

離湖岸有幾桿遠。因此，甚至有人推測這個湖曾有過下沉，這個地方以前一定是一片原始森林，這棵樹正是森林中殘留下來的。這話早在 1792 年就有人說過，在麻州歷史學會的圖書館，一位該州的公民寫過一部《康科德鎮志》，書中，作者在講到瓦爾登湖和白湖後說：「白湖的水位下降後，能看到一棵樹，好像它原來就生長在這裡，雖然它的根深扎在水下 50 英尺處，但樹頂早已折斷消失，折斷之處的直徑大約有 14 英寸。」

　　1849 年春天，我和一位住在薩德伯里靠近湖泊的人聊天。他告訴我這棵樹是他在 10 年或者 15 年前移走的。在他的印象中，這棵樹距離湖畔 12 至 15 桿遠，那裡的水深有三四十英尺。那年冬天的一個上午，他去那裡取冰，打算下午和他的鄰居一起把老黃松取走。他一直鋸到岸邊，鋸掉了一長條冰，然後牽牛過來拖樹，打算把它連根拔起拖到冰上，但沒過多久，他就驚訝地發現，拔起的是殘枝朝下的樹頂，小的一端緊緊地抓住湖底，大的一端直徑有 1 英尺。原本他希望得到可以利用的木料，但現在看來腐爛的樹幹只能當柴火使用。那時，他家中還存留著一點木料，在木料的底端還保留著斧痕和啄木鳥啄過的痕跡。他認為這棵樹已枯萎死亡，後來被風吹到湖中，樹冠浸滿了水，而樹幹還是乾的，相對較輕，倒入水中反而使它倒插進湖底。他 80 歲的父親都不清楚這棵黃松是什麼時候消失的。湖底還能見到一些大木料，由於水面的波動，看上去它們就像一些延伸到湖水的大蛇。

　　湖面上很少看見船隻，因為這裡吸引漁民的生物不多。在湖畔，也看不到百合花和菖蒲。只有稀少的藍菖蒲，生長在那純潔的水中，長在環岸一周湖底的圓石上。而 6 月時，蜂鳥就會飛來，藍菖蒲那淡藍色的葉子和花朵，反射到湖面，與海藍色的水波交相輝映，景色十分優美寧靜。

　　白湖和瓦爾登湖，好像大地上兩塊巨型的水晶，是晶瑩剔透之湖。如果它們永遠呈晶體狀，小巧玲瓏，而且能隨意地被拿來放下，或者它們早被奴隸們拿去了。它們十分搶手，像鑲嵌在國王王冠上的寶石一樣。但是，它激灩不定，湖面寬闊宏大，所以它們永遠屬於我們和子孫後代。但我們卻不珍惜它，棄之如敝屣，相反去追求那更大的鑽石。它們太純潔，也沒有被汙染，無法標注它們的市場價格。與我們的生命相比，它們至善至美；和我們的性格相比，它們純潔透明，從來看不到瑕疵；和農舍小院裡鴨子游泳的池塘相比，它們超凡脫俗，乾淨的野鴨只到這裡休息。世人如何感覺它的美呢？鳥兒的羽毛和牠婉轉的歌聲，與嬌豔欲滴的花兒相呼應。但是有哪個少男或少女，能自覺地與大自然的淳樸和華麗相協調呢？大自然遠在我們的鄉鎮之外，它寂寞而茂密地生長著。你們世人還說什麼天堂？你們正在踐踏這美麗的大地。

小木屋

　　10月，我去河邊的草地採摘葡萄，滿載而歸。鮮豔欲滴的葡萄美味多汁。那裡的覆盆子我也喜歡，那小小的蠟寶石垂掛在草葉上，鮮紅而有光澤。我沒有採集它們，因為農民把它們耙到一起了，平滑的草地因此凌亂不堪。他們只是隨便地用蒲式耳和美元來計算這些果實，把它們賣到波士頓和紐約去，然後製成果醬，以滿足城市對於野生食品的需求。出售者們在草地上四處尋找野牛舌草，全然不顧被撕傷的已經枯萎的生命。伏牛花果閃爍著金色的光芒，可惜只有我一人欣賞它。我只稍微採集了一些野果，以便煮著吃。而這些東西，它的主人和旅行者們都還沒注意到它們呢。

　　栗子成熟時，我採集了將近半蒲式耳，以留作冬天吃。在這個季節，如果在林肯附近無垠的栗樹林中，真是件讓人愉快的事。如今，這些栗樹卻長眠在鐵道枕木之下。那時，我肩扛著一隻布袋，手提一根棍棒，準備敲開那些有芒刺的堅果，因為我等不到霜降了。我在枯葉聲、赤松鼠和鶇鳥聒噪的責怪聲中漫步，有時我還會偷竊牠們儲存好並已經吃了一部分的堅果，因為牠們選中的堅果一定是非常優質的。偶爾，我會爬上樹搖晃栗樹枝，我屋後生長著一些栗樹，其中一棵幾乎完全遮擋了我的房子。開花時，它彷彿一束巨大的花，四處芳香四

溢，但它的大多果實都被松鼠和鶇鳥吃掉了。鶇鳥大清早就成群結隊地翩翩飛來，在栗子落下之前就把它從果皮中啄出來。我把這些樹都讓給牠們，自己到遠處森林中去找栗樹。我認為栗子的果實，可以取代麵包作主食。

一天，我挖土，尋找魚餌，發現成串的野豆子 —— 它們是土著人的馬鈴薯，一種奇異的食物。我不禁疑惑，究竟我有沒有像他們所說，在童年時代挖過、吃過它們，為什麼我不曾夢見它們？我經常看到它們蜷縮的、紅天鵝絨般的花朵，被其他植物的梗子支撐著，我卻不知道這就是它們的花。由於農民耕地，它們幾乎要絕種了。它有股甜味，彷彿霜後的馬鈴薯，我覺得把它煮熟了，比烤著吃更好吃。

這種塊莖，估計是大自然為未來的時代預備的。將來一天，自然母親將在這裡簡單地撫養自己的孩子，並用這些東西來餵養它們。如今，人們崇尚膘肥體壯的耕牛，麥浪翻滾的田地，因此在這個時代，人們便忘記了卑微的野豆，最多是它開花的藤蔓偶爾引起人們的注意，但它一度，曾是印第安部落的圖騰。其實，如果狂放不羈的大自然重新統治這裡，那麼溫和奢侈的英國穀物，可能會在無數的仇敵面前消失殆盡，而且不需人們幫助，烏鴉就會把最後一粒玉米種子送到西南方，送到印第安神的玉米田裡 —— 據說以前的種子就是從那裡帶去的。現在，幾乎消失的野豆那時也許剛剛結果，之後四處擴散繁殖。野豆絲毫不懼風霜雨雪和荒蕪，它們以此證明自己的土著

血統，以恢復它作為古代游獵民族主食的地位和尊嚴。我想，一定是印第安穀物女神或智慧女神創造了它，賜予了人類。當詩歌在這裡盛行時，它的翠綠的葉子和成串的果實，就開始在人類的藝術作品中得到呈現。

9 月 1 日，在湖對岸的角落，我看到兩三棵小楓樹的樹葉已被染紅，它們的上面，是三棵枝椏縱橫交錯的白楊樹，它們手拉手站在岸邊。噢，它們的顏色，彷彿在傾訴著如歌的往事。慢慢地，一週又一週，每一棵樹都開始展現自己的個性，並欣賞著自己在湖中的倒影。當清晨來臨，這一湖岸畫廊的經理，就會取下昨天牆上的畫，掛上新畫，新畫的色彩更加鮮豔、和諧、清新、美麗。

10 月中旬，千萬隻黃蜂會飛到我的房裡，在我頭上方靠近窗戶的牆裡安居下來，牠們像是來過冬的，偶爾還會把我的客人拒之門外。每天清晨，牠們中有幾隻會被凍僵，我把牠們掃到門外，但其實不願意趕走牠們 —— 因為牠們肯光臨寒舍，我應引以為榮。牠們與我同眠，從來沒怎麼打擾過我。漸漸地，牠們也不見了，但我不知道牠們躲進了哪個縫隙，以躲避嚴寒。

到 11 月，我和黃蜂一樣，會躲避寒冷，在過冬前到瓦爾登湖的東北岸去。那裡，太陽從松林和石岸上照射過來，像湖邊的爐火。趁你還能享受陽光時，趕緊晒太陽取暖，這可比生火取暖更怡人、更乾淨。夏天像獵人一樣已然離開，我這樣享受著它留下的餘溫。

　　當我建起一個煙囪時，我順便研究了一下泥瓦匠的手藝。我用的都是舊磚頭，必須用瓦刀刮乾淨，這使我對磚頭和瓦刀的性質有了非凡的體驗。上面的灰漿已經有 50 年之久，據說它愈久愈牢。這種話，人們喜歡反覆提及，不論它對錯。因為這種話本身歷久彌堅，而用瓦刀反覆猛擊它，才能敲碎，讓一位自以為是的老人不再多說。美索不達米亞的許多村莊，都是用從巴比倫廢墟揀來的質地不錯的舊磚頭建造房屋的，它們上面的水泥或許更牢固。無論怎樣，那瓦刀很是厲害，用力猛擊後，鋼刃依然完好，令我十分驚奇。

　　我砌壁爐所用的磚，都是以前的一個煙囪裡的。儘管那上面並未刻著古巴比倫國王尼布甲尼撒二世的名字，但我還是盡量揀著用，有多少揀多少，以便節省勞力，避免浪費。我用湖岸上的圓石把壁爐周圍磚頭間的縫隙填滿，我的灰漿也來自湖中的白沙。我砌爐灶花了不少精力，由於我視之為我簡陋房屋的最重要的部分。我做得很認真，雖然我從清早開始做，直到晚上，我才只壘起了離地不過數英寸高的磚臺。我睡地板時，正好可用它作枕頭。枕這個，我印象中並沒因此落枕，倒是以前不睡這個時，曾經有過落枕。

　　大約此時，一位詩人來我這裡小住了半月，這使我的屋子顯得更加擁擠。他把他的刀也帶來了，我自己也有兩把。我們經常把刀子插進地裡，用這種方法把刀擦乾淨。他幫我做飯，在看到我的爐灶慢慢地升高，逐漸呈現出一種方正而結實的樣

子時，他為我高興。我覺得雖然這樣疊爐灶進展很緩慢，但據說這樣更堅固。從某種程度上講，煙囪是一個獨立的個體，扎根地上，穿過屋子，升入空中。即便有時房子被燒燬，它可能照常屹立，由此可見它的獨立性和重要性。當時接近夏末，如今已是 11 月了。

北風已經吹涼了湖水，因為湖水太深了，所以要連續不斷地吹上幾個星期，湖面才能結冰。當我第一天晚上生火時，煙在煙囪裡暢行無阻，異常美妙。那時，牆上還有很多縫漏風，我還沒給板壁塗抹灰漿。但在這寒冷通風的民屋裡，我卻度過了幾個快樂的夜晚。四周都是有結疤的棕色木板，椽木則連接樹皮高高橫在頭頂上方，後來牆壁塗上了灰漿，我更加喜歡自己的房子了。我必須得說這樣更舒服。人們所住的每間屋子的房梁，難道不應很高嗎？高得以至於有些隱晦。這樣夜晚來臨時，火光投射的影子便可以在椽木上跳躍不已。這種晃動的影子，與壁畫或最昂貴的家具相比，更適合幻覺與想像。現在可以說，我第一次安居在自己的房子裡，第一次用它遮風擋雨和取暖，我還做了兩個薪柴架來架木柴。當我看到親手建造的煙囪背後積起了煙灰，我非常欣慰。我比以前更加道地而愜意地撥火。雖然我的房子很狹小，無法引起回音，但作為一個單間，與鄰居相隔得又遠，就顯得空曠了一些。一幢房屋應有的一切都聚集在這一個單間內，它是廚房、臥室、客廳兼儲藏室。不論父母還是孩子，不論主人還是奴僕，他們在一間屋子

能享受到的一切，我這裡全部擁有。

卡托說，一個家庭的主人，在他的鄉間別墅，必須擁有「一個能放油和酒的地窖，大桶的油和酒，可以應對不可預測的艱辛歲月，這樣做對他有好處，並且是有意義的」。在我的地窖裡，安放著一小桶的馬鈴薯、大概 2 夸脫的豌豆。架子上還有少量稻米、一罐糖漿，以及黑麥和印第安玉米粉，它們分別有 1 配克。

偶爾，我會夢到一座宏偉的，能容納很多人的房屋，矗立在遠古神話的黃金時代，材料耐用，屋頂上有樸素的裝飾，但它只擁有一個房間 —— 一個寬闊、簡樸、實用的保持原始風格的大客廳，看不到天花板和灰漿，只有光亮的橡木和桁條，它們支撐著頭頂上的低空，抵禦雨雪足矣。在那裡，你進門向一尊古代俯臥的神像表達敬意之後，你會看到桁架中柱和雙柱架同時在接受你的敬意。在那個寬敞空闊的房間裡，你得把火把放在長竿的頂端才能看到屋頂；在那裡，有人可以安居在爐邊，有人可以睡在窗臺，有人坐在高背長椅上，有人躺在大廳的一側，有人則在另一側，有人，如果他樂意的話，可以與蜘蛛同住在橡木上。你一打開那間房屋的大門，就走到了裡邊，不會感到不自在。在那裡，疲憊的旅者可以洗澡、吃喝、聊天、睡覺，不必掛念繼續旅行，它正是暴風雨之夜你夢想到達的一間房屋，所有的東西應有盡有，而且沒有管理家務的煩惱。在那裡，屋中所有的財富就在眼前，所有需要的物品都掛在木釘

上。房屋也集廚房、餐廳、客廳、臥室、棧房和閣樓於一體。在那裡，你能看見木桶和梯子之類的東西和碗櫥之類的廚房設備，你能聽到水壺裡的水開了，你向煮飯菜的火苗和烘焙麵包的爐子表達敬意，而必需的家具和用具則是主要的裝飾品。在那裡，洗完的衣服不必掛到外面晾晒，爐火不熄，女主人也不會生氣，也許她有時讓你移動一下，廚師從地板的門裡走進地窖，而你無須進去，就可看到裡面的情況。

這房子像鳥巢一樣，內部敞亮開放。你可以前門進後門出，也不必和它的房客打招呼。即便客人來訪，也能感受到房中的自由氣息，沒有「八分之七不能擅自入內」的規定，也不是把你鎖在一個特設的小房間內，讓你自得其樂。其實，那是讓你孤單地受到囚禁。如今，一般的主人都不願意邀請你到他的爐火旁取暖，他特意請來泥瓦匠，單獨為你在長廊裡打造一座爐子，所謂的「招待」，就是把你放在遠方。關於做菜他自有一套祕方，彷彿要把你毒死一樣。我只覺得，我拜訪過不少房間，根據法律，我很可能被他們哄走，但是我從不覺得我去過許多人家中。如果讓我走進那種宏偉的建築，我會穿著粗布土衣，去拜訪簡樸生活的國王或皇后；如果讓我進入一座現代宮殿，我會很樂意學一下溜走的本領。

由此可見，我們高雅的言語，好像已經失去力量而淪為無意義的廢話了。我們的生命，早已遠離了語言符號，隱喻和借喻都顯得牽強，就像客廳，它們與廚房或工作場相隔太遠，以

致要用送菜升降機運送過去。甚至連吃飯也成了進食的比喻，似乎只有野蠻而原始的人，才與大自然和真理離得更近。住在遙遠的西北疆土或馬恩島上的學者，怎麼會了解廚房裡沙龍一樣的對話呢？

　　只有那麼一兩個客人，還有勇氣和我一起吃玉米麵糊。但是，當他們看到嚴冬要到來，也很快撤退了，彷彿嚴寒可震塌房間一樣。煮過那麼多玉米糊，我的房屋仍然完好地屹立。直到天寒地凍時，我才往牆上刷泥漿。為此，我駕著一葉扁舟去湖對岸取更潔白的細沙。有這個交通工具，就算要去很遠的地方旅行，我也很樂意。在此期間，我房間的四面都已釘滿了細薄的木塊。在釘這些細木板時，我十分愉快，我能一錘就釘好一隻釘子。我的野心開始慢慢膨脹，要把灰漿迅速而漂亮地從木板刷到牆上。我想起一個故事，講述一個自負的傢伙。他身穿華服，經常在村裡晃來晃去，對工人指手畫腳。有一天，他突然想把自己的理論付諸實踐，於是他捲起袖子，拿起一塊泥瓦匠用的木板，塗上灰漿，總算沒出差錯，他得意揚揚地回頭望下頭頂上的木板，自恃勇敢地將灰漿糊上去，可是立馬就露醜了 —— 灰漿全部掉到他那傲慢的胸前。我再次欣賞灰漿時想到，它是如此的經濟而又有力地擊退了嚴寒，它平滑又美麗，我了解一個泥瓦匠還將會碰到什麼樣的事故。讓我驚訝的是，在被泥漿晒乾之前，磚頭飢渴地吸收了灰漿中的所有水分。為了築起一個新壁爐，我用了好多桶水。去年冬天，我曾用河流

中出產的一種蛤蜊殼做試驗，燒製出了少量石灰，所以我對從何處能取得材料十分清楚。如果我高興，也許我會走上一兩英里路，找出好的石灰石，親自燒石灰。

此時，陽光常年照射不到的背陰處和湖中最淺的凹陷處，也已經結了一層薄冰，比整個湖結得早幾天，比其他地方早了幾週。第一塊冰看上去十分有趣，十分完美。因為它堅固、透明、色澤發深，它為觀察淺水灣下面的水質條件提供了很大便利。因為 1 英寸厚的冰已經完全可以承受你的重量，能讓你躺在上面，就像湖面的掠水蟲，可愜意地觀看距離你不過兩三英寸的湖底，就像觀看玻璃後的圖畫，這時的水十分平靜。

沙上的溝槽裡，有許多生物爬來爬去。那裡四處可見殘骸，四處可見白石英細粒形成的石蠶殼。也許就是牠們演變成溝槽的，因為石蠶經常出現在溝槽中，雖然可能由牠們構成，但那些溝槽顯得過於寬大。然而，冰本身更有趣，你要研究它，要趁早找機會。在冰凍後的那天早上，如果你仔細觀察它，就會發現那些像是夾在冰層中的氣泡，其實是依附在冰層下面的，還有許多氣泡正從水底升上來。由於冰層結凍得十分結實、發暗，所以你能透過它看到水。這些氣泡的直徑，在一英寸的 1/80 到 1/8，清晰而美麗，你在氣泡裡，能看到自己被它映出的臉。一平方英寸的冰塊，可以膠著三四十個氣泡。當然，也有一些位於冰層之內，狹小呈橢圓形，垂直排列約半英寸長，還有圓錐形的氣泡。如果是剛剛凍結的冰，經常會有一

串珠子一樣的圓形氣泡，一個連著一個。但在冰層中的氣泡並不像附在冰塊下面的那麼多，也不那麼明顯。我經常扔石頭去探試冰的厚度，那些鑿穿了冰而墜入湖中的石子，帶著空氣，墜入時就形成了很大、很鮮明的白色氣泡。

一天，過了 48 小時後，我再去老地方觀看，那窟窿雖然已經結了 1 英寸厚的冰，但是我仍然能看到那些美麗的大氣泡，從冰間的裂縫中看得十分清楚。但由於前兩天天氣暖和，現在的冰已不再透明，而是呈現山水般的暗綠色，能讓人看到水底，卻不透明，一片灰白色。冰層雖然比之前厚了一倍，卻沒有以前堅固。熱量讓氣泡膨脹擴展，聚集在一起，但變得混亂無序，不再一個頂著一個，倒像一個袋子裡傾瀉出來的銀幣，雜亂地堆放到一起，有的攤成一張薄片，只占據一條細小的縫隙。

冰的美感消失殆盡，此時研究水底已經不是最好的時機。我很好奇，想搞清楚那個大氣泡在新冰的哪個地方，我挖出一塊中間有氣泡的冰塊，把它翻了過來。在氣泡下面和四周已經結了一層新冰，所以氣泡夾在兩片冰中間；它全都在下層中間，卻又貼近上層，扁平狀，也許有點像扁豆，圓邊，深 1/4 英寸，直徑 4 英寸；我驚奇地發現，在氣泡下方，冰融化得很有規律，像一隻倒扣的茶杯，在中間 5/8 英寸的高度，一條薄薄的分界線位於水和氣泡之間，薄得還不到 1 英寸的 1/8，在很多地方，分界線裡的小氣泡向下爆裂，也許在最大的直徑為 1 英尺的氣泡

之下完全沒有冰。我豁然開朗了，我第一次看到的附著在冰下面的小氣泡，現在也被凍結在冰塊裡，它們不同程度地對冰塊產生著取火鏡的作用，以融化冰塊。融冰爆裂發出的聲音，都來自於這些小氣泡。

在冬天最初的溫和開始消退時，我終於及時地完成了泥牆的工作。狂風開始在屋子的四周狂虐，好像它已經等待了好久，這時才被批准吼叫。每天晚上，野鵝在黑暗中隆隆而來，邊叫邊搧動著翅膀，一直到大地上鋪上一層白雪後，牠們中有的停留在瓦爾登湖，有的掠過森林到義港，準備去墨西哥。好幾次，在夜裡 10 點、11 點的時候，我走在回家的路上，聽到一群野鵝的腳步聲，要不就是野鴨經過我屋後的窪地時，踩在枯枝敗葉上的聲音，牠們要去那裡覓食。有時，我還能聽到領頭雁發出的低鳴，那是牠們在急速前進。

1845 年，瓦爾登湖全部凍結的第一夜，即 12 月 22 日的晚上。此前十多天裡，費靈特和其他較淺的湖，早都結冰了。1846 年它在 12 月 16 日那一晚凍結；1849 年大約在 12 月 31 日夜裡；1850 年大約在 12 月 27 日；1852 年在 1 月 5 日；1853 年在 12 月 31 日。自 11 月 25 日以來，地上的積雪越來越厚，冬天的景象突然間出現在我面前。我索性躲進我的小屋，期望我的屋裡，以及我的心中，都有一團火焰溫暖我。

現在，我的戶外工作，就是到森林中尋找枯木。我把枯木抱在手中，或者扛在肩上，帶回家。有時，我把它們拖回家

時，臂下還挾著乾枯的松枝。在夏天曾被我當作藩籬的茂密松樹，現在也夠我忙的，拖著它們很費力。我用它們祭奠火神，而它們已祭奠過土地神。到森林中去獵取，即偷取燃料煮飯，這很有趣。我的麵包口感鬆軟，肉食香氣四溢。我們大多數的鄉鎮的森林中，都有很多木柴和廢木料可以生火用，但如今它們造成作用，為人供暖，有人甚至認為它們妨礙了幼林的生長，以至於湖上甚至還漂浮著許多廢棄的木料。

夏天，我曾發現一隻蒼松做成的木筏，是修鐵路時的愛爾蘭人釘成的，樹仍保留著皮。我把殘缺的它拖上岸。它已被浸泡長達兩年之久，現在又在高地上休息了 6 個月，雖說木頭裡溢滿了水，無法晒乾，但不能否認它是塊很好的木料。後天，到冬天的某一天，我把木頭一根根拖過湖，做為娛樂，就像溜冰似的溜過湖面，路程大概半英里，木頭有 15 英尺長，一頭放在我的肩上，一頭放在冰上。或者，我就用赤楊的細枝把幾根木料捆在一起，再用一根長赤楊或樺木枝鉤住，將它們拉過湖去。雖然這些木頭因為被浸了水沉重得像鉛一樣，但是它們不僅耐燒，而且火勢很旺，我甚至覺得它們浸溼後更好燒，就像浸水的松脂，燃燈用時間更長一樣。

吉爾平在敘述英格蘭森林中的居民時說：「有些人侵占土地，就是為了在森林中築籬笆，建房屋。古老的森林法規認為，這是有害的，應以強占土地的罪名嚴懲。」因為這樣打亂了自然的秩序，讓森林受損，令飛禽害怕。但我對野獸和森林保

護，比獵人或伐木者更關注，彷彿我就是森林的守衛者。如果它有一部分被燒燬，即使是無意的，我也會為此悲傷萬分，比任何一個森林的擁有者哀痛的時間都長，而且難以平復。我期望伐木者在砍伐一片森林時，能夠感受到恐懼，就像古羅馬人讓神聖森林中的樹木更為疏朗，以便讓陽光進來之時，心底泛上的恐懼一樣，因為他們認為這片森林由一些天神掌管。羅馬人開始贖罪，之後祈禱：神啊，無論祢是何方神聖，這森林因祢而神聖，願祢降福於我，保佑我的家庭和子女……

即使是今天，在這個新的國度，森林仍然極有價值，那是一種比黃金更為永恆而普遍存在的價值，這真令人吃驚。雖然我們已創造和發明了很多東西，但沒有人對一堆木料保持漠然。它對我們和對我們的撒克遜與諾曼的祖先一樣，十分珍貴。如果他們用它製造弓箭，我們則用它來製造槍托。著有《北美林木志》的米紹在 30 多年前就說，紐約和費城的燃料價格，「幾乎和巴黎最好木料的價格相同，有時甚至要超過這個價格，因為巴黎這個大都市每年都需要 30 萬考德的木材，因此，方圓300 英里內的土地都已被開墾」。

在這個鎮，木料的價格持續不斷地上漲，問題只在於今年比去年漲了多少。親自來到森林的機械師或商人，肯定是來參加樹木拍賣的，甚至有人願出大價錢，以獲得拾木頭的權利。多少年來，人們總是到森林中尋找燃料和藝術品的材料。新英格蘭人、新荷蘭人、巴黎人、凱爾特人、農民、羅賓漢、古

迪‧布萊克、哈里‧吉爾、世界各地的王公貴族、鄉下人、學者、野蠻人，仍然去森林中尋找一些木頭，生火取暖做飯。我的生活，當然更離不開它。

看見柴火堆，每個人都會很興奮。我喜歡我的柴火堆，它就在我的窗前，細木塊越多，越能讓我憶起曾經的快樂時光。我有一把沒人要的舊斧頭，在冬天時，我經常在房屋向陽那面的豆田裡挖樹根。正如我耕地時，租給我馬的那個人所預言的那樣，這些樹根向我提供了兩次溫暖，一次是我劈柴的時候，一次是樹根燃燒的時候，所以說，再沒有其他燃料能散發出這麼多的熱量了。至於那把斧頭，有人向我建議，說到鐵匠那去鍛造一下，但我完全可以自己做到，之後再用一根山核桃木做斧頭柄，就可以用了。儘管它不鋒利，但至少被修好了。幾塊多脂的松木是寶貝，不知在大地深處，還藏著多少這樣的燃料。前幾年，我經常在寸草不生的山頂偵察，那原有一大片松林，我曾拾到一些多脂的松根。它們幾乎是無法摧毀的。三四十年的老樹根，木芯部分仍完好，雖然外面環繞的一圈已經腐朽，而那厚樹皮在木芯外 4、5 英寸的地方形成一個保護層，和地面平齊。你用斧頭和鏟子來探索這個礦藏，沿著金黃色牛油脂似的，如骨髓一般的儲藏質，幾乎是找到了金礦的礦苗，然後一直深挖到下。以前，我一般用森林中的枯葉來引火，它們是下雪前我儲藏在棚子裡的。樵夫們在森林中野營時，精巧地劈開青翠的山核桃木，用作引火柴。每隔一陣，我

就儲藏一些這種燃料。像村裡家家戶戶升起的炊煙一樣，我的煙囪上也會冒出一道濃煙，告訴瓦爾登谷中的野生動物：我沒有睡，我也是醒著的。

舒展雙翅的輕煙啊，伊卡洛斯之鳥，

你高飛鑽入雲中，你的羽毛消逝空中。

安靜無語的雲雀，清晨的信使，

在房屋上空盤旋，它是你的窩，

抑或，是你逝去的夢。

午夜的朦朧身影，梳攏著你的衣裳，

夜晚的群星，被蓋上了面紗，

白天的光明黯淡，遮蔽了太陽光。

我祭神的薰香，你從這壁爐飛昇吧，

看到諸神時，請他們饒恕這明淨的火焰。

雖然，我只是使用了少量剛被劈開的堅硬而青翠的樹木，但它卻比任何燃料更適合我。有時，在嚴冬的下午，我出去散步，會留下一堆旺盛的火苗，三四個小時後我回來，火依然熊熊燃燒著，好像我出去後，房中並不是空的，而有一個快樂的女管家在替我照料，住在房間裡面的，是我和火。通常，我這位管家還是值得信賴的。但是也有那麼一天，我在劈木頭時，想到我去窗口張望一下，以免房子起火。記憶中，只有一次我為此事焦慮，因此我走到窗邊向裡張望，結果發現一個火星把

我的床鋪引著了，我就走進去將它撲滅，而它已經燒掉了手掌大的一塊。收於我的房屋處在一個光線充足又擋風的位置上，它的屋脊又很低，所以冬天的中午，我都不必生火。

我的地窖裡，有安居的鼴鼠。每次，牠們都會啃掉我 1/3 的馬鈴薯，牠們用我糊泥牆剩下的獸毛和一些牛皮紙，做成牠們舒服溫暖的窩。因為就算野性十足的動物，也像人類一般喜愛舒適和溫暖。正是因為這個窩，牠們才能度過寒冷的冬季。

我的幾個朋友認為，我跑到森林中，是為了將自己冷藏起來。動物在背陰的地方搭建一張床，靠自己的體溫就能取暖。人不靠自己的體溫，只因為發現了火，於是把空氣關在一個寬大的房間裡，把它弄得溫暖舒適，並把這暖室當成他的臥床，以便可少穿累贅的衣服，可輕便地活動。冬天能維持一種夏天的溫度，還因為有窗戶，太陽光照射進來，再點一盞燈火，白晝於是就被拉長了。這樣，他超越本能一兩步，剩下的時間，就可以從事藝術活動了。雖然當我被狂風長時間地吹打後，全身就開始麻木，但一旦我回到溫暖舒適的房間，我的官能立即復甦，生命得以延續。就算住房奢侈的人，在這方面也沒什麼可誇口的，我們不必費心地猜測人類最終如何滅亡。事實上，像這樣的人，北方吹來的一點凜冽的狂風，就可輕易地結束他們的生命。我們常常用寒冷的星期五和大雪來計算日期，但只是這麼一個星期五，或是一場雪，就可摧毀地球上的人類。

次年冬天，由於經濟的原因 —— 森林並不屬於我，我改用

了一隻小爐灶，但它的火不如壁爐的旺盛。那時，做飯已沒有詩意，而只是化學過程了。在使用爐灶的日子裡，大家很快遺忘了印第安人在火灰中烤馬鈴薯的方法。爐灶不僅擠占空間，而且搞得房間裡煙味四起，而且看不見火，我感覺好像失去了一個伴侶。你需要在火中辨認出一張臉。工作的人，夜晚時凝視著火苗，常把白天積攢的紛亂粗鄙的想法都投入火中去洗練。這多麼好啊，可我再也不能這樣坐著凝視火焰了。一位詩人的貼切而充滿力量的詩句，在我的腦海中浮現：

> 明亮熱情的火焰，請永遠不要拒絕我，
> 你那珍貴而鮮活的生命，你的繾綣之情，
> 為何我的希望升騰得如此光亮？
> 為何我的命運在夜晚如此百轉千迴？
> 所有人都歡迎你，喜愛你，
> 為何卻將你逐出壁爐和前廳？
> 難道你的存在比想像中還要絢麗？
> 所以不願照亮遲鈍無趣的眾生？
> 難道你那神祕的光芒，
> 不是在與同性情的靈魂交流嗎？
> 難道你們交談的內容不可泄露？
> 確實，我們安全而堅強，因為此刻，
> 我們坐在沒有暗影的火爐旁。

喜怒哀樂通通隱匿不見，
眼前只有溫暖我們手腳的，
一束火苗，也不敢奢求更多。
有了眼前這個小巧實用的火苗，
旁邊烤火的人便可坐下，安然入睡，
不必懼怕黑暗中出沒的鬼魂。
在曾經的古樹旁，
在火光搖曳中，我們喁喁細語。

昔日居民；冬日訪客

　　我遇到過幾次讓人開心的風雪。那時，外面風雪呼嘯，即便鵂鷹的叫聲，也會被湮沒。但我在火爐旁，度過了很多愉快的冬夜。幾個星期以來，我散步時從沒有遇到過人，除了那些有時到林中作業的伐木者，之後他們會用雪車將木料運走。但是那些狂風暴雪，卻教給我怎樣在林中積雪深處踏出一條新路。比如，有一次，風將一些橡樹葉吹到我踩出來的雪印裡。它們駐留在那吸收著太陽光，使積雪融化，這使我有乾燥的路可走，在夜晚時，它們黑色的線條又為我指出一道路。

　　說到與人交往，我就想起以前在林中居住的居民。在關於這個鄉鎮很多居民的回憶中，我房屋附近的那條路上，曾迴盪著居民的閒談與笑聲，而他們的小花園和小住宅，則散落在兩旁的森林中，斑斑點點。雖然當時的森林比現在濃密得多。甚至有些地方，我記得輕便馬車的兩側都會蹭到濃密的松枝。不得不獨自步行到林肯的女人和孩子，經過這裡時常常害怕，甚至會一路狂奔。雖說這是通往鄰村的一條微不足道的小路，或者說只有樵夫常走，但它曾經因景色變幻，使一些旅行家醉心嚮往——當時它一步一景，比現在豐富多彩，在他們的記憶中存留久遠。現在，村子和森林中間是片寬闊的原野，當時卻是一片楓樹林的沼澤區。現在，很多木料都做了小徑的地基，為

一條塵土飛揚的公路做了貢獻。現在的斯特拉登，已是濟貧院的所在地，公路經過田莊，延伸到布雷斯特的山下。

我的豆田的東面，路的那一邊，卡托·英格拉哈姆曾經居住，他是康科德鄉紳鄧肯·英格拉哈姆老爺的奴隸。這位主人建造了一座房子給他的奴隸，還批准他可以住在瓦爾登林裡。當然，這個卡托不是尤蒂卡的那個，而是康科德人。有人說他是幾內亞的黑人。還有人記得他在胡桃林中的一小塊地，他將它培育成林地的目的，是年老後能有所用處，但最後被一個年輕的白人投機家買下了。現在，他住在一間狹長的房子裡。卡托那個坍塌了一半的地窖至今仍在，一行松樹遮擋了旅行家的視線，所以知道它的人很少。現在，那里長滿了漆樹，還有一種歷史悠久的黃紫苑，長得十分茂盛。

在我的豆田的轉角處，離鄉鎮更近的地方，有黑人女子濟爾發的一幢小屋。她織細麻布，然後賣給鎮上的人，以此謀生。她的嗓音響亮而激昂，她高亢的歌聲能在瓦爾登林上方久久迴盪。1812 年，她的房屋被一些假釋的英國兵燒燬了，當時她恰巧出門了，她的貓、狗和老母雞都被燒死了。她的生活異常艱苦，幾乎不是人過的。有一個出沒森林的老人還記得，一天中午他經過她家時，聽到她對著沸騰的壺低聲地自言自語道：「你們都是骨頭，骨頭呀！」在那裡的橡樹林中，我還看到有一些殘垣斷壁。

沿路走下去，在右邊的勃里斯特山上，勃里斯特·費理曼

曾住在那裡，人們都說他是「一個機靈的黑人」，他曾是卡明斯老爺的奴隸。勃里斯特親手栽種的蘋果樹，現在仍鬱鬱蔥蔥，已長成參天大樹，但果實吃起來仍然野味十足。不久前，我去林肯公墓時，還看到他的墓誌銘，他的墓緊挨著一位英國擲彈兵的墓碑，這位士兵戰死在康科德撤退中，墓碑上他被稱作「西彼奧·勃里斯特」，人們曾稱他為西彼奧·阿非利加努斯——「一個有色人種」，人們已經無視他的膚色。墓碑上醒目地寫著他死亡的時間。無疑，這是間接地告訴我，此人曾經存活於世。他的賢妻芬達與他長眠在一起。她替人算命，很討人喜歡。她的體格壯碩，又圓又胖，皮膚又黑又亮，似乎比夜間出生的孩子都要黑。這樣的黑人，在康科德附近是前所未有的。

沿山路直走下去，在森林左邊的古道上，還遺存著斯特拉登家的殘跡。他家的果樹園，曾把勃里斯特山的斜坡全部占滿，但最終被蒼松逼退，只剩下少數樹根，但老根上又生出了許多枝繁葉茂的小樹叢。

在鄰近鄉鎮的路的另一頭，也在森林邊上，會看到布里德地區，那地方因一個魔鬼而聞名。這魔鬼還沒被記載在古代神話裡，但他在新英格蘭人的生活中很重要，理應像很多神話中的角色一樣，總有一天有人為他作傳：一開始，他偽裝成一個朋友或雇工來到你家，然後搶劫甚至謀殺了你的全家。他是新英格蘭的怪人。但歷史並沒記下這裡發生的悲劇，讓時間沖淡吧，為它們披上一層淡藍色吧。有一個含糊其詞的傳說，說這裡曾有一個旅

店，一口井，它既向旅客提供飲水，又為馬解渴。人們在這裡相聚一堂，交換訊息，然後彼此上路，分道揚鑣。

　　布里德的草屋，雖然已經茫然不見，但 12 年前依然屹立著，大小和我的房子差不多。如果我沒記錯的話，在選舉大總統的夜晚，幾個調皮的孩子放火燒掉了它。那時，我在村邊居住，入迷地讀著戴夫南特的《貢迪伯特》。這年冬天，我的瞌睡病經常發作。不知這是否是遺傳的，我的一個伯父，竟然刮著鬍子都能睡著，於是他經常星期天去地窖採摘馬鈴薯芽，為了保持清醒的頭腦信守安息日。另外，也可能因為這年我想讀查默斯編的《英國詩選》，一首詩都沒跳過地讀它，以致有些昏昏欲睡了。戴夫南特的書，讓我的神經屈服了。我的頭和書靠得越來越近，忽然火警響起，救火車急速向那個方向奔去，前後簇擁著一群散亂的男人和小孩，因為我能一躍而過溪流，所以我跑在最前面。我們以為起火的地點遠在森林南面。我們以前都有救火的經驗，獸廄、商店、住宅，或許全都起火了。「是倍克田莊。」有人叫道。「是科德曼家。」另外有人說。於是，又一陣火星在森林上空迸濺，好像屋脊已經坍塌，於是我們紛紛嚷起來：「康科德人來救火呀！」車輛疾馳飛去像飛箭，車廂裡擠滿了人，說不定保險公司代理人就在其中。無論多麼遙遠的地方起火，他都必須親臨現場。但救火車的鈴聲在後面響著，卻越來越慢，越來越穩了。後來，大家私下議論，在後面那批人中，有些人放了火然後又報了火警。就這樣，我們像理

210

想主義者一樣，繼續向前行進，全然不顧事實，直到路上轉彎時，我們聽到火焰發出噼啪的爆裂聲，確實感到牆那邊傳來的熱度，這才明白過來：噢，我們已到達火災現場。接近現場，大家的熱情反而大減。起初我們想用蛙塘的水撲火，最後決定隨它燒去吧，因為這房子已被燒得岌岌可危，失去了價值。於是，我們圍住救火車，擠來擠去，透過揚聲喇叭，發表看法，或者用低沉的聲音談論歷史上的大火災，包括巴斯科姆店的那次火災。而其中的一些卻想到，如果我們恰巧身邊有「桶」，並且附近有池塘的話，我們完全能把那次駭人的大火變成一次洪水暴發的。最後，我們什麼壞事也沒做就回去了，回去睡覺，我則回去接著看我的《貢迪伯特》。談起這本書，序言中有一段話講機智是靈性的火藥，「但大多數人不懂機智，就像印第安人不懂火藥一樣」，而我對此不以為然。

次日晚上同一時間，我又走過火燒過的地方。在那裡，我聽到一個人的呻吟聲。在黑暗中，我摸索著走去，發現他是這家唯一存活下來的人，他繼承了這家人的優缺點，也唯有他還關心著這場火災。現在他躺在地窖邊上，一邊從地窖的牆邊看裡面還在冒煙的灰燼，一邊自言自語，這是他的習慣。他全天都在遠處河邊的草地上工作，一旦時間可以自由支配，他就立刻來看一下他的祖業，他童年的美好記憶全在這裡。他依次從各個方向、地點，觀望地窖，身體一直躺著，好像他還記得哪塊石頭中間藏著什麼寶藏，但實際什麼也沒有，只有磚頭和灰

爐。屋子已經燒燬,他望著殘餘的部分。我在旁邊陪伴著他,這對他好像是莫大的安慰。他指了一口井給我看,儘管黑暗中模糊不清。他還順著牆根慢慢地摸索過去,找出他父親親自打造和建起來的吊水架,他讓我摸一下那吊重物用的鐵鉤和鎖環。現在,他能夠保留的唯有這件東西了。他要我相信這個架子很不一般,我摸了摸。我後來每次散步經過這裡時,都會看看這裡,因為那裡懸掛著一個家族的歷史。

左邊,可以看見井和牆邊的丁香花。在現在的曠野裡,納丁和萊格羅斯曾住在這裡。不過,他們早已回林肯鎮了。

森林中比上文所提的地方都要遙遠的,就是靠近湖的地方,陶器匠懷曼住在那裡。他為鄉鎮的人們提供陶器,並把他的事業傳給後代。他們經濟上並不富裕,他在世時,也只是勉強維持著那塊土地。鎮長還經常來徵稅,就是來也無所獲,僅僅「拖走一些廉價的東西」,做做樣子,因為他確實一貧如洗,這是我在他的報告裡看到的。夏季的一天,我正在鋤地,有個人帶著很多陶器準備去市場,他在我的田畔勒住了馬,問我懷曼的近況。很久以前,他從懷曼的手裡買下一個製陶器的輪盤,他很想知道懷曼現在過得如何。我只在經文中讀到關於製陶器的陶土和轆盤的訊息,但從未見過,我們所用的陶器,也不是從遠古流傳到今天的古陶器,並不是沒有損傷,或者如葫蘆一樣長在樹上。所以,當我聽說附近有人從事這個藝術創造工作時,感到十分高興。

在森林中生活的最後居民，是一位愛爾蘭人，名叫休‧夸爾，他借住在懷曼那裡，他們稱呼他為夸爾上校。據說，他曾是參加過滑鐵盧戰役的士兵。如果他還活著，我想他一定會把戰爭過程講述一遍。他以挖溝謀生。拿破崙去了聖赫勒拿島，夸爾來到瓦爾登森林。我聽到的關於他的事情，都很悲慘。他舉止優雅，像個見過世面的人，而且談吐不凡。夏天時，他穿著一件大衣，因為他患有震顫性譫妄症，他的臉色像胭脂紅。我到森林後不久，他就死在去往勃里斯特山腳的路上，所以他不算我的鄰居。他的房子沒拆之前，他的朋友認為那是「一座不吉利的堡壘」，都避而不去。我進去觀看過一次，看到他那些穿皺的舊衣服，被放在高高的木板床上。壁爐上放著他的破菸斗，而不是在泉水旁打碎的碗。泉水無法作為他死亡的象徵，因為他曾對我說，儘管他久聞勃里斯特泉水之名，卻從未看過。另外，地板上散落著一些骯髒的紙牌，那些方塊、黑桃和紅心老 K 等。一隻黑羽毛的小雞，黑得如同黑夜，安靜得連咯咯聲也沒有 —— 牠還沒被行政長官抓走，所以依然可棲宿在隔壁的房間裡。也許，牠在等那隻列那狐狸，也未可知。

　　他的屋後，隱約可見一個花園的輪廓，有耕種的痕跡，卻一次也沒被鋤過，因為他的手顫抖得厲害，不覺已到收穫季節。苦艾和叫花草長滿花園，叫花草微小的果實都黏在我的衣服上。房屋背後，掛著一張土撥鼠的皮，這是他最後一次參加滑鐵盧之戰時的戰利品，但現在，他已不再需要溫暖的帽子和手套了。

　　現在，唯有地上的一個凹坑，可說明這些住宅的原址，修建地窖的石頭也埋在地下，但向陽的山坡上，則生長著草莓、覆盆子、榛樹和黃櫨樹，蒼松或多節的橡樹，則占據了煙囪那個角落。原來，也許是門檻的地方，一枝馥郁的黑楊樹搖曳生姿。有時還能看見井坑，那裡曾經泉水汩汩，現在則長滿了乾枯的野草。或許，它被雜草遮住了。很久以後，才會有人發現它。雜草下面有一塊扁平石，這是他們中最後一個人離開時，搬過來用以遮住井蓋的。這真悲哀啊，讓人眼淚奔湧。這些地窖的凹痕，好像一些棄之不用的狐狸洞。古老的洞穴，證明這裡曾有人類熱鬧地居住過，他們當時也曾用不同的形式和方言討論過，什麼是「命運、自由意志和絕對的預知」等問題。但據我了解，他們得出的結果不過是「卡托和勃里斯特在騙人」，這和著名的哲學流派的歷史一樣有啟發性。

　　在門框、門楣和門檻消失了差不多有一代人以後，丁香花依然長得生機勃勃。每年春天，它綻開芬芳的花朵，讓沉思的旅行者採摘。它是從前的一個小孩在屋前的庭院裡種下的，現在卻散在人跡罕至的牧場的牆根，並且，新興的森林逐漸侵占它們的地盤。那些丁香，是這個家庭唯一的倖存者，它們孤獨地生長著。那些皮膚黝黑的小孩子，肯定沒想到，他們在屋前背陰處插入土中兩個芽眼的細枝，被他們天天澆水後，居然將根扎得如此之深，活得竟然比他們還長，也比蔭蔽它們的房子更久，甚至比大人們的花園和果園的壽命還長。在小孩子長大

又故去以後，已經有半個世紀了，但丁香花仍然向孤獨的旅行者講述他們的故事。它們依然像第一個春天那樣，開放著鮮豔美麗的花朵，花香沁人，它們依然綻放著柔美、低調而愉悅的光芒。

然而，這個小村莊完全可以如一棵幼苗一樣，成長為參天大樹。為何康科德仍盤踞在那生生不息，而它卻失敗了呢？難道它沒有天時地利嗎？比如水利條件不具備嗎？瓦爾登湖之深，勃里斯特泉水之冷，資源十分豐富，水質也對健康有利，但人們除了用它們沖淡酒之外，在其他方面並不利用。他們全都是嗜酒的傢伙。為什麼編織籃子、做馬棚掃帚、編蓆子、晒玉米、織細麻布、製陶器等這些行業在這裡得不到發展，而任荒原像玫瑰花一樣綻放？為什麼也沒有後人來繼承他們的祖產呢？貧瘠的土地至少可抵擋低地的退化呀。可嘆。這些居民竟然不懂得為自己的這片風景錦上添花。也許，大自然又準備拿我做實驗，讓我做這第一個移民，而我去年春天建造的房子，也將要成為這個村莊最古老的建築。

我不知道，我現在居住的這片土地，之前有什麼人在這裡建過房屋。我不想安居在一個古城之上的城市裡，因為古老的住宅已成廢墟，園林已化為墓地。那裡的土地早已貧瘠慘淡，早已被詛咒，而在此之前，大地本身已被摧毀。回憶在我心頭閃現，我回到森林靜心，像進入夢鄉……

冬天，難得有客人來。積雪最深時，往往持續達一週，甚

至半個月都不會有人走進我的屋子，但我活得很自在，就像原野上的一隻老鼠或雞，或者像一頭牛，據說牛即便長期被埋在積雪中，不吃不喝，也能存活下來。或者，我就像本州薩頓城中那家早期移民一樣，據說在 1717 年的暴雪中，他自己出門了，但大雪把他的草屋覆蓋了，後來多虧一位印第安人。他看到煙囪冒出的熱氣，把周圍的積雪化成了一個洞，才將他全家老小救出。但我是得不到善良的印第安人的關心的，其實也不需要，因為房屋的主人如今安居室內。聽到「大雪」這個詞，往往讓人興奮。但農民們再不能驅趕他們的牲口到森林或沼澤中，他們只好砍伐門前那遮擋陽光的樹木，而當積雪不再鬆軟，他們就來到沼澤區砍伐一些樹帶回去。次年春天，他們會發現：當初自己砍樹時，竟然離地有 10 英尺高呢！

積雪最深時，公路到我家的路，足有半英里長，好像成了一條彎曲的虛線，每兩點之間就有一大段空白。接連一週。天氣很平和，我總是跨著相同的步數，邁著大小相同的步伐，小心走路，像圓規畫出的那麼準確，沿著自己深深的腳印前行。冬季將我約束在這條路線上，而腳印裡，常裝滿了天空的蔚藍色。其實，無論天氣如何，我的步行都不受嚴重的阻礙。也就是說，我出門常常踩著厚厚的積雪，步行 8 英里或 10 英里。而我出門是為了赴約——我與一棵山毛櫸、黃楊或松林中的舊相識，安排了見面的時間。那時冰雪把它們的樹枝壓得倒垂下來，樹頂就更尖，雪後松樹的樣子更像鐵杉木。有時，我在 2

英尺深的積雪中跋涉，往山頂走去，每邁出一步，都要將頭上厚厚的積雪搖落下來。有幾次，我甚至手腳並用爬著前行。我知道，此刻獵人們都躲在家中過冬呢。

　　一天下午，我興致勃勃地觀察一個全身長滿條紋的貓頭鷹。在晴朗的白天，牠在一棵白松的一個枯枝上休息，我站在離牠不到一桿遠的地方，每當我向前移動，步履踩在雪上都會發出聲音，牠能聽到，但牠看不清我。我弄出很大聲音時，牠就伸長脖子，豎起頸上的羽毛，睜大眼睛張望，但立即又把眼皮闔上，開始打瞌睡。我這樣觀察牠半個小時後，我自己也有了睡意，牠半睜著昏昏欲睡的眼，像一隻貓，是貓有翅膀的兄弟。牠眼皮之間只開了一條小縫。牠以此與我保持著若即若離的關係。牠從夢鄉中望著我，努力想弄清我是誰，我是什麼東西，難道是牠眼中的一粒灰塵嗎？最後，也許因為聲響，也許由於我的接近使牠不安，牠在枝椏上緩緩轉身，好像我驚擾了牠的美夢。當牠展翅松林中飛翔時，牠展開的翅膀出人意料的寬大，但我沒聽到一點翅膀搧動的聲音。牠在松枝間飛行，好像不用視覺，而是靠直覺，好像牠羽毛上有精密的儀器。在黑暗中，牠向一個新枝頭飛去，棲息在上面，看上去很安詳。這回，牠可以安靜地睡到天明了。

　　我走在一條貫穿草地的鐵路邊，陣陣寒風直透骨髓，因為這裡的冷風比其他地方的更自由。當霜雪抽打到我的左邊臉頰時，雖然我是異教徒，但我還是把我的右頰也貢獻出來，供

它吹打。從勃里斯特山來的那條馬車道,情況與此相同。因為我還是要去鎮上的,就像一位友好的印第安人那樣。當時在寬廣的田野上,白雪被狂風席捲著,堆積在瓦爾登路兩旁的牆垣間。行人留在雪上的足跡,不到半小時就又消失不見。在回來的路上,我又迎上一場新的風雪,我苦苦地掙扎。狂嘯的西北風,在馬路的大拐角處堆起銀粉似的雪花,你根本看不到兔子的足跡,更別提田鼠的細小腳印了。但即使在深冬,在溫暖鬆軟的沼澤地帶,青草和臭菘依然呈現綠色,還有一些傲寒挺立的鳥,依然抵抗著風寒,等待春天的來臨。

有時,雖然有雪,我依然堅持散步。回來時,我發現家門口有一排伐木者留下的很深的足印,從屋裡延伸出來。火爐旁,有一堆他削的碎木片;屋中,還飄蕩著他菸斗的味道。也許,在某個週日的下午,如果我正好在家,我能聽到長臉的農夫踏雪而來的吱吱聲,他穿過森林,走這麼遠的路,專程為了與我聊天。他是農莊人中少見的人物,經常身著一件工人服,而非那種類似教授的長袍。他諷刺教會或國家的道德信條時,好像他運送一車馬棚中的肥料一樣,信手拈來,頭頭是道。我們聊起了淳樸原始的時代,那時候,人們在寒氣逼人的氣候條件下圍著火堆,席地而坐,頭腦清醒。如果我們聊天時,沒有水果可吃,我們就用牙齒咬開一些堅果 —— 那是聰明的松鼠丟棄的。而那些外殼最硬的堅果,裡面往往沒有果仁。

從最遠的地方,踩著最深的雪,在最大的風雪天,來拜訪

我的，是一位詩人。這樣的天氣，即便是一個農夫、獵人、士兵或者記者，甚至一位哲學家，都會退避三舍，沒勇氣前來的，但對於他，這位詩人，什麼也無法阻擋他的腳步——他來的目的，只是出於一種純粹的愛。誰能預測到他的行蹤呢？他的職業，驅使他常出門尋找靈感，即便是連醫生都進入夢鄉的時刻，我們兩人的開懷大笑還在我的小木屋響起。我們還低聲交談，談了很多，打破了瓦爾登山谷長時間以來的沉默。相比之下，百老匯也越發顯得沉寂荒涼。我們談話的間歇，有笑聲來點綴——我們的笑，也許因了剛才的一句話，或者因為正要脫口而出的笑話。我們一邊喝著稀粥，一邊談到很多「全新的」人生哲學。這稀粥既可招待客人，又可作為甜點享用，在我們清醒地討論哲學問題時。

我難以忘記，在那個我在湖畔居住的最後一個冬季，還有一位訪客也很受我的歡迎。有段時間，他穿過雨雪和黑暗，來到我這間森林中的小屋，他與我一起消磨了許多個漫長的冬夜。他是最後一批哲學家中的一位，康乃狄克州把他獻給了世界。他起初推銷康乃狄克州的商品，後來他聲稱要推銷他的智慧。他現在仍然在推銷智慧，讚揚上帝，批評世人，大腦是他唯一的果實，就像果肉才是堅果的果實一樣。我感覺，他是世上最自信的人。他的言語和態度，讓人感覺他比別人做得更好。隨著時間的流逝，恐怕他是最後一個感到失落的人，因為現在他並沒有計畫。雖然現在沒人注意他，但當屬於他的時代

來臨時，出人意料的法規就會頒布，統治者們一定要向他諮詢，傾聽他的建議。

他是人類忠誠的朋友，也是人類進步的唯一朋友。與其說他是一位傳統的凡人，不如說他是一位不朽的人。他心懷堅韌的毅力和信念，要闡釋清楚人類身上鐫刻的形象，而現在人類的神，只是一座搖搖欲墜的神像紀念碑。而他用仁慈的智慧擁抱孩子、乞丐、瘋子和學者，兼容所有的思想，擴展它的廣度和深度。我認為，他有必要開一家大旅館，招待全世界的哲學家，並且在招牌上寫明：「招待人，不招待人的獸性。內心安靜的人請進，尋找正路的人請進。」也許，他是最清醒的人，他是我認識的人當中最沒有心計的一個，昨天的他和今天的他，並沒什麼區別。從前，我們散步和談天時，很自然地就把周圍的世界拋在腦後。因為他不屬於這個世界的任何制度，他生來是自由和智慧的。無論我們轉向何方，天地彷彿融為一體，因為他的存在，山水更加美麗。一個常穿藍色衣服的人，最適合他的房頂便是蒼穹，因為它反映了他的純淨。我不信他會死去，大自然也不願他離開。彼此講出個人的看法，好像把木片擺出來晾晒。我們坐下相談，把彼此的思想打磨得尖利，並試驗我們的刀子，同時欣賞松木那明亮的紋理。我們安靜而彼此尊重地涉水而過，或者，我們和諧地攜手而行，所以，我們的思想之魚不會因受驚擾而從溪流跑掉，也不會被岸上的漁人驅趕得四散。魚兒從容地游來游去，好像西邊天空中飄浮的白雲，那

片珠母色的雲，時而聚攏成形，時而又消散開去。我們在那裡工作，研究神話，修改寓言，建造我們的空中樓閣，因為大地沒提供有價值的基礎給樓閣。他真是偉大的觀察家和預言者，與他聊天，是新英格蘭之夜的快樂。噢，我們之間還有這樣的談話，隱士、哲學家，還有我說過的老移民，我們三個在屋裡談話，半天都在震動著我的小屋子。我們的談話氛圍，是那麼好；我們談話的份量，是那麼重。我們的談話，好像打開了一個有縫隙的圓弧，它還需要填補進很多話語才能填補圓滿。但是，我已經準備好了足夠的填充物。

還有一個人，我曾在他村裡的家中住過，我們的共處時間也十分愉快，讓我終生難忘。他經常來看我。

就是以上這些人，構成了我的朋友圈。

像在別處一樣，有時，我也會期待一些意料之外的客人。《毗溼奴往事書》中說：「房屋的主人，應在傍晚時在大門口徘徊，時間大概與擠一頭牛的奶水的時間相同，必要時可延長時間，以等候客人的到來。」我經常這樣認真地等候客人的來臨，有時時間足有擠一群牛的奶水的時間那麼長了，然而，卻等不來一個從城鎮來的人。

昔日居民；冬日訪客

冬日的鳥獸

　　等湖水結成厚冰的時候，去許多地方不但有了一條新路和捷徑，而且能站在冰面上欣賞周圍熟悉的風景。當我走在鋪滿積雪的費靈特湖上時，雖然我平常在這裡划槳，也溜過冰，但此刻極目四望，視野十分開闊，而且奇怪的是，它讓我腦中浮現出巴芬灣。周圍林肯郡矗立的群山，把茫茫雪原包圍起來，之前我似乎從未到過這片平原。站在冰上，看不清遠處的景色，而這時，漁夫帶著狼犬慢慢地移動，好像捕獵海狗的水手或因紐特人，在霧氣濛濛的天氣，他們像神話中的生物，隱約可見，我分不清他們究竟是人，還是侏儒。我晚上去林肯郡聽演講時，總是走在冰上，期間沒經過任何一間屋子，我選擇的是一條之前從未走過的路。在此途中，我經過鵝湖，那是麝鼠居住的地方，牠們的住宅安紮在冰上，但當我走近時，沒看到一隻麝鼠。瓦爾登湖和其他幾個湖一樣，通常不積雪，最多是鋪上一層薄雪，不久就會被吹散。現在，它成為我的庭院，我可以在它上面自由地散步。而其他地方的積雪，此時已將近 2 英尺厚了，村民們都被封鎖在村裡。遠離村中的街道，幾乎聽不到雪車的鈴聲。我經常跌跌撞撞地在雪中前行，邊走邊滑邊溜，好像在平坦的鹿苑中行進，到處聳立著橡木和莊嚴的松樹，它們不是被積雪壓彎了腰，就是身上倒掛著很多亮晶晶的冰柱。

　　冬夜，其實白天也經常這樣，從遠處會傳來一陣貓頭鷹的哀叫聲，絕望而不失優美的旋律，好像是用撥動冰凍的大地而發出的聲音，這是瓦爾登森林獨特的語言。後來，我對這段旋律就很熟悉了，雖然我從未見過那隻貓頭鷹歌唱。冬夜，我推開門窗，幾乎每次都能聽到牠「呼，呼雷，呼……」的叫聲，清脆悅耳，尤其最初的三個音節，似乎是「你好」的發音。有時，牠只是簡單地叫上兩聲。

　　一個初冬的夜晚，湖水還沒全部凍結，約 9 點鐘，一隻飛鵝的大叫聲驚擾了我。我走到門口，又聽到牠們搧動翅膀的聲音，好像林中正要來一場風暴，牠們低飛過我的房屋。牠們飛過湖面，飛向美港，好像怕我的燈光，牠們的領隊用規律的聲音叫個不停。突然，我確認到，在我的附近，有一隻貓頭鷹，牠的聲音沙啞顫抖。在森林中很難聽到牠的聲音。每隔一段時間，牠就回應飛鵝的叫聲，好像在嘲笑那些來自赫德森灣的入侵者，於是牠的音量更大更寬，好像「呼，呼」地要把牠們趕出康科德的領空。我原以為這個夜晚只屬於我，而你，噢，你要把整個森林都吵醒嗎？為什麼呢？你認為在夜晚時我已沉入夢鄉，你以為我沒有你那樣的嗓音嗎？「波呼，波呼，波呼……」我從沒聽過這種讓人發抖又不協調的聲音。然而，如果你的耳朵十分敏銳，你能聽到其中又蘊含著一種和諧的旋律，在這一帶的原野，這種聲音是前所未有的。

　　我還聽到，湖裡的冰塊發出的咆哮聲。在康科德，湖這傢

伙與我同床共寢，好像它在床上不耐煩了，或者像肚子脹氣，而且做了個噩夢，想翻個身。有時，我能聽見寒冷凍裂地面的聲音，好像有人駕馭的一隊驢馬撞到我的門上。到早上時，我會發現地面出現了一道寬 1/3 英寸、長 1/4 英里的大裂痕。

有時，我還能聽到狐狸走過積雪的聲音。牠在月夜尋覓鷓鴣，或者其他的飛禽，像森林中的惡狗一樣，發出惡鬼一樣刺耳的叫聲，好像心急如焚，又好像想表達什麼，要掙扎著尋找光明，變成可自由在街上奔跑的狗。如果我們計算一下年代，禽獸不也和我們人類一樣，存在著一種文明嗎？我覺得，牠們像早期在洞穴裡生存的人，總是保持警戒，等著某種變化。有時，狐狸會被我的燈光吸引，走近我的窗子，並向我發出一聲好像是詛咒的聲音，然後飛快地跑開。

黎明時，赤松鼠總是把我叫醒，牠在屋脊上來回躥，攀上爬下，好像牠們來到森林，就是為了這個。冬天時，我把大概半蒲式耳的未成熟的玉米穗扔在門口的積雪上，然後觀察被吸引來的各種動物，我對此十分有興趣。

傍晚和夜晚，兔子經常會跑來吃一頓。赤松鼠一整天都來往著，牠們姿態靈活，很討我喜歡。有一隻赤松鼠，牠小心地穿過矮橡樹叢，在雪地上跑跑停停，好像一張被風吹滾過來的葉子。牠時而跑向這個方向幾步，很快，也花費它不少精力，牠飛奔著，快得無法形容，彷彿孤注一擲。時而牠又跑向那個方向幾步，但每次不會超出半桿遠。突然間，牠做個滑稽的表

情後，停下腳步，再翻個跟斗，好像在為全世界的人演出。這些松鼠，即便是在最寂寞的森林深處，牠們也像舞女一樣，舞動身姿，似乎也總有觀眾。牠在遲疑和謹慎中，耗費了很長時間。如果直線前進，全程早就結束。我從沒見過一隻松鼠這麼泰然行走。後來，突然，轉瞬之間，牠就在小蒼松的頂端傲然站立了，像做好了準備，要責罵臺下幻想的觀眾。牠像在獨白，又像在對全世界講話。我不知道牠為什麼這麼做，我想牠自己也未必知道。

最終，牠來到了一堆玉米旁，挑了一個玉米穗，然後仍以不規則的三角形路線，蹦跳著過來，跳到窗前疊起的那堆木材的最高處。之後，牠從正面看著我，一坐就是幾個小時，不時去找新的玉米穗。一開始，牠很貪吃，把吃了一半的穗扔掉，後來變得機靈，拿著食物玩耍上了，而只吃玉米粒。當牠用前掌擎起的玉米穗卻不小心掉在地上時，牠便露出一副滑稽又懷疑的表情，低頭看看玉米穗，好像在想玉米穗是否還活著，思考是撿起它，還是去拿另外一個，或者乾脆直接離開。牠時而看看玉米穗，時而側耳聽聽風聲，似乎在搜尋什麼聲音或訊息……

就這樣，這個魯莽的傢伙，一上午糟蹋了好多玉米穗。最後，牠才扛起最長最大的一根 —— 比牠自己都大很多，但牠卻很靈巧地背回森林去了，好像一隻老虎背著一頭水牛。但是，畢竟牠走得費力，曲折迂迴，走走停停，邁步吃力地向前，好

像那玉米穗對牠過於沉重，所以總是掉落下來。牠先把玉米穗放在一條對角線位置，決心要把它拖回去的樣子。真是個輕浮而不違心的小傢伙！最終，牠把玉米穗帶回自己的住所，或許是四五十桿之外的一棵松樹頂上。因為事後我發現，玉米穗的軸被牠丟在了森林的角落。

最後，貓頭鷹來了，牠們不協調的聲音我早就聽過，當時牠們從 1/8 英里之外，小心翼翼地飛近，謹慎地從這棵樹，飛到那棵樹上，沿途拾揀松鼠遺留的玉米粒。然後，牠們就在一棵蒼松的枝頭棲息，很快將那粒玉米粒吞下，但玉米粒太大，卡在嗓子裡了，呼吸被堵住，因此牠又費力地吐出來，用嘴啄個不停，想啄成碎渣。顯然，這行為看去更像一群盜賊，我不大喜歡牠們。倒是那些松鼠，雖然牠們一開始總有點羞澀，但最後，牠們像拿自己的東西一樣，搬運我的糧食，一點不客氣，反讓我喜歡牠們了。

與此同時，成群的山雀也會飛來。牠們拾起松鼠掉下的玉米粒，飛到附近的樹枝上，用爪子穩住玉米粒，然後用小嘴啄開，一直啄到玉米粒小得不至於堵塞牠們的細嗓子了，才吃掉牠，好像在品嚐樹皮中的毛毛蟲一樣。這群小山雀，每天都會到我的木堆中飽食一頓，品嚐我門前的玉米粒，並發出微弱短促的咬舌聲，像草叢裡冰柱凍裂的聲音，然後精力旺盛地發出「得、得……」的叫聲，難得的是，在陽光普照的日子，牠們會從林子那邊發出「菲比」聲，像琴弦一樣。牠們跟我混熟了之

後，有一天，一隻山雀飛到了我夾在臂下的木柴上，毫無恐懼地啄著樹枝。還有一次，我在園中鋤地，一隻麻雀飛來落在我的肩上歇息。當時我認為，就算被授予任何肩章，都比不上這種榮幸。後來，松鼠也和我熟悉了，有時牠們抄近路過來，直接從我的腳背上踩過去……

在大地還沒完全被雪蓋住、冬天將要結束時，朝南的山坡上，以及我柴堆上的積雪，便開始融化。不論清晨還是傍晚，鷓鴣都會飛入林中覓食。不管你走在林中的哪一邊，你的腳步聲總會驚起幾隻鷓鴣，牠們急拍翅膀而去，震落了枯葉，以及樹枝上的雪花。雪花在陽光下飄灑時，好像晶瑩閃亮的塵埃。這種勇敢的鳥，從不怕冬天，牠們經常被積雪掩埋。據說，「有時牠們振翅衝入柔軟的雪中，能躲藏一到兩天」。當牠們在傍晚飛出樹林，到野蘋果樹上吃蓓蕾時，我經常會在原野中驚擾到牠們。每天傍晚，牠們總是飛回以往經常停落的樹枝上，而狡猾的獵人正在那等候著牠們，那時在遠處緊挨著樹林的果園裡，就會發生不小的騷動。無論怎樣，鷓鴣總能找到食物，這讓我很欣慰。牠們，是天賜的大自然之鳥，牠們以蓓蕾和泉水為生。

在漆黑的冬日早晨，或者在冬天的短暫下午，我有時會聽到一大群獵狗的叫聲，牠們的嗥叫聲，在整片森林上空迴盪，牠們控制不住追獵的本能。同時，我還聽到斷斷續續的獵角聲，從而得知牠們後面跟著人。在森林中，牠們的叫聲會響徹雲霄，但沒有狐狸會跑到湖邊開闊的平地上，也沒有追獵者。

在傍晚時分，我見到獵人把他的戰利品 —— 一根毛茸茸的狐狸尾巴，拖在雪車後，然後找旅館過夜。他們告訴我，如果狐狸躲在寒冷的地下，牠肯定能安然無恙地逃過追殺，或者，如果牠逃跑時呈一條直線，沒有一隻獵狗能追得上牠。但是，如果牠把追捕者遠拋在身後，然後便停下來休息，並且側耳傾聽，直到追捕者又追上來時再逃跑，那麼牠一定會被逮住。因為等牠再次奔跑時，牠就會兜個圈子，最終又回到老窩，而此時獵人正好就在那裡等候。有時，牠在牆頂上奔跑幾桿之遠，然後跳到牆的另一邊，牠好像知道水能遮掩牠的臊氣。一位獵人曾告訴我，一次他看到一隻狐狸被獵狗追趕，逃到了瓦爾登湖邊，那時冰上有一泓淺水，牠跑了一段路程，又回到原來的岸上。不久，獵狗也來了，但到這裡，牠們的嗅覺，卻沒有辦法幫牠們找到狐狸。

有時候，有一大群獵狗會追狐狸，追到我的門前，經過門繞著屋子兜圈跑，絲毫不理睬我，只顧自己狂吠，好像得了瘋病，什麼也阻擋不了牠們的追逐。牠們這樣繞圈追逐著，直到牠們發現了狐臭的蹤跡。聰明的獵狗總是不顧一切，一味地追捕狐狸。一天，有人從列剋星敦來到我家，打聽他的獵狗的下落 —— 牠已經獨自捕獵超過一星期了。但是，就算我告訴他我知道的訊息，恐怕也幫不到他，因為每當我回答他的問題時，他總是打斷而詢問我：「你在這做什麼呢？」他在森林中丟了一隻狗，卻發現了我這個人。

　　有位年長的獵人，說話平淡無奇。他每年來瓦爾登湖洗一次澡，在湖水最溫暖的時候來。他來看我時，曾告訴我，幾年前的某個下午，他背著一把獵槍，在瓦爾登森林中巡行，當走在威蘭路上時，他聽到一隻獵狗追捕獵物的聲音，不久一隻狐狸躍過了牆，跳到路上，飛速如閃電，接著又躍過了另一面牆，離開了大路，他立即開槍，卻沒打中牠。之後，一條老獵狗和牠的三隻小獵狗快速追上來，幫他追趕，很快躥進了茫茫的森林……

　　同一天的傍晚，他在瓦爾登湖南面的樹林中歇息，聽到遠處美港的方向，傳來獵狗追逐狐狸的聲音，牠們的追捕行動居然還在進行！牠們朝這邊逼近，叫聲讓整片森林也為之震動，聲音漸漸近了，近了，在威爾草地，在倍克田莊……他靜靜地站著，長久地傾聽牠們音樂般的叫聲。在獵人的耳中，這聲音是如此美妙。突然，狐狸出現，飛快地穿過林間小路，牠的聲音被樹葉的颯颯聲掩蓋了，牠快速而沉穩地了解地勢，把追蹤者遠遠拋在了後面。於是，牠跳上林中的一塊岩石，筆直地坐著、聽著，牠背朝獵人。瞬間，惻隱之心讓獵人的手臂顫抖，但是這種感情來去都很快，瞬間，他的槍又瞄準了狐狸，「砰」的一聲，狐狸從岩石上滾落下來，被槍擊中，死了。獵人站在原處，聽著獵狗的叫聲。牠們仍在追趕。此刻，周圍森林中所有的小路上，全都迴響著牠們惡魔般的嚎叫聲。最後，那隻老獵狗映入眼簾，牠用鼻子在地面上瘋狂地搜尋著狐狸的氣味，

像中魔了一樣狂叫著，朝岩石奔去，空氣都被震動了。但當牠看到已死去的狐狸時，突然安靜下來，似乎驚愕了，沉默無聲，牠繞著死去的狐狸，靜靜地走了好幾圈。牠的小狗，都相繼趕到母親的身旁，牠們也平靜下來，在這肅穆的氣氛中，都安靜不語。於是，獵人來到牠們中間，為牠們揭開了謎底。他把狐狸皮剝了下來，獵狗在獵人身旁靜靜地轉圈。之後，牠們就在狐狸尾巴後面跟了一陣，最後拐進森林了。晚上，一個韋斯頓的鄉紳，找到康科德獵人的小屋，打聽獵狗的下落，還告訴獵人，獵狗就是這樣追逐著，離開了韋斯頓的森林，距今已有一週的時間了。康科德獵人就把自己所了解的全部告訴了他，並把狐狸皮贈送給他，他婉言謝絕後離開了。晚上，他沒找到他的獵狗，但第二天他得知，牠們那天過河後，在一個農家過了夜，在那裡吃飽後，清晨就動身回了家。

　　老獵手還跟我講起一位名叫山姆・納丁的人的故事，他經常在美港的岩石上獵熊，把熊皮剝下來，然後拿到康科德的村莊，換蘭姆酒喝。山姆・納丁曾告訴他，他見過一隻罕見的麋鹿。納丁有一隻有名的獵狐犬，名叫貝爾戈因，他卻將牠唸成貝經，老獵手常借用他的狗。

　　在鎮上，有一位年長的生意人，他既是隊長、市鎮會計，又是代表。我在他的每日帳簿中，看到有如下紀錄：「1742 至 1743 年 1 月 18 日，約翰・梅爾文，貸款一張灰狐狸皮，0.23 美分。」現在，這種事已難得一見了。在他的總帳中，還有別的紀

錄:「1743 年 2 月 7 日,海齊基阿‧斯特拉基,貸款半張貓皮,0.14 美分。」這自然是山貓皮,因為從前法國橫掃歐洲時,斯特拉基做過上士,當然不會拿比山貓還差的物品來貸款。當時也有拿鹿皮來貸款的,每天有鹿皮買進賣出。有人還保存著周圍一帶最後被殺死的鹿的鹿角,還有一人跟我講述他伯父參加過的一次狩獵的故事。從前,這的獵手不但有很多,而且他們都很快樂。我還記得,有一位瘦高的獵手,他隨意地在路邊抓起一片樹葉,就能用它吹出一段美妙的樂曲,那聲音聽起來比任何獵角聲都更野性而動人。

月明星稀的夜晚,有時,我會路遇很多獵狗,牠們在樹林中奔竄,在我經過時,牠們就會躲開,似乎很怕我,牠們會安靜地立在灌木叢中,直到我走過,牠們才會再出來。

松鼠和野鼠,有時會因我儲藏的堅果而爭吵。我的屋子周圍,有二三十棵青翠的松樹,直徑從 1 英寸到 4 英寸不等,去年冬天被老鼠啃過。對牠們而言,那冬天好像在挪威度過一樣,天寒地凍,積雪很多,牠們不得不啃松樹皮,來彌補牠們糧食的短缺。但這些樹仍然存活了下來,在夏天鬱鬱蔥蔥,儘管它們的樹皮全被環切了一圈,但仍然有許多樹長高了一英尺,但是下一個冬天,它們無一例外地全部死掉了。小小的老鼠竟然能吃掉整棵樹,真令人驚訝!因為牠們不是上躥下跳,而是環抱著樹來吃光它。但是對這片過於濃密的森林來說,這或許不是一件壞事,因為這有助於森林裡樹木變得不那麼緊

密。森林中的野兔隨處可見。整個冬天，牠經常在我的屋子下面活動，我和牠之間，只隔著地板。每天清晨，當我在床上翻身時，牠就急忙跑開，從而驚醒了我。「砰、砰、砰」，慌亂中，牠的腦袋不時和地板相撞。傍晚時，牠們經常繞到我的門口，來吃我扔掉的馬鈴薯皮。牠們的顏色和大地很相似，以至於當牠靜止不動時，你幾乎認不出牠。有時在傍晚，我會忽然看不見牠們，忽然又看見牠們一動不動地呆坐在我窗前。黃昏時，如果我推門出來，牠們就會吱吱地叫一聲，然後一躍而去。等靠近看牠們時，我的同情之心會湧上心頭。有天晚上，一隻野兔坐在我門口，離我兩步遠，一開始牠因害怕而發抖，卻不肯跑開，可憐的小東西，牠瘦骨嶙峋，耳朵受了傷，尖尖的鼻子，光禿禿的尾巴，細細的腳爪。看上去，好像大自然的所有高貴的品種都滅絕了，只剩下了牠這個小東西。牠的大眼睛，清澈明亮，但看上去不健康，像生了水腫病。我向前一步看牠，牠立即一躍而起，跑過雪地，然後文雅地伸展牠的身體和四肢，牠野性自由的肌肉，向我詮釋著大自然的活力和尊嚴。牠的消瘦，並不是毫無根據的，那是牠的天性。

假如沒有野兔和鷓鴣，一片田野會變成什麼樣子呢？牠們都是最簡單的野生動物。遠古時代，這些古老而值得敬畏的動物，就已經降臨世間。牠們與大自然同質相連，與樹葉和土地更是親密的盟友。鷓鴣不是靠翅膀飛翔的鳥，兔子不是靠腳奔跑的野獸。兔子和鷓鴣跑掉時，你根本不覺得牠們是禽獸，牠

們屬於大自然，好像颯颯的秋葉一樣。不論這世界如何變化，兔子和鷓鴣一定可以永存，如同生生不息的人類。如果森林被砍伐，矮樹叢和小樹葉還可以掩蓋牠們這些動物，牠們也可能會繁衍下去。沒有兔子生活的原野，一定是貧瘠的。森林是牠們生活的天堂。在每個沼澤周圍，你都能見到兔子和鷓鴣的出沒，但是，在牠們活動的附近，也有牧童設置的細樹枝做成的籬笆和馬鬃毛做成的陷阱。

春天來了

　　掘冰人對湖泊的挖掘，一般來說會讓湖泊的冰更早地解凍，因為即使在嚴冬，被風吹的水波，也能夠消融周圍的冰塊。但這年，瓦爾登湖沒有受此影響，因為它很快結了厚厚的一層冰，取代了原來的一層。瓦爾登湖從來不像周圍那些湖泊的冰，化得很早，由於相對來說，它的水很深，並且湖底下沒有經過的流水來融化或損耗表面的冰層。我從沒看到它在冬天有開裂，除了 1852 年至 1853 年的冬天，那個冬天對許多湖泊來說是一次嚴峻考驗。它一般在 4 月 1 日開凍，比費靈特湖或美港晚一週或半個月，北岸和淺水的地方最先結冰。它比周圍任何的水波都切合時令，指示著季節的腳步和進程，絲毫不受溫度變化的影響。3 月，如果天氣稍微嚴寒些，便可推遲其他湖沼的凍結日，但瓦爾登湖的溫度，卻不間斷地在升高。

　　1847 年 3 月 6 日，插在瓦爾登湖湖心的一支溫度表的刻度顯示：水溫為華氏 32 度，湖岸附近的水溫是華氏 33 度。同一天，費靈特湖心的溫度是華氏 32.5 度，離岸 12 桿遠，在一英尺厚冰下面的淺水處，水溫是華氏 36 度。費靈特湖的淺水和深水的溫度相差 3.5 度，實際這個湖大多是淺水，這就是它的化冰日期要比瓦爾登湖早很多天的原因。那時，最淺處的冰，要比湖心的冰薄好幾英寸。冬天時，湖心反而最溫暖，那的冰也最

薄。同樣，夏天在湖岸淺處涉水而過的人都知道，靠湖面的水較為溫暖，特別是在3、4英寸的地方，游泳游得稍遠點就能體會到，深水水面上要比它的下面溫暖。

春天，萬物復甦，天氣回暖。這時，陽光透過一英尺或一英尺以上的厚冰，照射在淺水的水底，反射到冰面，使水升溫，上面的冰也開始融化。同時，陽光從冰上面直直射過來，更直接地融化它，使之表面不平，氣泡凸起，升上復下，直到後來冰塊變成虎頭蜂窩。最後，一陣春雨到來時，它們就全部和湖水融化為一體了。冰和樹木一樣，也有紋理。當一塊冰開始融化，或者呈現蜂窩狀時，無論它在什麼地方，氣泡與水面總是成直角相連。冰下面有突出的岩石或者木料時，往往很薄，容易被反射的熱力溶解。我聽說劍橋曾做過這樣的實驗：在一個很淺的木製湖泊中凍冰，在下面不斷地釋放冷空氣，使冰的上下方都受到影響，而從水底反射上來的陽光，仍然使冰層融化。冬天時，一陣溫暖的雨，使瓦爾登湖覆蓋積雪的冰開始融化，在湖泊的中心，留下一塊黑色的冰，堅硬而透明。反射的熱量，使湖水的沿岸出現一條厚而已經開始融化的冰帶，約有一桿寬。正如我前面所述，冰層中的水泡像灼熱的凸透鏡，在冰下融化冰層。

湖上的四季風景，每天都在發生著變化，細微而不易察覺。一般來說，每天清晨，水淺的部分比水深的部分更容易回暖，速度也快一些，不過兩部分相差不多，但到黃昏時，它卻

降溫非常快，持續到次日清晨。可以說，這一天的變幻，正是它一年變化的縮影。夜晚正如冬季，早晨和傍晚是春秋，而中午則是夏季。冰塊爆裂的聲音及其隆隆的響聲，表示它的溫度在上升或下降。

1850 年 2 月 24 日，即在一個寒夜過後，在一個令人愉悅的黎明中，我飛奔到費靈特湖去，打算在那裡消磨一天。我驚異地發現：我只是用斧頭輕劈了一下湖面，它發出的響聲便如敲鑼聲一樣，延伸到好幾桿遠。也就是說，我好像在敲一個繃得很緊的鼓。大約 1 小時後，太陽升起，它從斜山上射下溫暖的陽光，照耀在整個湖面，萬物感受到它的溫暖。湖中傳來隆隆的響聲，像是一個剛剛睡醒的人，伸了一下懶腰，打了個呵欠，聲音越來越大，持續了 3、4 個小時。正午時，它睡午覺，但快到傍晚時，吝嗇的太陽收回了熱量，湖中又開始響起隆隆聲。正常的天氣裡，每天黃昏時，湖水都定時發出規則的鳴叫。只是在正午時分，裂痕太多，加上空氣的彈性不足，所以它得不到共鳴，估計魚和麝鼠聽到了也會震驚。漁民們說，「湖的雷鳴」把魚嚇得都不咬鉤了。但湖並非每晚都打雷，我也不清楚它的雷鳴何時發作，雖然從氣候中感受不到異樣，但有時它還會響起。誰會想到，一個如此冰冷並有著厚皮的冰層，竟會這樣敏感？然而，它有自己的規律，它發出雷聲，是告訴大家要服從它，猶如蓓蕾在春天萌芽一樣，滿身臃腫的大地，已開始萌發生機。可見，對於氣候的變化，最寬闊的湖，也敏感得

如同水管中的水銀。

吸引我跑到森林居住的原因，是我想過悠閒的生活，想親眼看見春天的到來。最後，湖中的冰塊開始呈現出蜂房的形狀。有時，我漫步冰上，雙腳會陷入酥脆的冰中。霧、雨、溫暖的太陽，慢慢將冰雪融化，白晝漸長。我儲備的木柴，足夠度過整個冬天，但現在已經不需要生火了。我靜候著春天到來的第一個信號，傾聽著飛鳥歡快的樂音，或者看身上布滿條紋的松鼠嗝啾不停，也許牠儲存的食物要告罄了吧。我也很想看看，冬蟄的土撥鼠在初春出現的樣子。3 月 13 日，我已經可以聽到青鳥、籬雀和紅翼鶇的叫聲了，但那時冰層還有一英尺厚。由於天氣轉暖，它不會被水流帶走，也不會像河裡的冰崩裂，它只是在水面上漂浮。雖然沿岸半桿遠的冰面都已開始消融，但是湖中心依然像蜂房一樣滿溢著水，有 6 英寸深時，你還可以用腳蹚過去。但第二天晚上，一陣溫暖的細雨和大霧過後，它就隨著霧一起消失，快速而神祕地不見了。有一年，我在湖心散步 5 天後，冰層消失了。1845 年，瓦爾登湖在 4 月 1 日全部融化；1846 年，是 3 月 25 日；1847 年，是 4 月 8 日；1851 年，是 3 月 28 日；1852 年，則是 4 月 18 日；1853 年，是 3 月 23 日；1854 年，大約是在 4 月 7 日。

生活在氣候變化無常環境中的人們，十分關心河流和湖泊的融化，以及春天來臨等景象。天氣回暖時，沿河而居的人們，夜晚能聽到冰塊解凍發出的碎裂聲，以及大砲響似的雷雷

吼聲。那響聲令人震驚，好像冰的鎖鏈瞬間崩斷，幾天之內冰層迅速消融，像鱷魚突然從泥土中鑽出，大吼一聲，連大地都為之震顫，之後很快消失在水裡了。

有一位老人，他對大自然觀察得細緻而精確，對大自然的變幻瞭如指掌，好像他有無窮的智慧。好像他年幼時，大自然就被安放在造船臺上，他也曾被安置做龍骨的工作。如今，他已經成年，即便活得長久，活到老壽星瑪土撒拉那麼長，他掌握的關於大自然的知識也不會增加。他告訴我，有一年春天，他帶著槍划船，想打野鴨。那時田野還封凍著，但河裡的冰已經完全融化，他從他所住的薩德伯里出發，一路無阻地順流而下，直達美港湖。在那裡，他驚訝地發現，大部分冰依然堅實，毫無消融的跡象。天氣早已暖和，地上卻還有如此大體積的冰塊。聽到他的這種感嘆，我十分詫異，因為我原以為他對大自然無所不知。他遍尋找不到野鴨的蹤跡，就將船藏在北邊，或者說湖中小島的背面，他則躲藏在南邊的灌木叢中，靜候野鴨的出現。離岸 3、4 桿遠的水域，冰層已經解凍，一泓平滑溫暖的湖水顯現，可見湖底的泥濘，野鴨喜歡這樣的環境。所以，他料定牠們會出現。他安靜地躺在那裡，大約一小時後，一種低沉而遙遠的聲音由遠及近，慢慢加強，那聲音，是他從未聽到的，有些壓抑的激撞聲，或者說吼聲。而且，它似乎還有一個響徹宇宙的尾聲，讓人難以忘記。他聽了，感覺到有一大群野鴨就要飛來。於是，他急忙抓起槍，興奮地跳起

來，但他起身了才發現，他剛躺臥的一大塊冰，在他靜候野鴨時，已悄悄地浮向岸邊。而他聽到的聲音，是冰塊的邊緣撞擊湖岸的聲音！起初，這聲音還算溫和，它試探著接觸湖岸，一點點地碎落，但後來就沸騰起來，猛烈地撞擊湖岸，以至於冰花飛濺，激起水花，然後落下，重歸平靜。

太陽終於升起來了，陽光從頭頂直射下來，和煦的春風，吹散了霧氣和細雨，消融了湖畔那最後的積雪。霧氣散盡後，太陽對褐色土地上的炊煙展露出笑顏。旅人們穿越一個個島嶼，看到千條淙淙的小溪或小澗，對它們所奏出的音樂陶醉不已。冬天的血液，在河流的脈管中暢流，隨之消逝而去……

看到解凍的泥沙從鐵路的深槽兩側流下，還有什麼比這更令我驚喜呢？我步行到村子裡，總要經過那裡，但不是經常能看到這種大規模的遷流。雖然從鐵路興建以來，各種粗細不同的細沙，常被用來修建路基。細沙的顏色各不相同，往往還夾雜著一些泥土。每當霧氣濛濛的春天，甚至冬天乍暖還寒的時刻，沙子像火山的熔岩一樣流下陡坡，有時它穿透積雪，奔湧而出，在無沙的地方鋪陳泛濫。無數相互疊起交叉的小溪，於是混流為一體，既遵循著流水的規律，又遵循著植物的規律。它奔流而下的狀態，就像嫩芽吐綠，或者像藤蔓植物的蔓延，向外呈漿狀噴發，約有一英尺或一英尺以上的厚度。遠遠望去，它們的形態像一些長滿苔蘚、呈條紋狀的、有裂片疊蓋的葉狀體，讓人聯想到珊瑚、豹掌、鳥爪、人腦、臟腑，或其

他任何分泌物。這的確是一種奇異的植物。我們似乎在青銅器上，看到它們的形態和模仿它的顏色，這種建築學中花葉的裝飾，似乎比古代的莨苕葉、菊苣、常春藤，或其他任何植物的葉子都更加古老而典型。或許某些時候，它們也會迷惑將來的地質學家。整個深溝，給我的印象十分深刻。它像一個打開的山洞，鐘乳石在陽光之下暴露無遺；沙子色彩多姿，賞心悅目，包含鐵的各類色彩：棕色、灰色、黃色、紅色。當流沙流到路基下的排水溝裡，它就鋪陳開來，成為淺灘，各種溪流已打破自己原來的半圓柱形，變得越來越平坦寬闊。如果再溼潤一些，它們就會彼此混雜在一起，直到形成一片平坦的沙地，但色彩還是千變萬化、斑斕多姿，其中還可見原來植物的影子。然後，它們匯入水中，變成沙灘，像通常所見的河口那樣。這時，植物的形態才消失不見。

整個鐵路的路基，有 20 至 40 英尺高。有時，花繁葉茂的裝飾物將它覆蓋，或者說，也可能是細沙留下的裂痕。它位於路基的兩側，長達 1/4 英里，這是春天特有的產物。這些流沙枝葉的驚人之舉，在於它是瞬間形成的。太陽先照射其中的一面，因此我在路基的一面看到的斜面毫無生氣，另一面則有華麗的枝葉，我深深地嘆服於這藝術品了。從某種意義上說，我好像站在創造這個世界和自己的大藝術家的工作室裡，我闖進了他的工作室，他在這路基上遊玩，揮灑他的旺盛精力，沿路畫下別緻的圖案。我感覺自己好像和地球的內臟靠得更近，因

241

為這裡的流沙呈現的形狀，如同動物的內臟。在這沙地上，你還會看到葉片的形狀。難怪大地以葉片之形為其形，以其神為其神。原子已經掌握了這個規律，並已孕育出了成果。高掛在枝頭的樹葉，在這裡可以看到它的原形。不管在大地還是動物身體的內部，都有溼漉漉的、厚厚的「葉」，這個詞很適合用於肝、肺及脂肪。從外形而言，一張乾燥的薄片似的葉子 leaf，它的單詞中的 f 音和 v 音，都是壓縮發出來的 b 音。葉片 lobe 這個單詞輔音是 l、b，流音 l 陪襯著柔和的 b 音，並推動著它。在地球 globe 這個單詞中，g、l、b 是輔音，喉音 g 用喉部的容量，從而增加了詞的份量。鳥雀的羽毛也是葉狀的，但它更乾更薄。由此，你能從土壤中笨拙的蟒蜍想像到活潑飛舞的蝴蝶。我們的大地在不停更新，自我超越，它在自己的軌道上展翅起舞。甚至連冰，也是以精巧晶瑩的葉狀開始的，好像它是從一種模型雕刻而來的，而那模型，便是湖水中的植物。一棵樹也不過由一片樹葉擴生而成，河流是更大樹葉的葉脈，葉子的汁液流經大地，而鄉鎮和城市，則像附著於葉脈上的蟲卵。

夕陽西落時，沙石停止了流動。第二天清晨，它又開始流動，一道一道地，分割成億萬條川流。或許，你從這裡可以了解血管形成的原理。如果你仔細觀察，就會發現，在那溶解體中，流出一道軟化的沙流，它的前端呈現水滴狀，像指尖的指腹部分，緩慢而無目的地順勢流下，直到後來太陽升起，它吸收了更多的熱量和水分。那較大的水流，為了遵循自然規律，

與呆滯的水流分道揚鑣，形成一道曲折迂迴的渠道或血管，一條銀色的川流活躍其中，好像一道閃亮的小溪，在泥沙形成的枝葉堆上流過，途中它又不斷被細沙吞沒，直至消失。

那些細沙，不僅流速快，而且集合得十分完美，把最好的細沙都集中在渠道的兩邊，令人稱奇。或許，這就是河流源遠流長的原因吧。大概骨骼系統便由水分和矽組成，而肌肉纖維或纖維細胞，則是由更精細的泥土和有機化合物組成。人不就是一團溶解的泥土嗎？人的手指和腳趾的頂端，就是凝結的水滴。手指和腳趾，就像從身體的溶液中流出，流到極限而形成了人體。在一個生機勃勃的環境中，人的身體還會擴張和流動到何種程度？手掌就像一張舒展的棕櫚葉，葉片和葉脈一應俱全；耳朵就是一種苔蘚，懸掛在頭兩邊；耳垂如葉片或水滴；嘴唇的上下兩邊都重疊又懸垂著。顯然，鼻子就像一個凝聚的水滴或鐘乳石，下巴則是較大的水滴，整張面孔聚合在這裡。臉頰像斜坡，從眉梢進入臉的山谷，直逼而下，廣布在顴骨的平原上。植物的每一片葉子，正是一滴流動的水滴，它們或大或小，都是葉片的手指，有多少碎片，就有多少流動方向。溫度越高，水滴流動得越開闊遼遠。

這樣看來，這個小山溝邊發生的故事，圖解了自然萬物的活動法則。大地的創造者，專注著創造葉子的形式。也許，埃及象形文字的考古大師香波亮，能夠為我們解答這個圖案的意義，使我們翻到新的一篇？這一現象帶給我的欣喜，遠大於擁

有一個富饒的葡萄園。是的，從其性質說，這是排泄：從肝、肺臟、腸子的排泄，無窮無盡，好像大地內層被翻轉過來。這起碼可說明，大自然是有內臟的，而且，它是人類之母。

　　整個大地，染上了一層白霜，霜總是先於萬物復甦。百花盛開的春天到來，就像神話的產生先於詩歌一樣。我不知道，在經歷冬天的霧靄和消化不良之後，還有什麼能蕩滌這一切。它讓我相信，大地還是一個襁褓之中的嬰兒，依然四處伸展著它嬌嫩的手指。它光禿的額頭上，開始生長出新的捲髮。萬物皆有靈。路基上的葉狀圖案，好像火爐中的熔渣，它代表大自然內部之火仍在旺盛地燃燒。大地並不是一部逝去的歷史的片段，它像重合的書頁，層層疊疊，供地質學家和考古學家們去研究探索。大地就是一首生動的詩歌，好像一棵樹的樹葉，先於花朵和果實而生。地球不是化石，而是一個生機勃勃的星球。所有的動植物，都只是寄生在地球上。一場劇烈的地震，就能把我們的屍骨從墳墓中拋出。你可以將金屬熔化，鍛鑄成你喜歡的美麗形體，卻無法像大地溶液生成圖案一樣，讓我興奮驚喜。不僅大地如此，而且所有的制度，都像陶器工人手中的黏土一樣，具有可塑性。

　　不久，不僅湖畔，而且每座小山、平原和洞窟，都披上了一層白霜，如同一隻四腳動物從冬眠中甦醒過來，在奏鳴聲中去尋覓著海洋，或者要消逝在雲中。融雪那柔和的力量，比攜帶錘子的雷神要大，溫柔使堅固的物體也慢慢溶化，而猛擊只

會使物體粉身碎骨。

　　大地上的積雪，一部分已經消融，接連的幾個溫暖天，都把大地晒乾。這時，再看新一年的萬物復甦的柔和景象，真是一件讓人愉快的事情。特別是與那些走過冬天依然翠綠的植物相比，長生草、黃色紫苑、針灸草和其他高雅的野草，在這時往往比在冬天時顯得更加鮮明有個性，好像它們的美，不經過嚴冬的考驗無法成熟似的。棉花草、貓尾草、毛蕊花、狗尾草、繡線草、草原細草，以及其他枝莖強健的植物，為早春的飛鳥提供啄之不盡的糧倉。至少，這些雜草，是大自然嚴冬過後最初的點綴。我尤其喜歡羊毛草的穹隆像禾束一樣的頂部，它將夏天帶進冬天的記憶中，那也是藝術家喜歡描繪的形態，而且，在植物世界裡，它的形態極符合人類的想像力，好像星象學與人心智的關係一樣。它的古典風格比希臘和埃及更古老。冬天的景色往往暗示了不可言傳的柔和和美麗，它常被描繪成粗暴狂烈的君主，而事實上，它正用情人般的溫柔，為春天的樹木喬裝打扮。

　　春天到來時，一對對赤松鼠躥到我的屋簷下。在我閱讀和寫作時，牠們就躲在我的腳底，連續地發出奇怪的嘰咕聲，要是我蹬幾下地板，牠們的叫聲更高，絲毫不怕人，無視人類的禁令。牠們絲毫不理會我的禁令，甚至對我大叫示威，我束手無策。

　　春天的第一隻麻雀來了。新年又到了，在嶄新的希望中來了。開始，從一些光禿而溼潤的田野上，傳來青鳥、籬雀和紅

翼鶇的微弱叫聲,信念冬天最後的雪花在零落的聲音。這時,歷史、編年紀、傳說和啟示錄的文字,它們的意義何在?小溪迎著春天高唱著它的讚美詩,蒼鷹在原野上空飛翔,牠開始尋覓甦醒的脆弱動物。在山谷中,能聽到雪化的滴答聲,湖上的冰塊悄然融化。而野草,像春天的火焰,迅速燃燒、蔓延開來,好像大地將內在的熱力釋放出來,迎接著太陽的來臨。

但這火焰不是黃的,而是綠的,它是永恆青春的象徵,那草葉像一條長長的綠色飄帶,從泥土裡冒出,然後飄入夏季。是啊,它曾被霜雪壓過,但它不久就從地下發芽 —— 從去年乾枯的長莖中,勃發出新的生命!它就像泉源的水,汨汨著從地裡冒出。小草與小溪,幾乎融為一體,因為在 6 月的炎夏中,小溪漸漸乾涸,草葉則會鋪滿它兩岸的小道。歲月輪迴,有無數牛羊在這永恆的綠色溪流上喝水。到那時,人們在此割草以備過冬,即便人類的生命滅絕,野草也不會滅絕,它的新生命一輪又一輪,依然生機勃勃,它的永恆,如同那綠色的草葉。

此時的瓦爾登湖,已全部融化了。湖畔的北邊和西邊,有一條兩桿寬的運河,東西兩邊更寬闊。大部分的冰,已從冰層分裂。我聽到湖畔灌木叢中傳來籬雀的嘰喳叫聲:「噢里、噢里……嘰喳、嘰喳……恰恰、餵食、餵食……」,牠們似乎在為冰塊的破裂歡呼吶喊。冰層斷裂的曲線十分美麗,跟湖岸的曲線相呼應,但是冰層的曲線很規則。因為近日曾有一個短暫的嚴寒時期,所以冰層異常堅硬,冰面上結起的波紋,好像一

座王宮的地板。春風拂過，冰塊被向東吹去，直把遠處的水波吹起一片漣漪。湖水好像一條緞帶，在陽光下閃閃發光。湖面上，蕩漾著青春和快樂，好像魚水之樂，湖岸細沙的歡樂好像也蘊含在其中了。湖光閃閃，波光粼粼，整個湖變成了一條快樂的魚兒。冬春兩季的不同，盡在其中。瓦爾登湖彷彿死而復生。而且，今年春天，湖水融化的時間顯得更加漫長。

　　從天寒地凍到和風吹拂，從冰冷黑暗到春光明媚，這種轉變昭示我們：天下萬物的生長都值得珍惜和紀念。最後，它好像一夜就席捲而來。突然來臨的溫暖和光明，也把我的屋子照亮了。雖然那時黃昏將近，而且天空還布滿了冬天的灰雲，屋簷還滴落著雪融化後的水珠。我從窗口望去，啊，昨天那個地方還是灰色的寒冰，今天就已變成一泓如鏡的湖水，平靜得宛如夏天的傍晚，充滿希望。在它平滑如鏡的湖面上，映照出夏天的黃昏，雖然上空並沒有飄浮著夏天的雲朵，但它彷彿已與遠方的天空心靈相通了。我聽到遠處一隻知更鳥在啼叫 —— 好像很久沒聽到牠的叫聲了。縱使牠的叫聲已越過了幾千年，但我依然對牠刻骨銘心。牠的歌聲永遠那麼甜蜜而高亢，和往日的一樣。噢，牠們是夕陽暮靄中的知更鳥，在新英格蘭夏天的夜空下，正在歌唱。我多麼想找到降落的那棵樹，找到牠棲息的樹枝。

　　我房子周圍林立著枯萎很長時間的蒼松和矮橡樹，突然間它們又煥發出勃勃生機，看上去更鮮亮、青翠、挺拔、生機盎

然，彷彿它們被雨水清洗過重新容光煥發了一樣。我知道再也不會下雪了。因為森林中每一個枝椏上都不再有積雪，而且從那堆逐漸減少的燃料上推測，你就可判斷出冬天有沒有過去。天色漸晚，我被低飛過森林的大雁驚起，牠們像從南方湖上飛來的疲倦旅者，匆匆來到，相互安慰、訴苦。我站在門口，能聽到牠們搧動翅膀的聲音。牠們向我的房屋方向走近時，突然發現燈火通明，聲音忽然停下來，然後牠們盤旋而去，飛向湖畔。於是，我關了門，在樹林中度過我的第一個春夜。

　　次日清晨，我望著霧靄中的大雁在 50 桿以外的湖心徘徊，牠們多而雜亂，瓦爾登湖好像成為牠們嬉戲的人造池子了。但當我走到湖畔，牠們的頭目立即發出信號，於是 29 隻大雁全體搧動翅膀很快起飛，列成整齊的隊形，在我頭頂盤旋一圈，直飛向加拿大。牠們的頭目，每隔一段時間便發出一聲鳴叫，似乎是通知牠們，該吃早飯了。於是，一大群野鴨也同時起飛，隨著聒噪的大雁向北飛去。甚至有一週，我能聽到一隻掉隊的孤雁，在霧氣濛濛的清晨盤旋、啼叫，尋覓夥伴，牠的哀鳴，孤單而淒涼，使森林都難以承受。

　　4 月，鴿子一群群地飛來。此時，我聽到林中空地上好像有燕子嘰喳的聲音。而事實上，牠們並非燕子，燕子一般在鄉鎮待太久了，才飛到我這裡來。我認為，牠們也許是古代鳥類的後裔，在白人來到這片土地之前，它們就棲息在樹洞中。無論在什麼環境下，烏龜和青蛙都是春天的前驅者和信使，而歌唱

的鳥雀，則撲扇並梳理著自己的羽毛，植物破土而出，花朵爭相開放，春風吹拂。所有這些，好像都為兩極的協調，為大自然的平衡做著自己的努力。

我認為，每個季節都有其妙處。春天到來，彷彿混沌初開，宇宙創世，像黃金時代的再現：

當春風退到奧羅拉和納巴泰王國，

退到波斯和清晨曙光下的山岡。

人類誕生了。終究是主創造萬物，

為了世界更美好，主用神的種子創造了人。

大地剛和天空分離，

而將人的種子保留在大地。

一場和風細雨，使青草青翠欲滴。當美好的思想融入腦海，我們的未來將更加光明。如果我們經常活在當下，珍惜身邊的事物，就像青草不會浪費最小一滴露水給它的影響。我們不要惋惜機會已去，卻把時間浪費在抱怨中，而應意識到自己的責任。春天已經來了，我們為何還要停留在冬天？在一個快樂的春天的早晨，所有人類的罪惡全部得到寬恕。在這樣的日子裡，罪惡全部消融。陽光如此溫暖明媚，即使惡人也會悔過自新。因為我們自身恢復了純潔，我們才能看到鄰人身上的純潔。也許昨天，你還把你的鄰居看作小偷、酒鬼、好色之徒，不但可憐他，而且輕視他，同時你會變得非常悲觀。但當溫暖

的太陽升起，在春天的第一個黎明時普照並重新創造世界時，你遇到正在做清潔工作的他，看到他衰敗縱慾的血管中滿溢著愉悅和歡樂，正靜靜地祝福這個新的春天，好像純潔的嬰孩一樣，感受到春天的到來，你就會立即忘記他曾經的錯誤。不僅他渾身上下充滿了善意，甚至周圍還環繞著一種聖潔的風，在尋找機會表現出來。也許這種感覺有些盲目和徒勞，但似乎是一種新的本能。頃刻間，向陽的山坡上，粗俗的笑聲不再迴盪。凹凸不平的樹皮上，生長著純潔的枝椏，尋覓著新的生活，樹葉的顏色柔和而新鮮，猶如一棵幼樹。他甚至已經感受到上帝恩賜的喜悅。為什麼獄吏不打開牢獄之門？為什麼法官不撤銷手上的案件？為什麼布道的人不宣告布道結束而讓民眾散開？這是由於這些人不按照上帝的指令做事，也因為他們不準備接受上帝恩賜給人類的寬恕。

「牛山之木嘗美矣，以其郊於大國也，斧斤伐之，可以為美乎？是其日夜之所息，雨露之所潤，非無萌蘗之生焉，牛羊又從而牧之，是以若彼濯濯也。人見其濯濯也，以為未嘗有材焉，此豈山之性也哉？」

「雖存乎人者，豈無仁義之心哉？其所以放其良心者，亦猶斧斤之於木也，旦旦而伐之，可以為美乎？其日夜之所息，平旦之氣，其好惡與人相近也者幾希，則其旦晝之所為，有梏亡之矣。梏之反覆，則其夜氣不足以存；夜氣不足以存，則其違

禽獸不遠矣。人見其禽獸也，而以為未嘗有才焉者，是豈人之情也哉？」

黃金時代初創之時，世上沒有復仇者，沒有法律，而人們自覺遵守忠誠與正直。

從來沒有懲罰和恐懼，

也沒有高掛起的黃銅上的恐嚇文字。

懇求的眾生，對法官的判詞從不焦慮，

世上的一切都很平安，世上沒有復仇者。

高山上的茂密松樹，從未被砍伐，

水波可任意地流向異國。

人類只知道自己的國家，

並不知道還有其他異域的存在。

這裡春光永在，永不消逝，

徐徐的和風，溫暖地吹拂著，

還有鮮花，無須播種就自然發芽。

4月29日，我到九畝角橋附近的河畔釣魚。我站在有麝香鹿出沒的搖曳的青草地上，站在柳樹下。我聽到一種奇怪的響聲，像小孩手指敲打木棒發出的聲音，抬頭一看，是一隻小巧美麗的鷹，時而如水花似的飛旋，時而猛然一下翻身俯下一兩桿，如此輪番交替，在陽光下展示牠翅膀的內側，閃閃的像一條緞帶，還像貝殼內層閃亮的珠光。這情景讓我想起鷹擊長

空、捕捉禽鳥的技術，多少詩人曾為牠寫過詩歌啊！這種鷹，好像叫灰背隼，我不在意牠叫什麼。這是我所見過的最矯健的飛翔。牠並不像蝴蝶那樣翩翩起舞，也不像巨大的鷲鷹那樣扶搖直上，牠自豪地在空中嬉戲，發出奇怪的咯咯聲，飛到高空，自由而優美地來一個俯衝，如鳶鳥般連連轉身，繼而直衝上雲漢，好像從不想降落。

看到整片天空中沒有牠的同伴，牠便獨自嬉戲，有空氣和黎明相陪，牠彷彿也不需要夥伴相陪。牠並不孤單，反而下面的大地異常孤寂。牠的母親在哪裡呢？牠的夥伴呢？還有牠的父親呢？牠在天空中居住，這似乎是牠和大地唯一的連繫，牠曾是一個鳥蛋，在岩縫中被孵化。或許，牠故鄉的巢穴，就在雲中的一角，用彩虹做裝飾，以夕陽的天空為背景，還有地面浮起的仲夏的薄霧。或許，牠的家就在雲中的懸岩上。

另外，我還捕到了一堆杯形魚，牠們身上有閃亮的金銀色，像一串珍寶。無數個早春的清晨，我走近這些草地，在小山丘間跳躍，在很多柳樹間來回走動，純淨、璀璨的陽光，照耀著壯美的河谷和森林，如果死者真像別人想像的那樣，只不過是在墳墓中長眠，那麼他們肯定也會被這陽光喚醒，根本不必什麼有力的證據來證明自己的不朽。萬物沐浴在陽光之下。死神，你的光芒在哪裡？墳墓，你又有什麼勝利？

如果沒有森林和草原圍繞，那麼鄉村生活將是多麼枯燥乏味！我們需要曠野的滋潤，跋涉在隱匿著山雞和鷺鷥的沼澤地

區，傾聽著射鷸的叫喚聲，嗅著薰衣草的氣息，那是一些孤獨的鳥築巢的地方，而肚皮貼著地的貂鼠，爬行著悄悄過來。在我們熱情地向大自然學習時，我們多麼希望萬物永遠神祕不可測，希望大地和海洋永遠不失野性，不經勘察也無法測量，因為它們是深不可測的。對於大自然，我們永不厭倦。我們需要從它永遠不滅的精神得到力量，從海洋和海岸的殘舟碎片，從無垠的生意盎然的曠野，以及生長的腐朽林木，從生出雷電的烏雲，從連綿不斷地降雨3週所致的水災中，從所有這一切中，得到力量。我們必須超越自己的局限，應選擇到一些從未去過的牧場，過一種自由舒暢的生活。

當看到鷲鷹吃著令人作嘔的腐屍，牠因此得到力量時，我們應該高興。在回我的小木屋的途中，有一匹死馬，一直躺在洞穴裡面，牠散發的氣味逼得我只能繞道而走，特別是在夜晚空氣沉悶時。現在我得到了很好的補償，我相信大自然強壯的胃口與不可摧毀的健康。我喜歡大自然勃勃的生機，它能經受得住無數生靈相互搏鬥廝殺，力量薄弱的動物，就像軟漿一樣被榨掉了。蒼鷺一口就吃掉了蝌蚪，烏龜和蛤蟆在路上會被車輪碾成爛泥。雖然有時這樣的殘殺搞得屍橫遍野，鮮血淋漓，險象環生，但我們也不必太在意。在智者的眼中，宇宙萬物都是清白無辜的。毒藥不一定有毒性，遍體鱗傷不一定能致命。不必憐憫，因為它不可靠，它稍縱即逝，經不住時間的考驗。

5月初，橡樹、胡桃樹、楓樹，以及其他樹，從沿湖的松

林中長出新的枝葉，像陽光一樣，為景色錦上添花。特別在多雲天，太陽好像撕破了雲霧，微弱地照耀著小山。5月3日或4日，一隻潛水鳥在湖裡上下潛伏。在這月的第一週，我聽到夜鶯、棕鶇、威爾遜鳥、美洲小鶲，以及其他鳥類的叫聲。我早就聽到林中棕鶇的叫聲，而小鶲則不時地飛到我的窗前張望，大概是看我的木屋能否做牠的圓桌。牠一邊急促地拍著翅膀，在空中停留，一邊緊緊地抓著爪子，好像空氣在托著牠，同時牠還不忘仔細地打量我的屋子。蒼松硫磺色的花粉，很快就鋪滿湖面，圓石以及湖畔腐朽的樹上，也都撒上了，多得能裝滿一桶了。這就是人們所聽的「硫磺雨」。甚至在迦梨陀娑的劇作《沙恭達羅》中，我們也讀到了「荷花的金色粉末染黃了小溪」的句子。季節就是這樣流轉，夏天時，人們就開始在日益長高的草叢中漫步……

　　我第一年的林中生活，就是這樣。第二年的生活也是這樣。1847年9月6日，我最終告別了瓦爾登湖。

冬日漫步

　　微風輕拂，吹過百葉窗，輕柔如羽毛。偶爾，它也像幾聲嘆息，我不禁想起夏日漫漫長夜裡風輕撫樹葉的聲音。草地上，田鼠正在地洞裡舒適地睡著，貓頭鷹在沼澤地深處的一個空心樹裡蹲著，兔子、松鼠、狐狸都躲在家裡安居。看門的狗在暖爐旁靜靜躺著，牛羊在欄圈裡無聲地站著。就連大地都在沉睡，但這不是死亡，而是辛苦一年來首次安然入睡。時值半夜，大自然仍在忙碌不停，但只有街上的商店招牌和木屋的門，在隱約嘎吱作響，為寂寥的大自然增添一些慰藉。茫茫宇宙，唯有此音，預示著在金星和火星之間，天地萬物還沒有完全入睡。給我們一種似遠又近的溫暖，以及神聖的歡欣和難得的深情，但這種境界在天神們互相往來時才有領略，凡人往往耐不住這荒涼。大地酣睡時，空氣仍活躍，鵝毛大雪紛紛落下，彷彿北方的五穀女神，正向田地裡撒下銀色的種子。

　　我們也入睡了。一覺醒來，正是冬天的早晨，萬籟俱寂。雪下得很大，窗櫺上好似鋪了溫暖的棉花，窗格子顯得寬了，玻璃上結了冰紋，光線黯淡而神祕，室內變得溫馨舒適。早晨的寧靜，讓人難忘。走向窗口，木板在腳下咯吱作響，透過一處沒被冰霜封住的地方，眺望遠處的田野；屋頂被白雪覆蓋，屋簷下、籬笆上都纍纍地掛滿像鐘乳石一樣的雪條；院裡立起

很多像石筍似的雪柱，雪柱裡是否蘊藏著什麼東西？沒人知道。樹木的白色枝幹，四處伸展，指向天空。牆壁、籬笆，形態奇妙，在昏暗的大地上，它們跳躍著，向左右延伸……似乎在一夜之間，大自然就把田野風光重新做了設計，以讓人類的藝術家臨摹。

悄悄拔去門閂，雪花飄然而入。走到屋外，寒風撲面，刺骨激髓。星星有些黯淡無光，地平線上籠罩了一層陰沉朦朧的薄霧。東方出現一束古銅色的光，預示天要亮了。然而，西方天空的景色，仍然模糊，一片幽暗，無聲無息，影影幢幢，非比人間。傳到耳邊的聲音，有點陰森可怕。雞鳴犬吠，木柴的砍劈聲，牛群的低鳴聲……一切好像，好像陰陽河對岸冥王的農場裡發出的聲音。不是說這些聲音淒涼，只因天色未明，所以聽來很神祕可怕些，不似人間。院子裡的雪地上，狐狸和水獺所留下的足跡是新的，這些提醒我們：即使是在冬夜最寂靜的時候，自然界的生物都時刻在活動著。牠們在雪上留下足跡。打開大門，邁著輕快的步伐，踏上僻靜的鄉村小路。雪又乾又脆，腳踏上去發出破碎的聲音。早起的農夫，駕了雪橇，到遠處的市場趕早市。這輛雪橇，整個夏天都在農夫的門口閒置，與木屑稻梗為伍，此刻它卻有了用武之地。它那尖銳、清晰、刺耳的聲音，對於早起趕路的人，造成提神醒腦的作用。透過堆滿積雪的農舍窗戶，可以看見農夫點起蠟燭，像一顆黯淡的星，散發出孤寂的光，好像某種簡樸的美德在作晨禱。接

著，樹際和雪堆之間，炊煙裊裊升起。

　　大地冰封，農夫劈柴聲，雞鳴狗吠聲，陣陣入耳。稀薄乾冷的空氣，只會把那些尖銳的聲音傳入我們的耳中，短促而悅耳，像至清至輕的流體，波動很少，因為裡面的晶體硬塊很快沉到底下去了。地平線遠處傳來的聲音，清晰響亮，像是鐘聲的。冬天空氣清明，不像夏天那樣的多雜質阻礙，因此聲音聽起來，也不像夏天那樣毛糙模糊。腳下冰封的土地，鏗鏘有聲，像叩打堅硬的古木的聲音。即便是平凡的鄉村聲音，此刻聽來都那麼悅耳。樹上的冰條，互相撞擊，聲音如流水，似音樂。大氣裡面一點水分也沒有，水蒸氣不是乾化，就是凝結成了霜，空氣十分稀薄而有彈性，人呼吸其中，感到心曠神怡。天似乎繃緊了，往後收縮，向上望去，感覺置身於大教堂中，頂上是一塊塊弧狀的屋頂。空氣中閃光點點，好像有冰晶沉浮在中間。據在格陵蘭住過的人告訴我，結冰時，「海就冒煙，正如大火燎原，霧氣升騰，稱為煙霧。這種煙霧有害健康，會使人的手和臉生瘡腫脹」。這的空氣，雖然寒冷刺骨，但質地清純，可提神醒腦清肺。不要把它當成凍霜，而應把它看作夏天霧氣的結晶，經過冬天的洗滌，變得更加純淨了。

　　到了冬天，大自然更像一個櫥窗，裝滿各種乾枯的標本。它們按照各自生長的規律和次序，被安排得井然有序。草原和樹林，成了一座植物標本館。在空氣的壓力下，不需要用螺絲釘或膠水來固定。樹葉和野草，保持著完美的形態。鳥巢，並

沒有建在人工的樹枝上，雖然它們已枯萎，但那也是真樹。

　　閒逛時，烏雲密布，雪花紛紛落下，越下越大，遠處的景色，漸漸從視野中消失了。雪花落在每一棵樹上，每一寸土地上，它們無孔不入，其足跡遍布河流、湖畔、小山和山谷。

　　在這個平和的時刻，四腳動物們都躲藏起來，小鳥在巢中休息，周圍一片寂靜。但是，漸漸地，山坡、灰牆和籬笆、光亮的冰，以及枯葉，本未被埋住的，現在都被白雪覆蓋，人和動物，都銷聲匿跡了。大自然，不費絲毫力氣，又重申了它的規則，把人類行為的痕跡抹擦得乾乾淨淨。讓我們聽聽荷馬的描述：

　　「冬天裡，雪花飄落，厚重快速。風漸漸平息，雪仍下個不停，覆蓋了山頂和山丘，覆蓋了長著酸棗樹的平原和耕地。它也會落到波瀾壯闊的海灣，但又悄悄地被海浪吞噬。」

　　白雪覆蓋所有事物，把它們深深裹在大自然的懷抱，像夏季裡某些植物的藤，爬上寺廟檐和堡壘的角樓，征服了人類的藝術品。

無原則的生活

　　親愛的讀者，我想對你說一些事情。既然你是我的讀者，我也不再是一個旅行者，我就不再講千里之外的人們，我還是說說你我身邊的事吧。由於時間關係，我就不說什麼恭維話了，直接說出我的觀點。

　　讓我們想想，我們每天都是怎麼度過的？

　　這是個充滿交易的世界，忙碌不停。幾乎每晚，我都會被機車的隆隆聲吵醒，機車的隆隆聲擾亂了我的清夢，讓我永無安息的日子。人們好好休息一次，成為無上榮幸的事。人們除了工作，還是工作、工作。我都很難買到一本空白本子，以寫下我的思想了，它們全被美元和美分占領。一個愛爾蘭人看見我在田裡發了一分鐘的呆，就認為我是在計算薪水。倘若一個人在嬰兒時被扔出窗外，因此一生跛足，或是被印第安人嚇得魂飛魄散，那麼他唯一的遺憾，就是喪失了打拚事業的能力。我認為，沒有什麼，相比犯罪，永無休止的工作更與詩歌、哲學，以及生活背道而馳。

　　在我們小鎮的郊區，有一個粗俗暴躁、只知道攬財的人，他打算在山下沿著牧場的邊緣建起一圈圍牆。這個念頭促使他去作惡，他希望我能花三個星期陪他挖地基。這樣做，他也許能得到更多的錢，去支付膳宿費並且留給子孫後代。如果我幫

了他，大多數人會稱讚我勤快，但如果我做某些賺錢雖少但真正有意義的勞動，他們就視我為懶漢。不過，我不想受這沒意義的勞動的束縛，也不需要得到來自工作，或者來自政府企業的讚揚。我不想為了愉悅他們，而失去了自己的快樂。還有，我不想只待在一個學校，我寧願在不同的學校受教育。

如果一個人因為喜歡山林而每天在那裡散步，他就會被人指責為懶漢。但如果他作為一個投機商在砍伐森林、剝光土地這種事上度過一天，他就會被稱讚勤勞上進。似乎城鎮並不需要森林，所以不在乎砍掉它。

如果有人僱你做這種事：把石塊從牆內扔到牆外，再從牆外扔回來，以此獲得薪水，那麼大多數人感到受了侮辱。但確實，很多人在受僱時都難得到尊敬了。比如：在一個夏日的清晨，太陽剛剛升起，我看到一個鄰居走在他的牲口旁，牠們正慢慢地拉動車軸底下轉動的笨重鑿石。周圍籠罩著一種工業的氣氛。一天的工作開始了，他的額頭滲出汗珠，嘴裡咒罵著所有遊手好閒的懶鬼，拍拍並排走的牛的肩膀，半轉過身，稱讚手中仁慈的皮鞭，在他手裡，這些鞭子物盡其用。

我想，這就是美國國會要保護的勞動：誠實、辛勤，誠實如白晝之長，這使麵包香甜，使社會保持和諧，所有人都相互敬重，樂於奉獻，只需要這一支聖隊去做必要而煩人的工作。而我感到有些羞恥 —— 因為我從窗裡看著這一切，並沒出去做這些工作。一天結束了，晚上，我經過另一個鄰居的院子，

他有很多僕人，他隨意揮霍金錢。他並沒有為普通股做什麼貢獻，在那我看到了早上的石頭，它躺在一個古怪建築的旁邊，裝飾著蒂莫西‧德克斯特勛爵的房屋。在我看來，趕畜人的勞動瞬間失去了尊嚴。我認為，發光的太陽比他更辛苦。或許說，他的雇主已經跑了，欠了鎮裡好多帳，在衡平法院傳喚之後，已經移居別處，在那裡又成了一個藝人贊助商。

　　獲取金錢的方法，幾乎都會讓人墮落。不擇手段地賺錢，只會讓人活得空虛甚至更糟糕。如果一個員工，除了薪水以外，什麼也得不到，那他就是被騙了，他自己也在自欺欺人。倘若你想以作家或演講家的名義賺錢，那麼，你必須先使自己受歡迎，而這是赤裸裸的墮落。社會上那些樂意支付給你薪水的服務，其實是最不願提供報酬的職業。你得到的報酬總是比別人少。這個國家，已不再明智地獎勵天才了。即使是桂冠詩人，也不願去參加皇室的活動。必須先賄賂他一大桶酒，也許另一個詩人也得從他的繆斯身邊召來，去測量那個超大號的酒桶。

　　說到我的工作，縱使我用最大的熱情去測量，我的雇主也不會滿意，他們反而會說我的工作劣質粗糙，還不夠好。當我發現另外一種不同的測量方法時，那些雇主就紛紛問我，哪種方法可讓他們得到最多的土地，而並不問我哪種方法是最正確的。我曾經發明了一種測量堆積木的規則，想把它引進到波士頓，但那裡的測量員告訴我，那些賣家並不想精確地測量木頭。

　　勞動者的目標，不該只是為了活著，或是為得到一份「好

差事」，而是如何出色地完成某項工作。從金錢的角度講，這也會使城鎮合理地支付勞動報酬，讓人們就覺得，單就生計方面講，他們不是在向低處走，而是走向更科學，甚至更道德的發展方向。不要僱傭那些只為了錢而為你工作的人，而應該僱傭那些真正熱愛這份工作的人。

但值得注意的是，很少有人被這樣僱傭，有點思想的人，用一點錢，或是名利，就足以把他們買下，使他們從當下的追求中墜落。我看過拍給年輕人的廣告，似乎只有青春活力是年輕人的資本。我還驚訝，有人居然很有信心地邀請我去他那裡工作，他是個成熟的男人，事業有成，好像在他看來，在此之前我什麼都沒做，到現在為止，我的生活已經徹底失敗一樣。這是對我有質疑的討好啊。就好像他在乘風破浪沒有阻力地穿越大洋的途中，遇見我，極力讓我和他一起走。如果我答應了，你認為那些承銷商會怎麼說？不，在這段航程中，我不是沒有工作。老實說，當我還是個小男孩，在我家鄉的港口閒逛時，就看到過應徵熟練水手的廣告，一到可以當船員的年齡，我就來了。

在社會上，沒有一件賄賂可以誘惑那些有智慧的人。你可以籌集足夠的錢在山上開鑿隧道，但你永遠籌不到足夠的錢，去僱傭一個專注於自己事業的人。有能力有價值的人，會做他自己能做的事情，無論有無回報；無能的人將他們的低能貢獻給買家，並滿懷期望能坐到辦公室。可以想見，他們必定會失望。

也許，我比一般人更在乎自己的自由。我認為，自己和社會的關係微弱而短暫。那些足以維持我生計，讓我感到對別人有價值的簡單而輕微的勞動，對我來說更有吸引力，也是我的一種樂趣。並沒人提醒我，那些勞動是必須要做的。到目前為止，我很成功。但是我可預見，如果我的欲望增加，滿足欲望的勞動將會變成苦差事。如果我把自己的上午和下午全都出賣給社會，像大多數人那樣，我敢肯定我活著就沒什麼意義。我堅信，我一定不會將自己與生俱來的權利出賣給眼前的蠅頭小利。我想告訴大家的是，一個人可以既勤勞也不浪費時間。沒有比在養家餬口上浪費生命的大部分時間更愚蠢的事了。所有偉大的企業家都很自立。比如，詩人以詩歌養活自己，就像一臺蒸汽滑行機，要用自己生產的木屑填充鍋爐一樣。你必須用愛而活。但正如商人所說，100 次中會有 98 次失敗，以此為標準，人們的生活多是失敗的，破產也在意料之中。一個人來到這個世界，如果只是為了當財產繼承人，那麼他還不如不出生。慈善機構和政府養老金的支持，使你能繼續活著，說到底，也只是靠救濟院生活罷了。週日，貧窮的債務人來到教堂，算算口袋裡的錢，一定會發現自己又入不敷出了。尤其是在天主教堂裡，他們走進衡平法院，做一個深刻的懺悔，放下所有包袱，想著東山再起。人們總是只仰面朝天，嘴裡談論著失敗，卻從來不想著努力爬起來。

　　人們為自己的生活制定了不同層次的要求，大體有這兩種：

一種是滿足於取得和別人同一層次的成功，但這種成就往往會被迎面而來的挫折擊敗；另一種是無論生活有多少低潮和失敗，都會不斷提高自己的目標，即便他的目標是異想天開。當然，我選擇成為後者，雖然東方人說：「偉大永遠不會垂青於那些不求上進的人，眼高手低的人總處於貧窮當中。」

需要指出，說到謀生時，沒什麼值得大書特書的。怎樣謀生，不僅是誠實光榮的事，而且是獨具魅力的事。因為如果不是這樣，就沒有必要活著了。也許有人認為，透過閱讀名著，某個問題就不必一個人苦思冥想了。人們是否討厭說出自己的經歷？金錢教給我們的珍貴一課，就是：我們總是傾向於全盤忽略。關於謀生的方法，我很驚奇，各階層的人都在思考這件事，甚至那些所謂的改革家，無論繼承、賺取，還是搶劫。我認為，在這方面，社會什麼也沒為我們做，至少它沒有做他能做的事。

這個標題的明智在於，在大多數情況下會被誤用。倘若一個人不知道如何比他人過得更好，他怎麼成為一個明智的人？倘若他只是更奸詐狡猾呢？一份蹬車輪的工作，智慧還有用嗎？或者說，智慧只是在以自己為榜樣，教大家怎樣成功？有沒有這樣一種東西，它像智慧但不適用於人們的生活，它只是磨碎最強邏輯的磨坊主？就像問柏拉圖，他是否比同時代的人過得更好更成功，因為他的姑姑在遺囑裡提到了他？多數人謀生的方法是：活著。但這只是權宜之計，是對生命真諦的逃避。

主要因為是他們不知道人生的真諦，部分原因是他們不想知道得更合理些。

比如，加州的淘金熱，不僅商人，連那些和淘金相關的哲學家和先知們，也持此態度，從而反映出人類最大的恥辱。這麼多人，都想靠碰運氣生存，以此來獲得命令倒楣蛋勞動的地位，而無需對社會有任何貢獻。這就是企業。沒有比不道德的交易，更讓人產生吃驚的發展了，而這恰恰是謀生所用的慣用伎倆。這種人的哲學、詩歌和信仰，連塵菌上的塵土都不值。那些靠寄生、煽動國家生存的貪婪者們，最終會為自己的行徑感到羞愧。如果我動動手指，就能調遣世界上的所有財富，我不會為此付出如此大的代價。甚至穆罕默德也知道，上帝不是隨便創造世界的。上帝就像一位有錢的紳士，灑下一把錢，就是為了看看人類怎麼搶奪它們。這是怎樣的一個時代啊，多麼諷刺，就在我們的制度下產生的，它的結論是：人類將會在樹上自縊而死。

《聖經》上的戒律，就教會了我們這個嗎？人類最新最偉大的發明，就只是一個改良的糞耙嗎？這就是東方人和西方人相會的陸地嗎？上帝是這樣管理我們，為了謀生，就去挖從未種植過的土地，以此謀生嗎？而且，他為此還可能獎勵我們金子嗎？

上帝賜給正直的人一個證書，使之有權得到食物和衣服。但邪惡的人，在上帝的金庫中發現了同一個摹本，於是順手牽

羊，像正直的人那樣，得到了食物和衣服，於是產生了這個世界最龐大的偽造系統。因為對黃金的渴望，人類已經遭受了多少痛苦？我知道，金子的延展性很強，但比不上智慧的彈性；一粒金子能讓物體鍍上一層漂亮的表皮，但它不如智慧帶給人的光輝。

　　山谷裡的淘金者，多得像舊金山酒吧裡的賭徒。搖晃泥土和擲篩子，有什麼不同嗎？如果你贏了，社會就失敗了。無論有什麼支票和報酬，淘金者都是誠實的勞動者的敵人。你告訴我，努力工作但得到黃金還遠遠不夠。魔王努力工作也是如此。違規者的道路，在很多方面也許很艱難。去礦山的謙卑觀察者看了說：淘金和中樂透其實性質一樣，以此得到的黃金，和透過誠實勞動得到的薪水不一樣。但實際上他已忘記自己看到的東西了 —— 他只看到事實，但沒看到本質，而且那裡有交易產生了。他以為只是買了一張能驗證另一張樂透的票，事實沒那麼簡單。

　　一天下午，看完休伊特在澳洲淘金的描述後，一晚上，我的腦海浮現無數的山谷，溪流侵蝕著汙穢的稜角，這些山谷深達 10 英尺到 100 英尺，寬則 6 英尺，窄的可以進行挖掘，部分地方有水。這就是人們狂熱奔去試探命運的地方。不確定在什麼地點破土動工，但金子就在帳篷底下。有時在找到礦脈之前，要挖 160 英尺，或許離開一英尺就會錯過。在財富的渴望下，人們變成了惡魔，不顧他人的利益。整個山谷，30 英里

內，瞬間充滿礦工，成千上萬……他們站在水裡，身上沾滿汙泥和黏土，日夜工作，然後在寒冷和疾病中死去。讀完這些，我不覺思考自己這令人不滿的生活 —— 別人做什麼，我也跟著做什麼。當礦區的景象浮現在眼前時，我問自己：為什麼不想每天也淘一些金子？它是成色最好的微粒。為什麼我不把豎井打到金子上，在礦山工作，巴拉瑞特和本迪戈在等著你。不管怎樣，也許我可以開拓出一條道路，雖然這條道路孤獨、狹窄而曲折，但在這裡，愛和尊嚴與我相伴而行。

人們匆匆趕到加州和澳洲，好像那裡發現了真正的金子，但是南轅北轍，真正有金子的地方，不在那裡。他們探礦的方向，和應該去的正確的方向，越來越遠。當他們還在想：自己是最成功的人時，他們已經成了最不幸的那個人。我們國家的土壤裡，沒有金子嗎？從金山而來的溪流，不流經我們的山谷嗎？說來奇怪，如果一個礦工偷偷溜走，深入我們周圍未曾探尋的荒野，去探測真正的金子，他沒有別人緊隨其後並努力拖垮他的危險。甚至，他會聲稱要挖掘整個山谷，包括開墾和未開墾的土地，他一生會很安寧，因為沒有人和他爭論。人們不關心他的淘金槽。而他，不局限於自己宣布的那 12 平方尺的地方，如巴拉瑞特，而是去任何可能有金礦的地方，在他的淘金槽裡，把全世界清洗一遍。

那個住在澳洲本迪戈礦區，發現那塊 28 磅重、成色很好的天然黃金的人，被休伊特如此描述：「他很快就開始酗酒，有了

一匹馬，到處騎著，到處狂奔。遇到人時，他就會高聲呼喊，問人家是否認識他，然後親切地告訴人家，他就是那個『發現金塊血腥的壞蛋』。最後，他以全速向一棵樹奔去，差點把腦漿撞了出來。」但我想，這個倒不算危險，其實他的頭，早已經撞上金塊而腦漿迸裂了。休伊特又寫道：「他真是一個無藥可救、被毀了的人」。但這種人，卻代表了一個階級，他們都是急迫的人。聽聽他們挖掘地的名字：「蠢驢公寓」、「羊頭溝」、「凶手酒吧」等等，這些名字裡，難道沒有諷刺意味嗎？讓他們帶上他們非法所得的財富，去他們想要去的地方吧！我想，那裡不是「蠢驢公寓」，就是「凶手酒吧」。

我們的最後資源，是巴拿馬地峽搶劫的墓地。一個還在發展初期的企業，根據最近的帳目，一個議案已經透過了新格拉納達立法機構的二讀，用以調節採礦業，《論壇報》的一名通訊記者寫道：「在旱季，當天氣允許適度勘探時，其他礦藏豐富的『墓地』也會被發現。」對於移民，他說：「12 月之前禁止前來，地峽航線優先於博卡斯德爾托羅航線。禁止攜帶無用的行李，禁止攜帶累贅的帳篷，帶一條必要的好毛毯。必須帶一把材質好的鶴嘴鋤、鏟子和斧頭。」《寶德指南》中已列出建議，用斜體和小寫字母寫下最後的總結：「如果你在家裡是一把好手，那就留在那吧。」即「如果你在家裡靠盜墓生活得很好，就留在那吧。」

但為何要把去加州作為正文呢？因為它是新英格蘭之子，是自己的學校和教堂培育起來的。

國家圖書館出版品預行編目資料

去你夢想的方向，過你想過的生活：別為人生尋找藉口，在自然中發掘真理揮別哀愁 / [美] 梭羅（Henry David Thoreau）著，李安安 譯 . -- 第一版 . -- 臺北市：崧燁文化事業有限公司 , 2023.08
　　面；　公分
POD 版
譯自：The direction of your dreams, the life you've imagined.
ISBN 978-626-357-473-1(平裝)
874.6　　　112009584

電子書購買

去你夢想的方向，過你想過的生活：別為人生尋找藉口，在自然中發掘真理揮別哀愁

臉書

作　　　者：[美] 梭羅（Henry David Thoreau）
翻　　　譯：李安安
發 行 人：黃振庭
出 版 者：崧燁文化事業有限公司
發 行 者：崧燁文化事業有限公司
E - m a i l：sonbookservice@gmail.com
粉 絲 頁：https://www.facebook.com/sonbookss/
網　　　址：https://sonbook.net/
地　　　址：台北市中正區重慶南路一段六十一號八樓 815 室
Rm. 815, 8F., No.61, Sec. 1, Chongqing S. Rd., Zhongzheng Dist., Taipei City 100, Taiwan
電　　　話：(02)2370-3310　　傳　　　真：(02) 2388-1990
印　　　刷：京峯數位服務有限公司
律師顧問：廣華律師事務所 張珮琦律師

─版權聲明─────────────────────────────

定　　　價：360 元
發行日期：2023 年 08 月第一版
◎本書以 POD 印製